I0641821

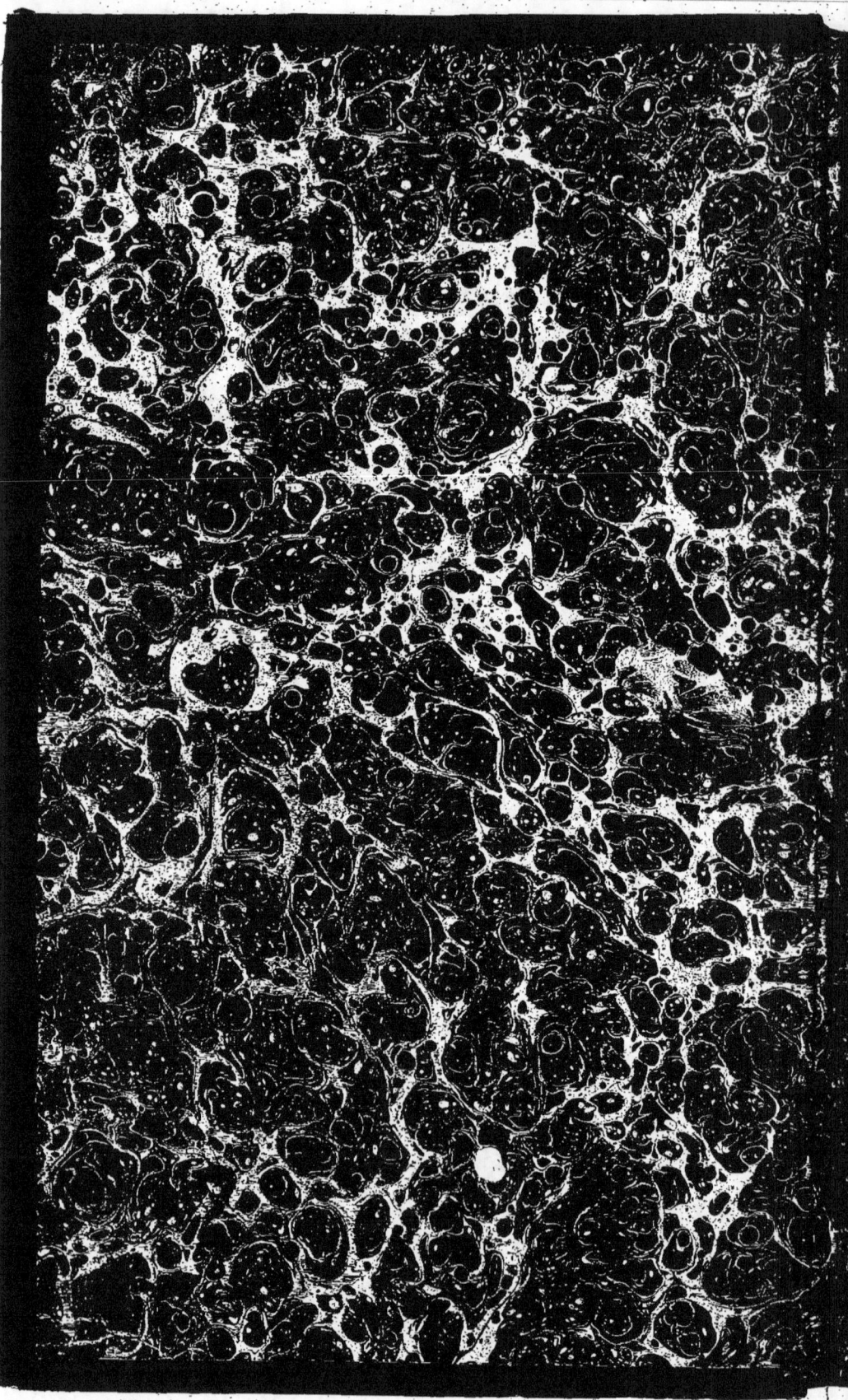

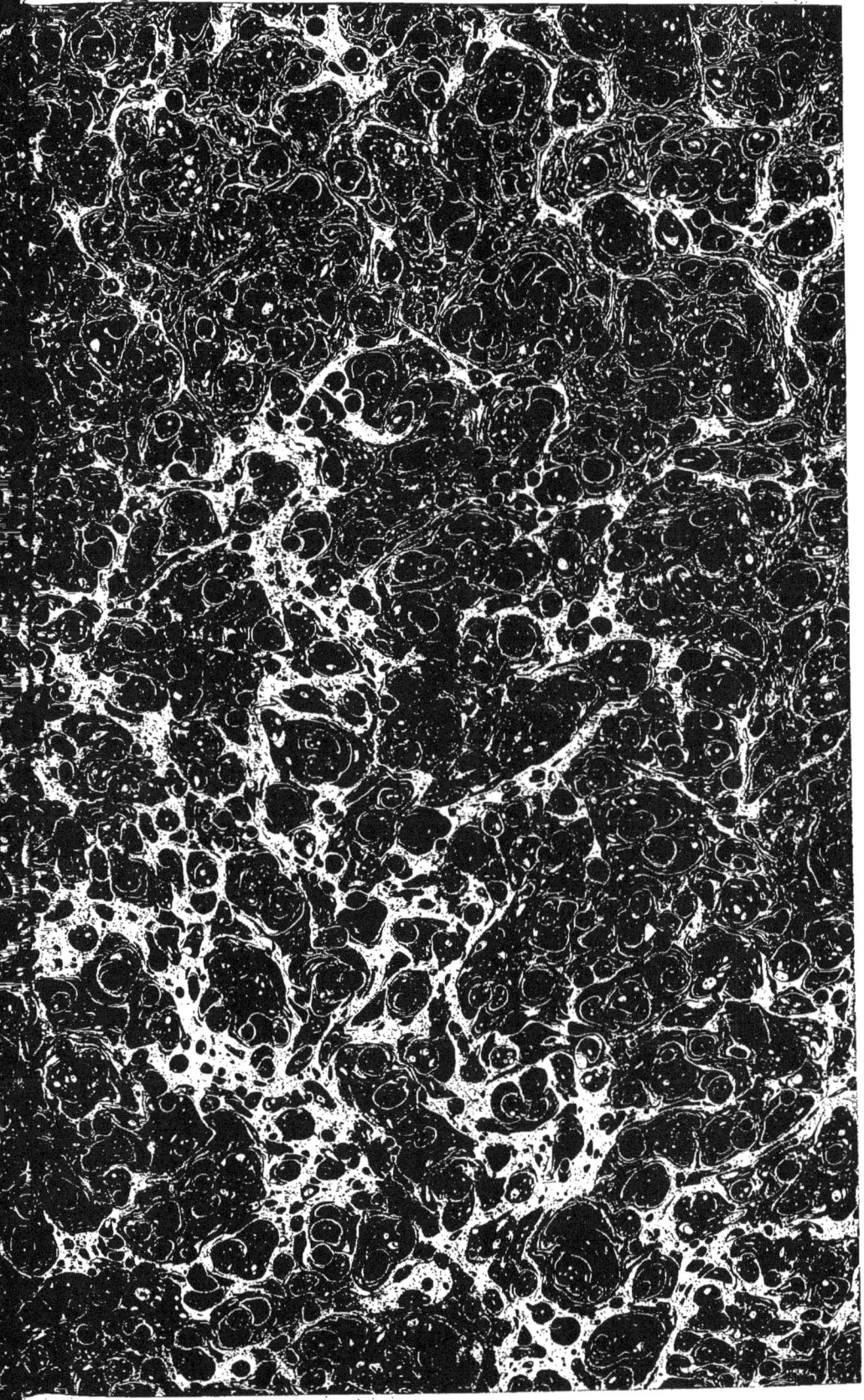

1291.9ter

H.

VOYAGE

AUX RÉGIONS EQUINOXIALES

DU

NOUVEAU CONTINENT.

IMPRIMERIE DE J. SMITH, RUE MONTMORENCY, N° 16.

VOYAGE

AUX REGIONS ÉQUINOXIALES

DU

NOUVEAU CONTINENT,

FAIT EN 1799, 1800, 1801, 1802, 1803 ET 1804,

PAR AL. DE HUMBOLDT ET A. BONPLAND;

RÉDIGÉ

PAR ALEXANDRE DE HUMBOLDT;

AVEC UN ATLAS GÉOGRAPHIQUE ET PHYSIQUE.

TOME NEUVIÈME.

A PARIS,

CHEZ J. SMITH, LIBRAIRE, RUE MONTMORENCY, N° 16
ET CHEZ GIDE, LIBRAIRE, RUE SAINT-MARC-FEYDEAU, N° 20.

1825.

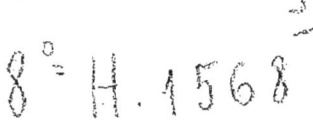

VOYAGE

AUX RÉGIONS ÉQUINOXIALES

DU

NOUVEAU CONTINENT.

LIVRE IX.

CHAPITRE XXV.

Llanos del Pao ou partie orientale des plaines (steppes) de Venezuela. — Missions des Caraïbes. — Dernier séjour sur les côtes de Nueva-Barcelona, de Cumana et d'Araya.

Il faisoit déjà nuit lorsque nous traversâmes pour la dernière fois le lit de l'Orénoque. Nous devions coucher près du fortin de San Rafael, et entreprendre, le lendemain, dès l'aube du jour, le voyage à travers les steppes de Venezuela. Près de six semaines s'étoient écoulées

depuis notre arrivée à l'Angostura; nous dési-
rions vivement atteindre les côtes pour trouver, soit à Cumana, soit à Nueva-Barcelona,
un bâtiment qui pût nous conduire à l'île de
Cuba et de là au Mexique. Après les souffrances
auxquelles nous avions été exposés pendant
plusieurs mois, naviguant dans de petits canots
sur des fleuves infestés de moustiques, l'idée
d'un long voyage de mer se présentoit avec
quelque charme à notre imagination. Nous ne
comptions plus revenir dans l'Amérique méridionale. Sacrifiant les Andes du Pérou à l'archipel si peu connu des Philippines, nous per-
sistions dans notre ancien projet de rester une
année dans la Nouvelle-Espagne, de passer
avec le Galion d'Acapulco à Manille, et de re-
tourner en Europe par la voie de Bassora et
d'Alep. Il nous paroissoit qu'une fois sortis des
possessions espagnoles en Amérique, la chute
d'un ministère dont la noble confiance m'avoit
procuré des permissions si illimitées, ne pouvoit plus nuire à l'exécution de notre entreprise. Ces idées nous agitoient pendant le
voyage monotone à travers les steppes. Rien
ne fait mieux endurer les petites contrariétés
de la vie que l'occupation qu'offre à l'esprit

l'accomplissement prochain d'un dessein ha-
sardeux.

Nos mulets nous attendoient sur la rive
gauche de l'Orénoque. Les collections de
plantes et les *suites géologiques* que nous portions avec nous depuis l'Esmeralda et le Rio
Negro avoient beaucoup augmenté nos ba-
gages. Comme il auroit été dangereux de nous
séparer de nos herbiers, nous devions nous attendre à un voyage très-lent à travers les *Llanos*.
La chaleur étoit excessive, à cause de la réverbération du sol qui est presque dépourvu de
végétaux. Le thermomètre centigrade ne se sou-
tenoit cependant, le jour (à l'ombre), qu'à 30°
ou 34°, la nuit à 27° ou 28°. C'étoit donc, comme
presque partout sous les tropiques, moins le
degré absolu de chaleur que sa durée qui af-
fectoit nos organes. Nous mîmes treize jours
à traverser les steppes, en séjournant un peu
dans les missions Caribes (Caraïbes) et dans la
petite ville du Pao. J'ai tracé plus haut [1] le tableau physique de ces immenses plaines qui séparent les forêts de la Guyane de la chaîne
côtière. La partie orientale des *Llanos* que nous

---

[1] Tom. VI, p. 36-195.

1 *

parcourûmes entre l'Angostura et Nueva-Barcelona, offre le même aspect sauvage que la
partie occidentale par laquelle nous étions parvenus des vallées d'Aragua à San Fernando de
Apure. Dans la saison des sécheresses, qu'on
est convenu d'appeler ici *l'été*, quoique le soleil soit dans l'hémisphère austral, la brise se
fait sentir avec plus de force dans les steppes
de Cumana que dans celles de Caracas; car
ces vastes plaines forment, comme les champs
cultivés de la Lombardie, un bassin intérieur,
ouvert à l'est et fermé au nord, au sud et à
l'ouest par de hautes chaînes de montagnes
primitives. Malheureusement nous ne pûmes
profiter de cette brise rafraîchissante dont les
Llaneros (habitans des steppes) parlent avec dé-
lices. C'étoit la saison des pluies au nord de
l'équateur; il ne pleuvoit pas dans les *Llanos*
même; cependant le changement de déclinai-
son du soleil avoit fait cesser depuis long-temps
le jeu des courans polaires. Dans ces régions
équatoriales, où l'on peut s'orienter d'après la
direction des nuages et où les oscillations du
mercure dans le baromètre indiquent l'heure
presque comme une horloge, tout est soumis
à un type régulier et uniforme. La cessation

des brises, l'entrée de la saison des pluies et la
fréquence des explosions électriques sont des
phénomènes qui se trouvent liés par des lois
immuables.

Au confluent de l'Apure et de l'Orénoque,
près de la montagne de Sacuima, nous avions
rencontré un fermier françois qui vivoit au milieu de ses troupeaux dans l'isolement le plus
parfait [1]. C'étoit cet homme simple qui croyoit
que les révolutions politiques de l'ancien monde
et les guerres qui en ont été les suites ne te-
noient « qu'à la longue résistance des moines
de l'Observance. » A peine entrés dans les
Llanos de Nueva-Barcelona, nous passâmes
encore la première nuit chez un François qui
nous accueillit avec la plus aimable hospitalité. Il étoit natif de Lyon, avoit quitté son pays
très-jeune, et ne paroissoit guère se soucier
de ce qui se faisoit au-delà de l'Atlantique, ou,
comme on dit ici assez dédaigneusement, pour
l'Europe, « de l'autre côté de la grande mare »
(*del otro lado del charco*). Nous vîmes notre
hôte occupé à joindre de gros morceaux de
bois, au moyen d'une colle gluante appelée

[1] Tom. VIII, p. 328.

guayca. Cette substance, dont se servent les menuisiers de l'Angostura, ressemble à la meilleure colle-forte tirée du règne animal. Elle se trouve toute préparée entre l'écorce et l'aubier d'une liane [1] de la famille des *Combretacées*. Il est probable qu'elle se rapproche par ces propriétés chimiques de la glu, principe végétal que l'on tire des baies du gui et de l'écorce interne du houx. On est étonné de l'abondance avec laquelle cette matière gluante découle lorsqu'on coupe les branches sarmenteuses du *Vejuco de Guayca*. C'est ainsi que sous les tropiques on trouve à l'état de pureté et déposé dans des organes particuliers ce que sous la zone tempérée on ne peut se procurer que par les procédés de l'art [2].

Nous n'arrivâmes que le troisième jour aux missions caribes du Cari. Nous vîmes dans ces contrées le sol moins crevassé par la séche-

---

[1] Combretum *Guayca*. On pourroit croire que le nom de Chigommier, donné par les botanistes aux différentes espèces de Combretum, fait allusion à cette matière gluante; mais ce nom dérive de *Chigouma* (Combretum laxum, Aubl.), mot de la langue galibi ou caribe.

[2] Tom. VII, p. 354.

resse que dans les *Llanos* de Calabozo. Quelques ondées avoient ranimé la végétation. De
petites graminées, et surtout ces Sensitives
herbacées, si utiles pour engraisser le bétail
à demi-sauvage, formoient un gazon serré. A
de grandes distances les uns des autres s'élevoient quelques troncs de palmier à éventail
(Corypha tectorum), de Rhopala [1] *(Chaparro)*
et de Malpighia [2] à feuilles coriaces et lustrées.
Les endroits humides se reconnoissent de loin
par des groupes de Mauritia, qui sont les Sa-

---

[1] Les Protéacées ne sont pas, comme l'Araucaria,
une forme exclusivement australe. (*Kotzebue, Reise,*
Tom. III, p. 13.) Nous avons trouvé le Rhopala com-
plicata et le R. obovata par 2° ½ et 10° de latitude nord.
Voyez nos *Nov. Gen.*, Tom. II, p. 153.

[2] Un genre voisin : Byrsonima *cocollobæfolia* , B.
laurifolia près de Mata gorda et B. *ropalæfolia*. Les
colons européens, qui, d'après de foibles analogies,
croient retrouver partout dans la végétation des tropiques les plantes de leur patrie, appellent les Malpighia
Alcornoque (arbre à liége), sans doute à cause de l'é-
corce tubéreuse du tronc. Cette écorce renferme du
tannin, et dans un autre Malpighia (Byrsonima Mou-
reila) qui est l'arbre fébrifuge de Cayenne, on suppose,
non sans raison, l'existence de la quinine ou de la cin-
chonine réunies au tannin.

goutiers de ces contrées. Ce palmier forme près
des côtes toute la richesse des Indiens Gua-
raons ; et, ce qui est assez remarquable, nous
l'avons retrouvé, 160 lieues plus au sud, au
milieu des forêts du Haut-Orénoque, dans les
savanes qui entourent le pic granitique de
Duida [1]. Il étoit chargé, dans cette saison,
d'énormes régimes de fruits rouges semblables
à des cônes de pins. Nos singes étoient très-
friands de ces fruits dont la chair jaune a le goût
d'une pomme trop avancée en maturité. Placés
entre nos charges sur le dos des mulets, ces
animaux s'agitoient vivement pour atteindre
les régimes qui étoient suspendus sur leurs
têtes. La plaine étoit ondoyante par l'effet du
mirage [2]; et, lorsqu'après une heure de chemin
nous atteignîmes ces troncs de palmier qui paroissent comme des mâts à l'horizon, nous
fûmes étonnés de voir combien de choses sont
liées à l'existence d'un seul végétal. Les vents,

---

[1] Le *Murichi* est, comme le Sagus Rumphii, un
palmier de marécages (Tom. III, p. 344; VI, p. 90;
VII, p. 62; VIII, p. 193 et 381); ce n'est pas un *palmier du littoral,* cemme le Chamærops humilis, le
Cocotier commun et le Lodoicea.

[2] Tom. II, p. 249; VI, p. 81.

perdant de leur vîtesse au contact avec le feuil-
lage et les branches, accumulent le sable autour du tronc. L'odeur des fruits, l'éclat de la
verdure attirent de loin les oiseaux voyageurs
qui aiment à se balancer sur les flèches du palmier. Un doux frémissement se fait entendre
à l'entour. Accablé de chaleur, accoutumé au
morne silence de la steppe, on croit jouir de
quelque fraîcheur au moindre bruit du feuil-
lage. Si vous examinez le sol du côté opposé
au vent, vous le trouvez humide long-temps
après la saison des pluies. Des insectes et des
vers [1], partout ailleurs si rares dans les *Llanos*,
s'y rassemblent et s'y multiplient. C'est ainsi
qu'un arbre isolé, souvent rabougri, qui ne
fixeroit pas l'attention du voyageur au milieu

---

[1] De quel genre sont les vers (en arabe, *Loul*) que
le capitaine Lyon, compagnon de mon courageux et
infortuné ami, M. Ritchie, a trouvés dans les mares
du désert de Fezzan, qui servent de nourriture aux
Arabes, et qui ont le goût du *caviar*? Ne seroient-ce
pas des œufs d'insectes semblables à l'*Aguautle* que j'ai
vu vendre au marché de Mexico, et que l'on recueille
à la surface du lac de Tezcuco. (*Gazeta de Litteratura
de Mexico*, 1794, Tom. III, n° 26, p. 201.)

des forêts de l'Orénoque, répand autour de lui la vie dans le désert.

Nous arrivâmes le 13 juillet au village du Cari [1], la première des missions caribes qui dépendent des moines de l'*Observance* du Collége de Piritu [2]. Nous logeâmes comme de coutume au *couvent*, c'est-à-dire chez le curé. Nous avions, outre les passe-ports du capitaine général de la province, des recommandations des évêques et du gardien des missions de l'Orénoque. Depuis les côtes de la Nouvelle-Californie jusqu'à Valdivia et à l'embouchure du Rio de la Plata, sur une étendue de deux mille lieues, on peut vaincre toutes les difficultés d'un long voyage de terre, si l'on jouit de la protection du clergé américain. Le pouvoir que ce corps exerce dans l'état est trop bien établi pour qu'un nouvel ordre de choses puisse l'ébranler de long-temps. Notre hôte eut de la peine à comprendre « comment des gens du nord de l'Europe arrivoient chez

[1] N^tra S^ra del Socorro del Cari, fondé en 1761.

[2] Ces missionnaires s'appellent *Padres Missioneros Observantes del Colegio de la Purissima Conception de Propaganda Fide en la Nueva Barcelona.*

lui des frontières du Brésil par le Rio Negro
de l'Orénoque, et non par le chemin de la
côte de Cumana. » Il nous traitoit de la manière la plus affable, tout en montrant cette
curiosité un peu importune que fait naître toujours dans l'Amérique méridionale la vue d'un
étranger non espagnol. Les minéraux que nous
avions ramassés dévoient contenir de l'or; des
plantes séchées avec tant de soin ne pouvoient
être que des plantes médicinales. Ici, comme
dans beaucoup de parties de l'Europe, on ne
croit les sciences dignes d'occuper l'esprit
qu'autant qu'elles offrent à la société quelque
utilité matérielle.

Nous trouvâmes plus de 500 Caribes dans
le village de Cari; nous en vîmes beaucoup
d'autres dans les missions d'alentour. C'est un
aspect très-curieux que celui d'un peuple jadis nomade, récemment attaché au sol, et
différent de tous les autres Indiens par sa force
physique et intellectuelle. Je n'ai vu nulle part
une race entière d'hommes plus élancée (de 5
pieds 6 pouces à 5 pieds 10 pouces) et de stature plus colossale. Les hommes, et cela est
assez commun en Amérique [1], sont plus cou-

[1] Tom. VII, p. 437.

verts que les femmes. Celles-ci ne portent que
le *guajuco* ou *perizoma*, en forme de bande-
lette ; les hommes ont tout le bas du corps jusqu'aux hanches enveloppé d'un morceau de
toile bleu foncé, presque noir. Cette drape-
rie est tellement ample que, lorsque la température baisse vers le soir, les Caribes s'en
couvrent une de leurs épaules. Comme ils ont
le corps teint d'*onoto* [1], leurs grandes figures
d'un rouge cuivré et pittoresquement drapées
ressemblent de loin, en se projetant dans la
steppe contre le ciel, à des statues antiques de
bronze. La coupe des cheveux chez les hommes
est très-caractéristique : c'est celle des moines
ou des enfans de chœur. Le front est en partie
rasé, ce qui le fait paroître très-grand. Une
grosse touffe de cheveux, coupée en cercle,
ne commence que très-près du sommet de la
tête. Cette ressemblance qu'ont les Caribes
avec les moines n'est pas le résultat de la vie
des missions. Elle n'est pas due, comme on
l'a avancé faussement, au désir qu'ont les indigènes d'imiter leurs maîtres, les pères de

---

[1] *Rocou* tiré du *Bixa* Orellana. En caribe, ce pigment s'appelle *bichet*.

Saint-François. Les tribus qui ont conservé leur sauvage indépendance, entre les sources du Carony et du Rio Branco, se distinguent par ce même *cerquillo de frailes* que, lors de la découverte de l'Amérique, les premiers historiens espagnols [1] attribuoient déjà aux peuples de race caribe. Tous les hommes de cette race que nous avons vus, soit en naviguant sur le Bas-Orénoque, soit dans les missions de Piritu, diffèrent des autres Indiens, non seulement par leur taille élancée, mais aussi par la régularité de leurs traits. Ils ont le nez moins large et moins épaté, les pommettes moins saillantes, la physionomie moins mongole. Leurs yeux, qui sont plus noirs que chez d'autres hordes de la Guyane, annoncent de l'intelligence, on diroit presque l'habitude de la réflexion. Les Caribes ont de la gravité dans les manières et quelque chose de triste dans le

---

[1] « Regio ab incolis Caramairi dicitur, in quâ viros » simul et feminas statura aiunt pulcherrimos esse, » nudos tamen, capillis aure tenus scissis mares, fe- » minas oblongis. A Caribibus, sive Canibalibus, car- » nium humanarum edacibus, originem traxisse Cara- » mairenses existimant. » *Petr. Martyr. Ocean.* (1533), p. 25. D. et 26 B.

regard que l'on retrouve parmi la majeure partie des habitans primitifs du Nouveau-Monde.
L'expression de sévérité qu'offrent leurs traits
est singulièrement augmentée par la manie
qu'ils ont de se teindre les sourcils avec le suc
du Caruto,[1] de les agrandir et de les joindre
ensemble; souvent ils se font des taches noires
sur toute la figure pour paroître plus farouches.
Les magistrats de la commune, le *Governador*
et les *Alcaldes*, qui seuls ont le droit de porter
de longues cannes, vinrent nous visiter. Il y
avoit parmi eux de jeunes Indiens de dix-huit
à vingt ans, car le choix ne dépend que de
la volonté du missionnaire. Nous étions frap-
pés de retrouver, parmi ces Caribes peints d'*o-
noto*, ces airs d'importance, ce maintien com-
passé, ces manières froides et dédaigneuses
que l'on rencontre parfois chez les gens en
place dans l'ancien continent. Les femmes caribes sont moins robustes et plus laides que
les hommes. Elles supportent presque seules
tout le poids des travaux domestiques et de
ceux des champs. Elles nous demandoient avec
instance des épingles qu'elles plaçoient, faute

[1] Tom. VI, p. 325.

de poches, sous la lèvre inférieure : elles se
percent la peau, de sorte que la tête de l'é-
pingle reste dans l'intérieur de la bouche. C'est
une habitude qu'elles ont conservée de leur
premier état sauvage. Les jeunes filles sont
teintes en rouge et au *guajuco* près toutes nues.
Parmi les différens peuples des deux mondes,
l'idée de nudité n'est qu'une idée relative. Dans
quelques parties de l'Asie, il n'est pas permis
à une femme de montrer le bout des doigts,
tandis qu'une Indienne de race caribe ne se
croit guère nue lorsqu'elle porte un *guajuco*
de deux pouces de large. Encore cette bande-
lette est-elle regardée comme une partie moins
essentielle du vêtement que le pigment qui
couvre la peau. Sortir de sa cabane sans être
teint d'*onoto*, ce seroit pécher contre toutes
les règles de la décence caribe.

Les Indiens des missions de Piritu fixoient
d'autant plus notre attention qu'ils appartiennent à un peuple qui, par son audace, par ses
entreprises guerrières et par son esprit mer-
cantile, a exercé une grande influence sur le
vaste pays qui s'étend de l'équateur vers les
côtes septentrionales. Partout à l'Orénoque
nous avions trouvé les souvenirs de ces incur-

sions hostiles des Caribes : elles ont été pous-
sées jadis depuis les sources du Carony et de
l'Erevato jusqu'aux rives du Ventuari, de l'A-
tacavi et du Rio Negro [1]. Aussi la langue des
Caribes est-elle des plus répandues dans cette
partie du monde : elle a même passé (comme
à l'ouest des Alleghanis, la langue des Lenni-
Lénapes ou Algonkins et celle des Natchez ou
Muskoghées) à des tribus qui n'ont pas la même
origine.

Lorsqu'on jette les yeux sur cet essaim de
peuples répandus dans les deux Amériques,
à l'est de la Cordillère des Andes, on s'arrête
de préférence à ceux qui, ayant dominé long-
temps sur leurs voisins, ont joué un rôle plus
important sur la scène du monde. C'est un
besoin de l'historien de grouper les faits, de
distinguer des masses, de remonter aux sources
communes de tant de migrations et de mouvemens populaires. De grands empires, l'organisation régulière d'une hiérarchie sacerdotale, et la culture que cette organisation fa-
vorise dans le premier âge de la société, ne se
sont trouvés que sur les hautes montagnes de

[1] Tom. VII, p. 251, 255, 441.

l'ouest. Nous voyons au Mexique une vaste
monarchie et de petites républiques enclavées; à Cundinamarca et au Pérou, de véritables théocraties. Des villes fortifiées, des
chemins et de grands monumens en pierre,
un développement extraordinaire du système
féodal, la séparation des castes, des couvens
d'hommes et de femmes, des congrégations
religieuses suivant une discipline plus ou moins
sévère, des divisions du temps très-compli-
quées et liées aux calendriers, aux zodiaques
et à l'astrologie des peuples éclairés de l'Asie,
tous ces phénomènes n'appartiennent, en
Amérique, qu'à une seule région, à cette bande
alpine, à la fois longue et étroite, qui s'étend
des 30° de latitude boréale aux 25° de latitude
australe. Dans l'ancien monde, le flux des
peuples a été de l'est à l'ouest; les Bsaques ou
Ibériens, les Celtes, les Germains et les Pélasges
ont paru successivement. Dans le Nouveau-
Monde, des migrations semblables ont été dirigées du nord au sud. Chez les nations qui habitent les deux hémisphères, la direction du
mouvement a suivi celle des montagnes; mais,
sous la zone torride, les plateaux tempérés
des Cordillères ont exercé une plus grande

influence sur la destinée du genre humain que ne l'ont fait les montagnes de l'Asie et de l'Europe centrale. Or, comme les seuls peuples civilisés ont, à proprement parler, une histoire, il en résulte que l'histoire des Américains n'est que celle d'un petit nombre de peuples montagnards. Une nuit profonde enveloppe l'immense pays qui se prolonge de la pente orientale des Cordillères vers l'Atlantique ; et, pour cela même, tout ce qui a rapport, dans ce pays, à la prépondérance d'une nation sur les autres, à des migrations lointaines, aux traits physionomiques qui annoncent une race étrangère, excite vivement notre intérêt.

Au milieu des plaines de l'Amérique septentrionale, une nation puissante, qui a disparu, a construit des fortifications circulaires, carrées et octogones, des murs de 6000 toises de longueur, des tumulus de 700 à 800 pieds de diamètre, et de 140 pieds de hauteur, tantôt ronds, tantôt à plusieurs étages, renfermant des milliers de squelettes. Ces squelettes appartiennent à des hommes moins élancés, plus tra-

Voyez la note A à la fin du 9ᵉ Livre.

pus que les habitans actuels de ces contrées.
D'autres ossémens, enveloppés dans des tissus
qui ressemblent à ceux des îles Sandwich et
Fidji, se trouvent dans les grottes naturelles du
Kentucki. Que sont devenus ces peuples de
la Louisiane, antérieurs aux Lenni-Lenapes,
aux Shawanoes, peut-être même aux Sioux
(Nadowesses, Narcota) du Missoury qui sont
fortement *mongolisés*, et que, d'après leur
propre tradition, on croit être venus des côtes
de l'Asie? Dans les plaines de l'Amérique méridionale, comme je l'ai exposé ailleurs, on
trouve à peine quelques tertres (*cerros hechos a
mano*), nulle part des ouvrages de fortification
analogues à ceux de l'Ohio. Cependant, sur
une vaste étendue de terrain, au Bas-Orénoque comme sur les rives du Cassiquiare et
entre les sources de l'Essequebo et du Rio Branco, des rochers de granite sont couverts de figures symboliques. Ces sculptures annoncent
que les générations éteintes appartenoient à
des peuples différens de ceux qui habitent aujourd'hui ces mêmes contrées. A l'ouest, sur
le dos de la Cordillère des Andes, rien ne
semble lier l'histoire du Mexique à celle de
Cundinamarca et du Pérou; mais dans les

plaines de l'est, une nation belliqueuse, long-
temps dominante, offre, dans ses traits et dans
sa constitution physique, les traces d'une origine étrangère. Les Caribes conservent des
traditions qui semblent indiquer des communications anciennes entre les deux Amériques.
Un tel phénomène mérite une attention particulière ; il le mérite, quel que soit le degré
d'abrutissement et de barbarie que les Européens ont trouvé, à la fin du quinzième siècle,
chez tous les peuples non-montagnards du
Nouveau-Continent. S'il est vrai que la plupart des sauvages , comme paroissent le
prouver leurs langues, leurs mytes cosmogo-
niques et une foule d'autres indices, ne sont
que des races dégradées, des débris échappés
à un naufrage commun, il est doublement important d'examiner les routes par lesquelles
ces débris ont été poussés d'un hémisphère à
l'autre.

La belle nation des Caribes n'habite aujour-
d'hui qu'une petite partie des pays qu'elle occupoit lors de la découverte de l'Amérique.
Les cruautés exercées par les Européens l'ont
fait entièrement disparoître des Antilles et des
côtes du Darien, tandis que, soumise au régime

des missions, elle a formé des villages popu-
leux dans les provinces de Nueva-Barcelona
et de la Guyane espagnole. Je crois qu'on peut
évaluer à plus de 35,000 les Caribes qui habitent les *Llanos* de Piritu et les rives du Carony
et du Cuyuni. Si, à ce nombre on ajoutoit les
Caribes indépendans, qui vivent à l'ouest des
montagnes de Cayenne et de Pacaraymo,
entre les sources de l'Essequebo et du Rio
Branco, on obtiendroit peut-être une masse
totale de 40,000 individus de race pure, non
mélangée avec d'autres races indigènes. J'insiste d'autant plus sur ces notions, qu'avant
mon voyage on avoit l'habitude de parler des
Caribes, dans beaucoup d'ouvrages géographiques, comme d'une race éteinte [1]. Ne connoissant pas l'intérieur des colonies espagnoles
du continent, on supposoit que les petites îles
de la Dominique, de la Guadeloupe et de Saint-
Vincent avoient été la demeure principale de
cette nation dont il n'existe (dans toutes les
Antilles orientales) que des squelettes [2] pétri-

---

[1] *Essai polit.*, Tom. I, p. 83, édit. in-4°.

[2] Ces squelettes ont été découverts en 1805 par
M. Cortès, que j'ai déjà eu occasion de citer plus haut

fiés, ou plutôt enveloppés dans un calcaire à
madrépores. D'après cette supposition, les
Caribes auroient disparu en Amérique comme
les Guanches dans l'archipel des Canaries.

Des tribus qui, appartenant à un même
peuple, reconnoissent une origine commune,
se désignent par un même nom. Généralement
le nom d'une seule horde est donné à toutes
les autres par les nations voisines; quelquefois
aussi des noms de lieux deviennent des dénominations de peuples, où ces dernières naissent
d'une épithète dérisoire, de l'altération for-
tuite d'un mot mal prononcé. Le nom des
Caribes, que je trouve pour la première fois
dans une lettre de Pierre Martyr d'Anghiera,
dérive de Calina et de Caripuna, les *l* et *p* étant

pour ses intéressantes observations géologiques. (*Relat.
hist.*, Tom. V, p. 50.) Ils sont enchâssés dans une formation de brèche à madrépores que les nègres appellent très-naïvement *maçonne-bon-Dieu*, et qui, récente
comme le *travertin* d'Italie, enveloppe des débris de
vases et d'autres ouvrages humains. M. Dauxion La-
vaysse et le docteur König ont fait les premiers connoître en Europe ce phénomène qui, pendant quelque
temps, a fixé l'attention des géologues. (*Phil. Tr.* 1814,
Tab. III. *Cuvier, Ossem. foss.*, Tom. I, p. LXVI.)

transformés en *r* et *b*[1]. Il est même très-
remarquable que ce nom, que Colomb enten-
dit de la bouche des peuples d'Haïti[2], se re-
trouvoit à la fois chez les Caribes des îles et
chez ceux du continent. De Carina ou Calina
on a fait Galibi (Caribi), dénomination sous
laquelle on connoît, dans la Guyane françoise[3], une peuplade d'une stature beaucoup
plus petite que les habitans du Cari, mais qui

---

[1] Les Galibis (Calibitis), les Palicours et les Aco-
quouas ont aussi l'habitude de se couper les cheveux à
la manière des moines, et de placer des liens aux
jambes des enfans pour faire gonfler les muscles. Ils ont
la même prédilection pour les *pierres vertes* (de Saus-
surite) que nous avons reconnues chez les peuples caribes de l'Orénoque. (*Rel. hist.*, Tom. VIII, p. 12.) Il y
a en outre dans la Guyane françoise une vingtaine de
tribus indiennes que l'on distingue des Galibis, quoique,
par leur langue, elles prouvent avoir une origine
commune avec eux. *Barrère, France équin.*, p. 121,
239. *Lescallier, sur la Guyane*, p. 78.

[2] *Petr. Mart. Epist. ad Pomp. Letum* (*Non. Dec.*
1494) *Lib. VII*, n° 147, *fol. xxxv*, et *Ocean,,
Lib. I*, *fol. 2 A.* D'après la prononciation caribe on
confond *balana* et *parana*, la mer.

[3] Fern. Colon, *Cap. xxxiv*, dans *Churchill. Coll.*,
Vol. II, p. 538. *Herera, Dec. I*, p. 34.

parle un des nombreux dialectes de la langue
caribe. Les habitans des îles s'appeloient, dans
l'idiome des hommes, Calinago; dans celui des
femmes, Callipinan. Cette différence entre le
langage des deux sexes est plus marquée chez
les peuples de race caribe que chez d'autres
nations américaines (les Omaguas, les Guara-
nis et les Chiquitos), où elle ne porte que sur
un petit nombre d'idées, par exemple, sur les
mots mère et enfant. On conçoit que les femmes, d'après leur manière isolée de vivre, se
créent des locutions particulières que les
hommes ne veulent point adopter. Cicéron [1]
observe déjà que les formes anciennes se conservent de préférence dans la bouche des
femmes, parce que leur position dans la société
les expose moins à ces vicissitudes de la vie (à
ces changemens de lieu et d'occupation) qui,
chez les hommes, tendent à altérer la pureté
primitive du langage. Mais le contraste qu'il y
a chez les peuples caribes entre le dialecte des
deux sexes est si grand et si surprenant que,

[1] *Cicero, de Orat.*, *Lib.* III, *Cap.* xii, §. 45, *ed.*
Verburg. « Facilius enim mulieres incorruptam an-
tiquitatem conservant, quod multorum sermonis
expertes ea tenent semper, quæ prima didicerunt. »

pour l'expliquer d'une manière satisfaisante, il faut recourir à une autre cause. On a cru la trouver [1] dans l'usage barbare qu'avoient ces peuples de tuer les prisonniers mâles et d'emmener en esclavage les femmes des vaincus. Lorsque les Caribes firent leur irruption dans l'archipel des Petites-Antilles, ils y arrivèrent comme une horde de guerriers, non comme des colons accompagnés de leurs familles. La langue des femmes s'y formoit à mesure que les vainqueurs contractoient des alliances avec des femmes étrangères. C'étoient de nouveaux élémens, des mots distincts des mots caribes [2] qui, dans l'intérieur des Gynecées, se transmettoient de génération en génération, mais sur lesquels la structure, les combinaisons, les formes grammaticales de la langue des hommes exerçoient leur influence. Il se faisoit alors, dans une petite réunion d'individus, ce que nous trouvons dans tout le groupe des

[1] Tom. VII, p. 361; VIII, p. 52.

[2] Voici quelques exemples des différences observées entre le langage des hommes (h) et des femmes (f) : *île,* oubao h., àcàera f.; *homme,* ouekelli h., eyeri f.; *maïs,* irhen h., atica f. Comparez aussi *Garcia Orig. de los Ind.,* 1729, p. 172, 175 et 235.

peuples du Nouveau‑Continent. C'est une disparité totale des mots à côté d'une grande analogie dans la structure qui caractérise les langues américaines, depuis la baie d'Hudson jusqu'au détroit de Magellan. Ce sont comme des matières différentes, revêtues de formes analogues. Si l'on se rappelle que ce phéno‑mène embrasse presque de pôle à pôle tout un côté de notre planète, si l'on considère les nuances qui existent dans les combinaisons grammaticales (dans les genres appliqués aux trois personnes du verbe, les réduplications, les fréquentatifs, les duels), on ne sauroit être assez surpris de trouver chez une portion si considérable de l'espèce humaine une ten‑dance uniforme dans le développement de l'intelligence et du langage.

Nous venons de voir que le dialecte des femmes caribes, dans les Antilles, renfermoit les débris d'une langue éteinte. Quelle étoit cette langue? voilà ce que nous ignorons. Quelques écrivains ont pensé que ce pourroit être celle des Yñeris ou habitans primitifs des îles Caribes, dont quelques foibles restes se sont conservés à la Guadeloupe; d'autres y ont vu quelque rapport avec l'ancien idiome de Cuba, ou avec ceux des Aruacas et des Apalachites en Floride [1] : mais toutes ces hypothèses se fondent sur une connoissance très-imparfaite des idiomes qu'on a tâché de comparer.

En lisant avec attention les auteurs espagnols du 16ᵉ siècle, on voit que les nations caribes s'étendoient alors sur 18° à 19° de latitude, depuis les îles Vierges à l'est de Portorico jusque vers les bouches de l'Amazone. Un autre prolongement vers l'ouest, le long de la chaîne côtière de Sainte-Marthe et de Venezuela, paroît moins certain. Cependant Lopez de Gomara et les plus anciens historiens appellent *Caribana*, non comme on a fait depuis, le pays entre les sources de l'Orénoque et les montagnes de la Guyane françoise [2], mais les

---

[1] *Labat, Voy.* Tom. VI, p. 129. *Rochefort*, p. 326. *Bibl. univ.*, 1817, p. 355. Le mot *Igneris* (Iyeris?) seroit-il la corruption d'*Eyeris* qui, comme nous venons de le voir, signifie *homme* dans le dialecte des femmes caribes. Cet emploi du mot *homme* est partout très-commun dans les noms ethnographiques.

[2] Carte d'Hondius, de 1599, qui accompagne l'édition latine de la Relation du Voyage de Ralegh. Dans l'édition hollandoise (*Nieuwe Caerte van het goudrycke*

plaines marécageuses entre les embouchures
du Rio Atrato et du Rio Sinu. J'ai été moi-
même sur ces côtes, voulant me rendre de la
Havane à Portobelo ; j'y ai appris que le cap
qui borde à l'est le golfe du Darien ou d'Ura-
ba, porte encore aujourd'hui le nom de Punta
Caribana. C'étoit jadis une opinion assez répandue que les Caribes des îles Antilles tiroient
leur origine, et même leur nom, de ces peuples guerriers du Darien. « Inde Vrabam ab
orientali prehendit ora, quam appellant indi-
genæ Caribana, unde Caribes insulares originem habere nomenque retinere dicuntur. »
C'est ainsi que s'exprime Anghiera [1] dans les
Océaniques. Un neveu d'Amerigo Vespucci lui
avoit dit que, de là jusqu'aux montagnes neigeuses de Sainte-Marthe, tous les indigènes
étoient « e genere Caribium vel Canibalium. »
Je ne nierai point que de vrais Caribes aient

landt Guiana), les *Llanos* de Caracas, entre les montagnes de Merida et le Rio Pao, portent le nom de Caribana. On remarque ici ce que l'on observe si souvent,
dans l'histoire de la géographie, qu'une même dénomination a été portée peu à peu de l'ouest à l'est.

[1] *Petr. Mart., Dec. II, Lib. I*, p. 26, *B. Dec. III,
Lib. V*, p. 54 *A*.

pu avoir un établissement près du golfe du Darien, et qu'ils aient pu y être portés par les courans de l'est; mais il se peut aussi que, peu attentifs aux langues, les navigateurs espagnols aient nommé caribe et canibale toute nation d'une taille élancée et d'un caractère féroce. Toujours, il est peu probable que le peuple caribe des Antilles et de la Parime se soit imposé à lui-même un nom de la région qu'il avoit habitée primitivement. A l'est des Andes, et partout où la civilisation n'a point encore pénétré, ce sont plutôt les peuples qui donnent le nom aux lieux dans lesquels ils se sont établis [1]. Nous avons déjà eu occasion de rappeler plusieurs fois que les mots *Caribes et Canibales* paroissent significatifs; que ce sont des épithètes qui font allusion à la vaillance, à la force, et même à la supériorité de l'esprit [2]. Il est bien

---

[1] Ces noms des lieux ne peuvent même se perpétuer que là où les nations se succèdent immédiatement et où la tradition reste non interrompue. C'est ainsi que, dans la province de Quito, beaucoup de cimes des Andes portent des noms qui n'appartiennent ni au quichua (langue de l'Inca) ni à l'ancienne langue des Puruays, gouvernés par le Conchocando de Lican.

[2] Vespucci dit : « Se eorum lingua, Charaïbi, hoc

digne de remarque qu'à l'arrivée des Portugais,
les Brésiliens désignoient aussi leurs magiciens
par le nom de *Caraïbes* [1]. Nous savons que les
Caribes de la Parime étoient le peuple le plus
voyageur de l'Amérique; peut-être des individus rusés de cette nation vagabonde jouoient-
ils le même rôle que les *Chaldéens* dans l'ancien
continent. Des noms de peuples s'attachent
facilement à de certaines professions; et lorsque, sous les Césars, les superstitions de
l'Orient s'introduisirent en Italie, les *Chaldéens*
ne venoient pas plus des bords de l'Euphrate
que nos Égyptiens et Bohémiens (parlant un
dialecte de l'Inde) ne sont venus des bords du
Nil et de l'Elbe.

Lorsqu'une même nation habite la Terre-
Ferme et des îles voisines, on peut opter entre
deux hypothèses, en supposant que l'émigration s'est faite des îles au continent ou du continent dans les îles. C'est le problême qu'offrent les Ibériens (Basques) qui étoient établis

---

est, magnæ sapientiæ viros vocantes. » *Gryn. Nov. Orb.*
(1532), p. 145. Sur le mot Canibale, *voyez* Tom. VIII,
p. 58.

[1] *Laet*, p. 543.

à la fois en Espagne et sur les îles de la Méditerranée [1]. C'est celui que présentent des Ma-
layes qui paroissent autocthones dans la péninsule de Malaca et dans le district de Menang-
kabao de l'île de Sumatra [2]. L'archipel des
grandes et des petites Antilles a la forme d'une
langue de terre étroite et brisée, parallèle à
l'isthme de Panama, et qui réunissoit, selon
l'hypothèse de quelques géographes, la Floride
à l'extrémité nord-est de l'Amérique du Sud.
C'est comme le rivage oriental d'une mer intérieure que l'on peut nommer un bassin à plusieurs issues. Cette configuration singulière des
terres a servi pour étayer les différens systèmes
de migration par lesquels on a tenté d'expliquer l'établissement des peuples de race caribe
dans les îles et sur le continent voisin. Les
Caribes du continent admettent que les Petites-
Antilles étoient anciennement habitées par les

---

[1] *Wilhelm von Humboldt, Urbewohner Hispaniens*,
p. 167.

[2] *Crawfurd, Ind. Archipel*, Tom. II, p. 371. Je me
sers du mot *autocthone*, non pour désigner un fait de
création qui n'appartient pas à l'histoire, mais simplement pour indiquer que nous ignorons qu'un autre
peuple ait précédé le peuple autocthone.

Aruacas [1], nation guerrière dont la grande masse se trouve encore sur les rives malsaines du Surinam et du Berbice. Ils disent que ces Aruacas, à l'exception des femmes, furent tous exterminés par des Caribes venus des bouches de l'Orénoque, et ils citent, à l'appui de cette tradition, les analogies que l'on observe entre la langue des Aruacas et la langue des femmes chez les Caribes. Mais il faut se rappeler que les Aruacas, quoique ennemis des Caribes, appartiennent avec eux à un même rameau de peuples, et qu'il existe entre l'aruaque et le caribe les mêmes rapports qu'il y a entre le grec et le persan, l'allemand et le sanscrit. D'après une autre tradition, les Caribes des îles sont venus du sud, non en conquérans, mais expulsés de la Guyane par les Aruacas, qui dominoient primitivement sur tous les peuples voisins. Une troisième tradition enfin, qui est beaucoup plus générale et plus vraisemblable, fait arriver les Caribes de l'Amérique septentrionale, et nommément de la Floride. Un voyageur qui se vantoit d'avoir recueilli

[1] *Arouaques.* Le missionnaire Quandt (*Nachricht von Surinam*, 1807, p. 47) les appelle *Arawackes.*

tout ce qui a rapport à ces migrations du nord au sud, M. Bristok, affirme qu'une tribu de Confachites (Confachiqui) [1] avoit guerroyé long-temps avec les Apalachites ; que ceux-ci, ayant cédé à cette tribu le district fertile d'Amana, appeloient leurs nouveaux confédérés Caribes (c'est-à-dire *étrangers valeureux*) ; mais qu'à la suite d'une altercation sur le culte, les Confachites-Caribes furent chassés de la Floride. Ils passèrent d'abord, dans leurs petits canots, aux îles Yucayas ou Lucayes (à Cigateo et aux îles voisines), de là à Ayay (Hayhay, aujourd'hui Sainte-Croix), et aux Petites-Antilles, enfin sur le continent de l'Amérique du Sud[2]. On croit que cet événe-

---

[1] La province de Confachiqui, soumise, en 1541, à une femme, est devenue célèbre par l'expédition d'Hernando de Soto en Floride. (*Her. Dec. VII,* p. 21.) Aussi, chez les peuples de langue huronne et chez les Attakapas, l'autorité suprême étoit souvent confiée aux femmes. (*Charlevoix*, Tom. V, p. 397 ; *Filson*, p. 185.)

[2] *Rochefort, Hist. des Antilles*, Tom. I, p. 326-353 ; *Robertson*, Book III, note 69. L'idée du père Gili que les Caribes du continent pourroient bien y être venus des îles Antilles lors de la première conquête

ment eut lieu vers l'an 1100 de notre ère ;
mais dans cette évaluation on suppose (comme
dans certains mythes de l'Orient) « que la
sobriété et l'innocence des mœurs des sauvages » ont pu élever la durée moyenne d'une
génération à 180 à 200 ans, ce qui rend entièrement imaginaire l'indication d'une époque
fixe. Dans le cours de cette longue migration,
les Caribes n'avoient pas touché aux grandes
îles Antilles dont les natifs se croyoient cependant aussi originaires de la Floride [1]. Les insu-
laires de Cuba, de Haïti et de Borriken (Portorico) étoient, selon le témoignage uniforme
des premiers *Conquistadores*, entièrement différens des Caribes ; et, lors de la découverte
de l'Amérique, ces derniers avoient même déjà
abandonné le groupe des petites îles Lucayes,
archipel dans lequel régnoit, comme cela
arrive toujours dans des terres peuplées par
des naufragés et des fuyards, une étonnante
variété de langues [2].

des Espagnols (*Saggio*, Tom. III, p. 204), est
contraire à tout ce que rapportent les premiers historiens.

[1] *Herera*, *Dec. I*, p. 235; *Dec. II*, p. 163.

[2] « La gente de las islas Yucayas era (1492) mas

La domination que les Caribes ont si long-
temps exercée sur une grande partie du continent, et le souvenir de leur antique grandeur,
leur ont inspiré un sentiment de dignité et de
supériorité nationale, qui se montre dans leurs
manières et dans leurs discours. « Nous sommes seuls un peuple, disent-ils proverbiale-
ment; les autres hommes (*oquili*) sont faits
pour nous servir. » Ce mépris des Caribes pour
leurs anciens ennemis est si prononcé, que
j'ai vu un enfant de dix ans écumer de rage
lorsqu'on l'appeloit *Cabre* ou *Cavere*. Cependant de sa vie il n'avoit vu un individu de
cette nation [1] malheureuse, qui a donné son
nom à la ville de Cabruta (Cabritu), et qui,
après une longue résistance, a été presque
entièrement exterminée par les Caribes. Partout, et chez des hordes à moitié sauvages, et
dans la partie la plus civilisée de l'Europe, nous
trouvons ces haines invétérées, ces noms de

blanca y de major policia que la de Cuba y Haïti.
Havia mucha diversidad de lenguas.» *Gomara* , *Hist.*
de Ind. , fol. xxi.

[1] Tom. VII, p. 183, 250, 257; et VIII, p. 38.

peuples ennemis que l'usage a fait passer dans les langues comme les injures les plus cruelles.

Le missionnaire nous conduisit dans plusieurs cabanes indiennes où régnoient de l'ordre et une extrême propreté. Nous vîmes avec peine les tourmens auxquels les mères Caribes soumettent les enfans, dès l'âge le plus tendre, pour grossir non seulement leurs mollets, mais alternativement la chair des jambes depuis la cheville jusqu'au haut des cuisses. Des bandelettes de cuir ou de tissus de coton sont placées comme des liens étroits à 2 et 3 pouces de distance; en les serrant de plus en plus, on fait gonfler les muscles dans l'intervalle des bandelettes. Nos enfans en maillot souffrent bien moins que ces enfans des peuples caribes, chez une nation que l'on dit être plus rapprochée de l'état de nature. C'est en vain que les moines des missions, sans connoître les ouvrages et même le nom de Rousseau, tentent de s'opposer à cet ancien système d'éducation physique; l'homme sorti des bois, que nous croyons si simple dans ses mœurs, n'est pas docile lorsqu'il s'agit de sa parure et des idées qu'il s'est formées de la beauté et de la bienséance. J'ai d'ailleurs été surpris de voir que la gêne que l'on fait éprouver à ces pauvres enfans, et qui paroît entraver la circulation du sang, n'affoiblisse pas le mouvement musculaire. Il n'y a pas de race d'hommes plus robustes et plus légers à la course que les Caribes.

Si les femmes travaillent à façonner les jambes et les cuisses de leurs enfans, pour produire ce que les peintres appellent des contours ondoyans, elles s'abstiennent du moins, dans les *Llanos*, d'aplatir la tête en la comprimant, dès l'âge le plus tendre, entre des coussins et des planches. Cet usage, si commun jadis dans les îles et chez plusieurs tribus de Caribes dans la Parime et la Guyane françoise, ne se pratique pas dans les missions que nous avons visitées. Les hommes y ont le front plus bombé que les Chaymas, les Otomaques, les Macos, les Maravitains, et que la plupart des habitans de l'Orénoque. On diroit, d'après des idées systématiques, qu'ils l'ont comme le requièrent leurs facultés intellectuelles. Nous avons été d'autant plus frappé de cette observation que les crânes caribes gravés en Europe [1], dans quelques ouvrages d'anatomie, se

[1] Je ne citerai comme exemple qu'une planche des-

distinguent de tous les crânes humains par le
front le plus déprimé et par l'angle facial le
plus aigu. Mais on a confondu, dans nos collections ostéologiques, les productions de l'art
avec l'état de nature. Ce que l'on donne pour
des crânes de Caribes de l'île de Saint-Vincent
« presque dépourvus de front », sont des crânes façonnés entre des planches, et appartenant à des Zambos (*Caribes noirs*), qui descendent de nègres et de véritables Caribes [1].
L'habitude barbare d'aplatir le front se re-

sinée par l'illustre anatomiste, Pierre Camper : *Viri
adulti cranium ex Caraibensium insula Sancti-Vicen-
tii in Museo Clinii asservatum*, 1785.

[1] Ces malheureux restes d'un peuple puissant ont
été déportés, en 1795, à l'île de Rattam, dans le golfe
de Honduras, parce que le gouverneur anglois les
accusoit de liaisons avec les François. Un admi-
nistrateur habile, M. Lescallier, avoit proposé (1760)
à la cour de Versailles d'attirer les *Caribes rouges
et noirs* de Saint-Vincent à la Guyane, pour les
employer, comme hommes libres, à la culture des
terres. Je doute cependant qu'à cette époque, leur
nombre ait encore été de 6000 ; l'île de Saint-Vincent
n'avoit, en 1787, pas au-dessus de 14,000 habitans
de toutes les couleurs. (*Lescallier, sur la Guyane
françoise*, p. 47.)

trouve d'ailleurs chez plusieurs peuples [1] qui ne
sont pas d'une même race : on l'a observé
récemment jusque dans l'Amérique du nord;
mais rien n'est plus hasardé que de conclure
l'identité d'origine par une certaine conformité
dans les usages et les mœurs. Quand on voyage
dans les missions caribes , et que l'on observe
l'esprit d'ordre et de soumission qui y règne ,
on a de la peine à se persuader qu'on est parmi
des Canibales. Ce mot américain, d'une signi-
fication un peu douteuse, est tiré probablement de la langue d'Haïti ou de celle de Portorico. Il a passé dans les langues d'Europe,
depuis la fin du 15ᵉ siècle, comme synonyme

[3] Par exemple, les Tapoyranas de la Guiane (*Barrère*, p. 239), les Solkeeks de la Haute-Louisiane
(*Walckenaer, Cosmogr.*, p. 583.) « Los Indios de Cumana, dit Gomara (*Hist. de Ind.*, fol. xlv) aprietan a
los niños la cabeça muy blando, pero mucho, entre
dos almohadillas de algodon para ensanchar los la cara,
que lo tienen por hermosura. Las donzellas van de
todo punto desnudas. Traen senogiles muy apretados
por debaxo y encima de las rodillas, para que los
muslos y pantorillas engorden mucho. Dan las novias á
los piaches, hombres sanctos y religiosos. Los reverendos
padres toman aquel trabajo y los novios se quitan de
sospecha, quexa y pena. »

d'anthropophage. « Edaces humanarum car-
nium novi anthropophagi, quos diximus Caribes alias Canibales appellari », dit Anghiera,
dans la troisième Décade de ses *Océaniques* [1],
dédiées au pape Léon X. Je ne doute guère
que les Caribes des îles ont exercé, comme
peuple conquérant, des cruautés sur les Ygne-
ris ou anciens habitans des Antilles, qui étoient
foibles et peu guerriers ; mais on doit admettre
aussi que ces cruautés ont été exagérées par
les premiers voyageurs, qui n'écoutoient que
les récits de peuples anciennement ennemis
des Caribes. Ce ne sont pas toujours les seuls
vaincus qui sont calomniés par leurs contem-
porains ; on se venge aussi de l'insolence du
vainqueur en augmentant la liste des ses for-
faits.

Tous les missionnaires de Carony, du Bas-
Orénoque et des *Llanos del Cari*, que nous
avons eu occasion de consulter, assurent que
les Caribes sont peut-être les peuples les moins
anthropophages du Nouveau-Continent. Ils
étendent cette assertion jusqu'aux hordes indépendantes qui errent à l'est de l'Esmeralda

---

[1] *Dec. III*, Lib. III, p. 49, B.

entre les sources du Rio Branco et de l'Essequebo. On conçoit que l'acharnement et le
désespoir avec lesquels on a vu les malheureux
Caribes se défendre contre les Espagnols, lorsqu'en 1504 un décret royal [1] les declara esclaves, ont dû contribuer à ce renom de férocité
qu'on leur a fait. La première idée de sévir
contre cette nation, et de la priver de sa liberté
et de ses droits naturels, est due à Christophe
Colomb [2], qui, partageant les opinions du 15e
siècle, n'étoit pas toujours aussi humain que,
par haine contre ses détracteurs, on l'a dit au
18e. Plus tard, le Licenciado Rodrigo de Figueroa fut chargé par la cour (en 1520) de décider
quelles étoient les peuplades de l'Amérique
méridionale que l'on pouvoit regarder comme
de race caribe ou *canibale*, et quels autres
étoient *Guatiaos* [3], c'est-à-dire des Indiens de

---

[1] « Dati erant in prædam Caribes ex diplomate regio.
Missus est Johannes Poncius qui Caribum terras depo-
puletur et in servitutem obcœnos hominum voratores
redigat. » *Petr. Mart. Ocean. Dec. I*, Lib. 1, p. 26,
A; *Dec. III*, Lib. VI, p. 57, G. (Gómara, *Hist. de
Ind.*, fol. CXIX.)

[2] *Pedro Muñoz, Hist. del Nuevo-Mundo*, p. 199.

[3] J'ai eu quelque peine à découvrir l'origine de cette

paix et anciens amis des Castillans. Cette pièce
ethnographique, appelée *el auto de Figueroa*,

dénomination, devenue si importante par les funestes
décrets de Figueroa. Les historiens espagnols se servent
souvent du mot *guatiao* comme désignant un rameau
de peuples. « La isla Margarita esta entre las islas de
Caribes y de Indios *Guatiaos*, amigos de los Castel-
lanos, que estan mas adelante de la isla Española. En
lo mas arriba de la costa de Tierra firme havia una
provincia que se decia Parucuria, la qual era de *Guatiaos* que no son Caribes. » *Herera, Dec. II*, p. 258;
Dec. III, p. 210. Se faire *guatiao* de quelqu'un me
paroît avoir signifié, en langue d'Haïti, conclure un
pacte d'amitié. Dans les Antilles, comme dans l'archipel des îles de la Mer du Sud, on échangeoit les noms
en signe d'alliance. « Juan de Esquivel (1502) se hice
Guatiao del Cacique Cotubanama; el qual desde adelante se llamó Juan de Esquivel, porque era liga de
perpetua amistad entre los Indios trocarse los nombres:
y trocados quedaban Guatiaos, que era tanto como
confederados y hermanos en armas. Ponce de Leon se
hice *Gaatiao* con el poderoso Cacique Agueinaba. »
Herera Dec. I, p. 129, 159, 181. Une des îles Lucayes, habitée par des peuples doux et pacifiques,
s'appeloit jadis *Guatao* (*Laet.*, p. 22); mais nous n'in-
sisterons pas sur l'étymologie de ce mot, parce que,
comme nous l'avons déjà fait observer, les langues des
îles Lucayes différoient de celles d'Haïti.

est un des monumens les plus curieux de la barbarie des premiers *Conquistadores*. Jamais l'esprit de système n'avoit mieux servi à flatter les passions. Nos géographes ne distinguent pas plus arbitrairement dans l'Asie centrale les peuples mongols des peuples tartares que Figueroa ne traça la limite entre les Canibales et les Guatiaos. Sans faire attention à l'analogie des langues, on déclara arbitrairement de race caribe toutes les hordes que l'on pouvoit accuser d'avoir dévoré un prisonnier après le combat. Les habitans d'Uriapari (de la péninsule de Paria) furent nommés Caribes ; les Urinacos (riverains du Bas-Orénoque ou Urinucu) Guatiaos. Toutes les tribus que Figueroa désignoit comme Caribes étoient condamnées à l'esclavage : on pouvoit à volonté ou les vendre ou leur faire une guerre d'extermination. C'est dans ces luttes sanglantes que les femmes caribes, après la mort de leurs maris, se défendirent avec un tel désespoir, qu'on les prit, comme dit Anghiera [1], pour des peuplades d'Amazones. Les déclamations odieuses d'un moine domini-

---

[1] *Ocean. Dec. III*, Lib. ix, p. 63, D. (*Voyez* aussi Tom. VIII, p. 15.)

càin (Thomas Hortiz) contribuèrent à pro-
longer les malheurs qui pesoient sur des nations
entières. Cependant, et l'on aime à le dire, au
milieu de ces cruautés exercées contre les
Caribes, des hommes courageux faisoient entendre quelques accens d'humanité et de
justice. Plusieurs religieux embrassèrent une
opinion opposée à celle qu'ils avoient d'abord
émise [1]. Dans un siècle où l'on ne pouvoit espérer de fonder la liberté publique sur des
institutions civiles, on tâchoit du moins de défendre la liberté individuelle. «C'est une sainte
loi (*lex sanctissima*), dit Gomara, en 1551, que
celle par laquelle notre Empereur a défendu
de réduire les Indiens à l'esclavage. Il est juste
que les hommes qui, tous naissent libres, ne
puissent devenir esclaves les uns des autres.»
Nous fûmes surpris, pendant notre séjour
dans les missions caribes, de la facilité avec laquelle de jeunes Indiens de 18 ou 20 ans, lorsqu'ils sont élevés à l'emploi d'*Alguacil* ou de
Fiscal, haranguent la commune pendant des
heures entières. L'intonation, la gravité du
maintien, le geste qui accompagne la parole,

[1] *Gomara Hist. de Ind.*, fol. xix.

tout annonçoit un peuple spirituel et capable d'un haut degré de civilisation. Un moine franciscain, qui possédoit assez le caribe pour pouvoir prêcher quelquefois dans cette langue, nous fit observer combien, dans les discours des Indiens, les périodes étoient longues et nombreuses sans jamais être embarrassées ou obscures. Des flexions particulières du verbe indiquent d'avance la nature du régime, selon qu'il est animé ou inanimé, comprenant une seule chose ou une pluralité d'objets. De petites formes annexes (*suffixa*) ont le pouvoir de nuancer le sentiment; et ici, comme dans toutes les langues formées par un développement non entravé, la clarté naît de cet instinct régulateur [1] qui caractérise l'intelligence humaine dans les divers états de barbarie et de culture. Les jours de fête, après la célébration de la messe, la commune entière s'assemble devant l'église. Les jeunes filles déposent aux pieds du missionnaire des fagots de bois, du maïs, des régimes de bananes, et d'autres

---

[1] *Guillaume de Humboldt, sur l'étude comparée des langues et les époques diverses de leur développement,* 1821 (en allemand), p. 13. *Voyez* aussi Tom. III, p. 335; VII, p. 364.

comestibles dont il a besoin pour son ménage.
En même temps le *governador*, le *fiscal* et les
officiers municipaux, tous de race indienne,
exhortent les indigènes au travail, règlent les
occupations auxquelles ils doivent se livrer
dans la semaine, réprimandent les paresseux, et
(il faut bien le dire) fustigent cruellement les
indociles. Des coups de bâton sont reçus avec
la même impassibilité qu'on les donne. Ces
actes de justice distributive paroissent bien
longs et bien fréquens aux voyageurs qui traversent les *Llanos* pour se rendre de l'Angostura aux côtes. On désireroit que ce ne fût pas
le prêtre qui imposât des peines corporelles
au moment de quitter l'autel, on voudroit ne
pas le voir assister au châtiment des hommes
et des femmes en habit sacerdotal : mais cet
abus, ou, si l'on veut, ce manque de conve-
nance, naît du principe sur lequel repose le
régime bizarre des missions. Le pouvoir civil
le plus arbitraire est étroitement lié aux droits
qu'exerce le curé de la petite commune ; et,
quoique les Caribes ne soient guère des *Ca-*
nibales, et que l'on voulût les voir traiter
avec douceur et avec indulgence, on conçoit
pourtant que des moyens un peu énergiques

sont parfois nécessaires pour maintenir la tranquillité dans une société naissante.

La difficulté de fixer les Caribes au sol est d'autant plus grande que, depuis des siècles, ils ont été adonnés au commerce sur les rivières. Nous avons déjà fait connoître plus haut ce peuple actif, à la fois marchand et guerrier, occupé de la traite des esclaves, et portant ses marchandises depuis les côtes de la Guyane hollandoise jusqu'au bassin de l'Amazone. Les Caribes voyageurs étoient les Bukhares de l'Amérique équinoxiale : aussi le besoin fréquent de supputer les objets de leur petit commerce et de se transmettre des nouvelles, les avoit portés à étendre et à perfectionner l'usage des *quippos*, ou, comme on dit dans les missions, des *cordonxillos con nudos* [1]. Ces *quippos* ou cordelettes se retrouvent au Canada [2], au Mexique (où Boturini a pu s'en procurer chez les Tlascaltèques) au Pérou, dans les plaines de la Guyane, dans l'Asie centrale, en Chine et dans l'Inde. Comme chapelets, ils sont devenus des objets

[1] Tom. III, p. 293.

[2] *Caulin*, p. 333.

de dévotion entre les mains des chrétiens d'occident; comme *suampan*, ils ont servi aux opérations de l'*arithmétique palpable* ou manuelle des Chinois, des Tartares et des Russes [1]. Les Caribes indépendans qui ha-

---

[1] *Vues des Cordillères et Monumens amér.*, Tom. I, p. 70, 267. Sur les *quippos* trouvés à l'Orénoque, chez les Tamanaques, voyez *Gili*, Tom. II, p. 34. Les quippos ou cordelettes des peuples de la Haute-Louisiane s'appellent *Wampum*. (*John Filson, Hist. du Kentucky*, p. 102; *Charlevoix, Hist. de la Nouv. France*, Tom. V, p. 308; *Lepage de Pratz, Hist. de la Louisiane*, Tom. II, p. 196.) Anghiera rapporte (*Ocean. Dec. III*, Lib. x, p. 65, D.) un fait très-curieux, qui semble prouver que des Caribes voyageurs avoient quelque idée de livres reliés comme ceux des Mexicains et les nôtres. J'ai fait connoître ailleurs (*Vues des Cordillères*, Tom. I, p. 72) la découverte curieuse de cahiers de peintures trouvés sur les rives de l'Ucayale parmi les Indiens Panos. Aussi les Péruviens possédoient, outre les *quippos*, des peintures hiéroglyphiques semblables aux peintures mexicaines, mais plus grossières. (*Garcia, Origen de los Indios*, p. 91.) Des pages peintes leur servoient, depuis la conquête, à se confesser à l'église. Peut-être le Caribe fugitif qui venoit au Darien de l'intérieur des terres, et dont parle Anghiera, avoit-il eu occasion de voir à Quito ou à Cundinamarca quelque livre péruvien.

bitent le pays si peu connu entre les sources de l'Orénoque et des rivières Essequebo, Carony et Parime [1], sont divisés par tribus : semblables aux peuples du Missoury, du Chili et de l'ancienne Germanie, ils forment une espèce de confédération politique. Ce régime convient le plus à l'esprit de liberté de ces hordes guerrières qui ne trouvent avantageux les liens de la société que lorsqu'il s'agit de leur défense commune. La fierté des Caribes les engage à s'isoler de toutes les autres tribus, même de celles qui, par leurs langues, ont quelque parenté avec eux. Ce même isolement, ils le demandent encore dans les missions. Rarement ces dernières ont prospéré l'orsqu'on a tenté d'aggréger les Caribes à des communes mixtes, c'est-à-dire à ces villages dans lesquels chaque cabane est habitée par une famille appartenant à une autre nation, parlant un autre idiome. Les chefs des

J'emploie, comme les premiers voyageurs espagnols, le mot *livre*, parce qu'il ne suppose aucunement l'emploi d'une écriture alphabétique.

[1] Rio Branco ou Rio de Aguas-Blancas.

Caribes indépendans sont héréditaires de père en fils, et non par les enfans des sœurs. Ce dernier mode de succession est basé sur un système de méfiance qui n'annonce pas une grande pureté de mœurs : il est en usage dans l'Inde, dans les Ashantées (en Afrique) et parmi plusieurs hordes [1] de sauvages de

[1] Parmi les Hurons (Wiandots) et les Natchez, la succession de la magistrature se continue par les femmes : ce n'est pas le fils qui succède, mais le fils de la sœur ou le plus proche parent en ligne féminine. Ce genre de succession donne la certitude que le pouvoir suprême reste attaché au sang du dernier chef; c'est un usage qui assure la légitimité. (*Filson*, p. 183.) J'ai trouvé d'anciennes traces de ce mode de succession si commun en Afrique et aux grandes Indes dans les dynasties royales des Antilles. « In testamentis autem quam fatue sese habeant intelligamus : ex sorore prima primogenitum, si insit, reliquunt regnorum hæredem; sin minus, ex altera, vel tertia, si ex secunda proles desit : quia a suo sanguine creatam sobolem eam certum est. Filios autem uxorum suarum pro non legitimis habent. Uxores ducunt quotquot placet. Ex uxoribus cariores cum regulo sepeliri patiuntur.» (*Petr. Mart., Ocean. Dec. III*, Lib. IX, p. 63, B.)

l'Amérique du Nord. Parmi les Caribes, les
jeunes chefs, comme les garçons qui veulent
se marier, sont soumis aux jeûnes et aux pé-
nitences les plus extraordinaires. On les purge
avec le fruit de quelques Euphorbiacées; on
les fait suer dans des étuves, et on leur donne
de ces remèdes qui sont préparés par les *marirris* ou *piaches*, et que, dans les contrées
trans-alléghaniennes, on appelle *potions pour
la guerre*, *potions pour donner du courage
(war-phisicks)*. Les *marirris* caribes sont les
plus célèbres de tous : prêtres, jongleurs et
médecins à fois, ils se transmettent leur
doctrine, leurs ruses et les remèdes qu'ils
emploient. Les derniers sont accompagnés
d'imposition de mains, et de quelques gestes
ou pratiques mystérieuses qui paroissent tenir
aux procédés les plus anciennement connus
du magnétisme animal. Quoique j'aie eu occasion de voir plusieurs personnes qui avoient
observé de près les Caribes confédérés, je
n'ai pu vérifier si les *marirris* appartiennent à
une caste particulière. Dans le nord de l'Amérique, on observe que, parmi les Shawanoes [1],

---

[1] Peuples venus de la Floride, ou du *midi* (shawa-

4 *

divisés en plusieurs tribus, les prêtres qui
président aux sacrifices doivent être (comme
chez les Hébreux) d'une seule tribu, de celle
des Mequachakes. Je pense que tout ce que
l'on parviendra à découvrir un jour, en Amérique, sur les restes d'une caste sacerdotale,
est d'un vif intérêt, à cause de ces prêtres-
rois du Pérou qui se disoient fils du Soleil, et
de ces *Rois-Soleils* chez les Natchez qui rappellent iuvolontairement les Héliades de la
première colonie orientale de Rhodes[1]. Pour
bien étudier les mœurs et les coutumes de la
nation caribe, il faudroit visiter à la fois les
missions des *Llanos,* celles de Carony, et les
savanes qui s'étendent au sud des montagnes
de Pacaraymo. Plus on apprendra à les con-
naître, disent les moines de Saint-François,
et plus on verra s'évanouir les préjugés qui se
sont répandus contre eux en Europe, où on
les regarde comme étant plus sauvages, ou,
pour me servir de l'expression naïve d'un

neu) vers le nord. *Archæol. Amer.*, Tom. I, p. 275;
Histor. Trans of Phil., Tom. I, p. 28, 69, 77, 83.

[1] *Diod.*, Lib. V, §. 56, p. 327. D. (édit. Rhodo-
man.)

Seigneur de Montmartin, comme étant beaucoup moins *libéraux* que d'autres peuplades de la Guyane [1]. La langue des Caribes du continent est la même depuis les sources du Rio Branco jusqu'aux steppes de Cumana. J'ai été assez heureux pour me procurer un manuscrit renfermant l'extrait que le père Sébastien Garcia a fait de la *Grammatica de la lengua Caribe del P. Fernando Ximenez*. Ce manuscrit précieux a servi aux recherches que M. Vater [2], et récemment d'après un plan beaucoup plus vaste, mon frère, M. Guillaume de Humboldt, ont faites sur la structure des langues américaines.

Au moment de quitter la Mission de Cari, nous eûmes quelques contestations avec nos muletiers indiens. Ils s'étoient aperçus, à notre plus grand étonnement, que nous amenions

---

[1] « Les Caribes sont d'assez belle taille et potelés; mais ils sont peu libéraux, car ils aiment à se nourrir de chair humaine, de lézards et de crocodiles. » (*Descript. gén. de l'Amérique par Pierre d'Avity, Seigneur de Montmartin*, 1660, p. 118.)

[2] *Mithridates*, Tom. III, p. 685. Le père Gili n'a pas eu connoissance de ce manuscrit. *Saggio*, Tom. III, p. 410.

avec nous des squelettes de la caverne d'Ata-
ruipe [1], et ils étoient fermement persuadés que
la bête de somme qui portoit « le corps de
leurs vieux parens » devoit périr dans le
voyage. Toutes les précautions que nous
avions prises pour cacher les squelettes
étoient inutiles, rien n'échappe à la pénétration et à l'odorat d'un Caribe; et il fallut toute
l'autorité du missionnaire pour faire partir nos
charges. Nous eûmes à traverser le Rio Cari
en bateau, et le *Rio de agua clara* au gué, je
dirais presque à la nage. Les sables mouvans
du fond rendent ce dernier passage très-péni-
ble pendant la saison des grandes crues. On
est surpris de trouver cette force des courans
dans un pays si uni; aussi les rivières des
steppes se précipitent, pour me servir d'une
expression très-juste de Pline le jeune [2],
« moins par la pente qu'elles trouvent que par
leur abondance et comme par leur propre
poids. » Nous eûmes, avant d'arriver à la

---

[1] *Voyez*, Tom. VIII, p. 261-267.

[2] *Epist.*, *Lib.* VIII, n° 8. « Clitumnus non loci de-
vexitate, sed ipsa sui copia et quasi pondere impel-
litur. »

petite ville du Pao, deux mauvais gîtes, à Matagorda et à Los Riecitos. Nous rencontrâmes partout les mêmes objets : ces petites cabanes construites en roseaux et couvertes de cuirs; ces hommes à cheval, armés de lances, qui surveillent les troupeaux; ces troupeaux de bêtes à cornes, à demi sauvages, remarquables par la couleur uniforme de leur poil, et disputant les herbages aux chevaux et aux mulets. Pas de moutons, pas de chèvres dans ces steppes immenses! Les moutons ne se multiplient bien dans l'Amérique équinoxiale que sur les plateaux élevés de plus de mille toises; c'est là seulement que les laines sont longues et parfois très-belles. Sous le climat ardent des plaines, où les loups sont remplacés par des jaguars, ces petits ruminans, dépourvus de défenses et si lents dans leurs mouvemens, ne peuvent se conserver en grand nombre.

Nous arrivâmes, le 15 juillet, à la *Fundacion* ou Villa del Pao, fondée en 1744, et très-favorablement placée pour servir d'entrepôt de commerce entre Nueva-Barcelona et l'Angostura. Son véritable nom est la *Concepcion del Pao* : Alcedo, La Cruz Olmedilla et beau-

coup d'autres géographes l'ont mal située, en
confondant cette petite ville des *Llanos* de
Barcelona ou avec San Juan Bauptista del Pao
des *Llano* de Caracas, ou avec El Valle del
Pao de Zarate [1]. Malgré le temps nuageux, je
réussis à obtenir quelques hauteurs de α du
Centaure propres à fixer la latitude du lieu.
Elle est de 8° 37′ 57″. Des hauteurs du soleil
me donnèrent, pour la longitude, 67° 8′ 12″,
en supposant l'Angostura 66° 15′ 21″. Les
déterminations astronomiques de Calabozo [2]
et de la Concepcion del Pao sont assez importantes pour la géographie de ces contrées, où,
au milieu des savanes, on manque absolument
de points fixes. Les environs du Pao offrent
quelques arbres fruitiers, phénomène rare dans
les steppes. Nous y trouvâmes même des cocotiers qui sembloient très-vigoureux, malgré
la grande distance de la mer. J'insiste sur
cette dernière observation, parce qu'on a
récemment élevé quelques doutes sur la véra-
cité des voyageurs qui prétendent avoir rencontré le cocotier, qui est un *palmier du*

[1] Caulin, p. 343. Depons, Tom. III, p. 209.
[2] *Voyez* Tom. VI, p. 147.

littoral, à Tombuctou, dans le centre de l'Afrique [1]. Nous avons eu plusieurs fois occasion de voir des cocotiers au milieu des cultures qui bordent le Rio Magdalena; à plus de cent lieues des côtes.

Cinq journées, qui nous paroissoient bien longues, nous conduisirent de la Villa del Pao au port de Nueva-Barcelona. A mesure que nous avancions, le ciel devint plus serein, le sol plus poudreux, l'atmosphère plus embrasée. Cette chaleur dont on souffre beaucoup n'est pas due à la température de l'air : elle est produite par le sable fin qui s'y trouve mêlé, qui rayonne de tous côtés, et frappe contre le visage du voyageur comme il frappe contre la boule du thermomètre. Je n'ai cependant jamais vu monter le mercure en Amérique, au milieu d'un *vent de sable*, au-delà de 45°, 8 cent. Le capitaine Lyon, avec lequel j'ai eu le plaisir de m'entretenir à son retour de Mourzouk, me paroissoit aussi porté à croire que la température de 52° qu'on éprouve si

[1] Selon le rapport du matelot Adams et celui de Hadjee Talub Ben Jelow (*Fitzclarence, Route acrose India*, p. 494).

souvent dans le Fezzan provient en grande
partie de grains de quarz suspendus dans
l'atmosphère. Nous passâmes entre le Pao et
le village de Santa Cruz de Cachipo, fondé en
1749, et habité par 500 Caribes [1], le prolongement occidental du petit plateau qui est
connu sous le nom de Mesa de Amana. Ce
plateau forme un point de partage entre l'Orénoque, le Guarapiche et le littoral de la Nouvelle-Andalousie. Sa hauteur est si petite
qu'elle ne mettra que peu d'obstacle à l'établissement d'une navigation intérieure dans
cette partie des *Llanos*. Cependant le Rio
Mamo, qui débouche dans l'Orénoque au-
dessus du confluent du Carony, et que D'Anville (j'ignore d'après quel témoignage) a tracé
dans la première édition de sa grande carte,
comme sortant du lac de Valencia et comme
recevant les eaux du Guayre, n'a jamais pu
servir de canal naturel entre deux bassins de
rivières. Aucune bifurcation de ce genre
n'existe dans la steppe. Un grand nombre d'Indiens caribes qui habitent aujourd'hui les

---

[1] La population n'étoit, en 1754, que de 120 ames.
Caulin, p. 352.

missions de Piritu, étoient fixés jadis au nord
et à l'est du plateau d'Amana, entre Maturin,
la bouche du Rio Arèo et le Guarapiche ; ce
sont les incursions de Don Joseph Careño, un
des gouverneurs les plus entreprenans de la
province de Cumana, qui, en 1720, furent la
cause d'une migration générale des Caribes
indépendans vers les rives du Bas-Orénoque.

Toute cette vaste plaine est composée,
comme nous l'avons exposé plus haut[1], de
formations secondaires qui s'adossent vers le
sud, immédiatement aux montagnes granitiques de l'Orénoque. Vers le nord-ouest, une
bande assez étroite de *roches de transition*[2] les
séparent des montagnes primitives du littoral
de Caracas. Cette abondance de roches secondaires qui couvrent sans interruption un espace
de plus de 7200 lieues carrées (en ne comptant
que la partie des *Llanos* qui est bordée au sud
par le Rio Apure, et à l'ouest par la Sierra
Nevada de Merida et le Paramo de las Rosas);
est un phénomène d'autant plus remarquable

[1] Tom. VI., p. 154-160.

[2] Tom. VI, p. 21-23.

sous ces climats, que, dans toute la Sierra de
la Parime, entre la rive droite de l'Orénoque
et le Rio Negro, on est frappé, comme en
Scandinavie, d'une absence totale de formations secondaires. Le *grès rouge*, renfermant
quelques débris de bois fossile (de la famille
des Monocotylédonées), se découvre partout
dans les steppes de Calabozo ; plus à l'est, des
roches calcaires et gypseuses lui sont superposées et le dérobent à la recherche du géo-
logue. Le gypse marneux, dont nous avons
ramassé des échantillons près de la mission
Caribe de Cachipo, m'a paru appartenir à la
même formation que le gypse d'Ortiz. Pour le
classer selon le type des formations européennes, je le rangerois parmi les gypses souvent
muriatifères qui recouvrent la pierre calcaire
alpine ou le *zechstein*. Plus au nord, vers la
mission de San Josef de Curataquiche, M. Bonpland trouva, dans la plaine, de beaux morceaux rubannés de jaspe ou *cailloux d'Égypte*.
Nous ne les avons pas vus en place enchâssés
dans une roche, et nous ignorons s'ils appartiennent à un conglomérat très-récent ou à ce
calcaire que nous avons vu au Morro de Nueva-

Barcelona et qui n'est pas de transition, quoiqu'il renferme des couches de jaspe schisteux
(*kieseischiefer*).

On ne peut traverser les steppes ou savanes
de l'Amérique méridionale, sans se livrer à
l'espoir qu'on profitera un jour des avantages
qu'elles offrent, plus que toute autre région
du globe, pour mesurer des degrés d'un arc
terrestre dans le sens d'un méridien ou d'une
perpendiculaire à la méridienne. Leur grande
étendue de l'est à l'ouest rendroit surtout très-
facile la mesure de quelques degrés de longitude. Cette opération serait d'un vif intérêt
pour la connoissance précise de la figure de la
terre. Les *Llanos* de Venezuela se trouvent
13° à l'est des lieux où, d'un côté, les académiciens françois, par des triangles appuyés aux
sommets des Cordillères, et, de l'autre Mason
et Dixon, renonçant (dans les plaines de la
Pensylvanie) aux secours de la trigonométrie,
ont exécuté leurs mesures : ils se trouvent presque sur le même parrallèle (et cette circonstance est bien importante) que le plateau de
l'Inde, entre Junné et Madura, qui a été le
théâtre des belles opérations du colonel Lamb-
ton. Quels que puissent être les doutes que

l'on a encore sur l'exactitude des instrumens,
les erreurs de l'observation et les influences
des attractions locales, il seroit difficile, dans
l'état actuel de nos connoissances, de nier les
inégalités d'aplatissement de la terre. Lorsqu'une liaison plus intime sera établie entre les
gouvernemens de La Plata et de Venezuela,
on profitera sans doute de cet avantage et de
la paix publique pour exécuter, au nord et au
sud de l'équateur, dans les *Llanos* et les *Pampas*, les mesures que nous proposons. Les
Llanos du Pao et de Calabozo se trouvent presque sous un même méridien avec les *Pampas*
au sud de Cordova; et la différence de latitude de ces plaines unies comme si elles étoient
nivelées par un long séjour des eaux, est de
45°. Ces opérations géodésiques et astronomiques seroient peu coûteuses, à cause de la
nature des localités. Déjà La Condamine [1], en
1734, avoit prouvé combien il auroit été plus

---

[1] *Voy. à l'Équat.*, p. 194 et 201. Si l'on cherchoit
un pays entièrement uni et découvert *sous l'équateur
même*, je préférerois aux plaines désignées par M. de
La Condamine celles qui s'étendent au sud de la chaîne
de montagnes de Pacaraymo, vers la bouche du Rio
Brianco. *Voyez* Tom. II, p. 448 et 523.

utile, et surtout plus expéditif, d'avoir envoyé
les académiciens dans les plaines (peut-être un
peu trop boisées et marécageuses) qui s'étendent au sud de Cayenne vers le confluent du
Rio Xingu et de l'Amazone, que de les forcer,
sur le plateau de Quito, à lutter avec les fri-
mas, les tempêtes et les éruptions des volcans.

Les gouvernemens espagnols-américains ne
doivent pas considérer les opérations projetées
dans les *Llanos* et combinées avec des observations de pendule, comme n'offrant qu'un
intérêt purement scientifique ; ces travaux
pourront devenir en même temps le fon-
dement principal des cartes sans lesquelles
toute administration régulière d'un pays est
impossible. Jusqu'ici on a dû se borner à une
levée purement astronomique : c'est le moyen le
plus sûr et le plus prompt dans une surface
d'une vaste étendue. On a tâché de déterminer la longitude de quelques points de la
côte et de l'intérieur d'une manière *absolue*,
c'est-à-dire par des phénomènes célestes ou
des séries de distances lunaires. On a fixé les
lieux les plus importans d'après les trois coor-
données de latitude, de longitude et de hauteur.
Les points intermédiaires ont été rapportés

chronométriquement aux points principaux. La
marche très-uniforme des chronomètres dans
des canots, et les inflexions bizarres de l'Orénoque ont facilité cette liaison. En ramenant
les chronomètres au point du départ, ou en
observant deux fois (en allant et en revenant)
dans un point intermédiaire, en rattachant les
extrémités des *lignes chronométriques* [1] à des
endroits très-éloignés les uns des autres, et
dont la position se fonde sur des phénomènes
absolus ou purement astronomiques, on est
parvenu à évaluer la somme des erreurs qu'on
a pu commettre. C'est ainsi (et aucune détermination de longitude n'avoit été faite avant
moi dans l'intérieur) que j'ai lié astronomiquement Cumana, l'Angostura, l'Esmeralda,
San Carlos del Rio Negro, les Grandes cataractes, San Fernando de Apure, Portocabello
et Caracas. Ces déterminations contiennent,
entre de justes limites, une surface de plus de

[1] Je désigne par cette expression peu usitée les lignes
qui réunissent les points dont les longitudes ont été déterminées au moyen du transport du temps, et qui, par
conséquent, sont dépendantes les unes des autres. C'est
de la disposition convenable de ces lignes que dépend
l'exactitude d'une *levée* purement astronomique.

10,000 lieues carrées. Le système des positions du littoral et les précieux résultats du re-
lèvement exécuté par l'expédition maritime
de Fidalgo ont été joints au système des positions de l'Orénoque et du Rio Negro par
deux lignes chronométriques, dont l'une traverse les *Llanos* de Calabozo, l'autre les *Llanos*
du Pao. Les observations de la Parime offrent
une bande qui partage en deux parties une
immense étendue de terrain (de 73,000 lieues
carrées), sur laquelle il ne se trouve jusqu'ici pas un seul point déterminé astronomiquement [1]. Ces divers travaux, que j'ai entrepris avec de foibles moyens, mais d'après un
plan général, ont offert (j'ose m'en flatter)
les premiers fondemens astronomiques de la
géographie de ces contrées; mais il est temps
de les multiplier, de les perfectionner, et surtout de les remplacer, là où la culture du pays
le permet, par des opérations trigonomé-
triques. Sur les deux bords des *Llanos* qui
s'étendent comme un golfe depuis le delta de
l'Orénoque jusqu'aux montagnes neigeuses de
Merida, deux chaînes granitiques se prolon-

[1] *Voyez*, Tom. VIII, p. 338.

Relat. hist., *Tom.* 9.   5

gent vers le nord et vers le sud parrallèlement
à l'équateur. Ces anciennes côtes d'un bassin
intérieur sont visibles de loin dans les steppes
et peuvent servir à établir des signaux. Le Pic
du Guacharo, le Cocollar et Tumiriquiri, le
Bergantin, les Morros de San Juan et de San
Sebastian, la Galera qui borde les *Llanos*
comme un mur rocheux, le petit Cerro de
Flores que j'ai vu à Calabozo et dans un moment où le *mirage* était à peu près nul, serviront au réseau des triangles vers le bord septentrional des plaines. Une grande partie de
ces cimes sont visibles à la fois dans les *Llanos*
et dans la bande cultivée du littoral. Vers le
sud, les chaînes granitiques de l'Orénoque ou
de la Parime restent un peu éloignées des
bords de la steppe, et favorisent moins les
opérations géodésiques. Cependant les montagnes qui s'élèvent au-dessus de l'Angostura
et de Muitaco, le Cerro del Tirano près de
Caycara, le Pan de Azucar et le Sacuima près
du confluent de l'Apure et de l'Orénoque,
pourront être très-utiles, surtout si l'on prend
les angles par un temps couvert, afin que le
jeu des réfractions extraordinaires, au-dessus
d'un sol fortement échauffé, ne défigure et

ne déplace pas les sommets des montagnes vus sous des angles de hauteur trop petits. Des signaux à poudre, dont le reflet vers le ciel se distingue de si loin, seront d'un grand secours. J'ai pensé qu'il seroit utile de consigner ici ce que j'ai puisé dans ma connoissance des localités et dans l'étude de la géographie, de l'Amérique. Un géomètre distingué, M. Lanz, qui réunit à des connoissances variées dans toutes les branches des mathématiques l'habitude des instrumens d'astronomie, est occupé en ce moment à perfectionner la géographie de ces contrées, et à exécuter sous les auspices du gouvernement de Venezuela, une partie des projets sur lesquels, dès l'année 1799, j'avois appelé en vain l'attention du ministère espagnol.

Nous couchâmes, le 16 juillet, dans le village indien de Santa Cruz de Cachipo. Cette mission a été fondée en 1749 par la réunion de plusieurs familles caribes qui habitoient les bords inondés et malsains des *Lagunetas de Anache*, vis-à-vis le confluent du Rio Puruay avec l'Orénoque. Nous logeâmes chez le missionnaire [1] ; et, en examinant les

---

[1] Fray José de las Piedras.

registres de la paroisse, nous vîmes combien,
par son zèle et son intelligence, la prospérité
de la commune avoit fait des progrès rapides.
Depuis que nous étions parvenus au milieu des
steppes, la chaleur s'étoit accrue à un tel
degré que nous aurions préféré ne plus voya-
ger pendant le jour; mais nous étions sans
armes, et les *Llanos* étoient infestés alors par
un nombre prodigieux de voleurs qui assassi-
noient avec un raffinement atroce les blancs
qui tomboient entre leurs mains. Rien n'est
plus déplorable que l'administration de la justice dans ces colonies d'outre-mer. Partout
nous trouvâmes les prisons remplies de mal-
faiteurs dont la sentence n'est prononcée
qu'après sept ou huit ans d'attente. Près du
tiers de ces détenus réussit à s'évader : les
plaines dépeuplées, mais remplies de troupeaux, leur offrent un asile et de la nourriture. Ils exercent leur brigandage à cheval à
la manière des Bédouins. L'insalubrité des
prisons seroit au comble si elles ne se vi-
doient pas de temps en temps par la fuite des
détenus. Il arrive aussi souvent que des arrêts
de mort, tardivement rendus par l'*Audiencia*
de Caracas, ne peuvent être exécutés faute

de bourreau. Alors, d'après une coutume barbare que j'ai déjà rappelée plus haut, on fait
grâce à celui des coupables qui veut se charger de pendre les autres. Nos guides nous
racontoient que, peu de temps avant notre
arrivée sur les côtes de Cumana, un *Zambo*,
connu par une grande férocité de mœurs,
résolut de se soustraire au châtiment, en se
faisant exécuteur. Les apprêts du supplice
l'ébranlèrent dans sa détermination ; il eut
horreur de lui-même, et, préférant la mort
au surcroît de honte qu'il devoit s'attirer en
se sauvant la vie, il redemanda les fers qu'on
lui avoit ôtés. Sa détention ne fut pas longue,
et il subit sa peine par la lâcheté d'un de ses
complices. Ce réveil d'un sentiment d'honneur dans l'ame d'un meurtrier est un phénomène psychologique assez digne de médi-
tation. L'homme qui tant de fois a versé le
sang, en dépouillant le voyageur dans la
steppe, recule devant l'idée de se faire l'ins-
trument de la justice, d'infliger à d'autres une
punition qu'il sent peut-être avoir méritée
lui-même.

Si, dans les temps paisibles pendant lesquels
nous avons eu le bonheur, M. Bonpland et

moi, de parcourir les deux Amériques, les
Llanos servoient déjà de refuge aux malfai-
teurs qui avoient commis quelque crime dans
les missions de l'Orénoque ou qui s'étoient
évadés des prisons du littoral, combien cet
état de choses n'a-t-il pas dû empirer à la
suite des discordes civiles, au milieu de cette
lutte sanglante qui s'est terminée en donnant
la liberté et l'indépendance à ces vastes contrées. Nos landes et nos bruyères n'offrent
qu'une faible image de ces savanes du Nouveau-Continent dont l'area de huit ou dix
mille lieues carrées est unie comme la surface
de la mer. L'immensité de l'espace garantit
l'impunité aux vagabonds; on se cache mieux
dans les savanes que dans nos montagnes et
nos forêts, et les artifices de la police européenne ne sont pas aisés à mettre en usage là
où il y a des voyageurs et pas de chemins, des
troupeaux et point de pâtres, des fermes tellement isolées que', malgré l'action puissante
du *mirage*, on pourroit faire plusieurs journées sans en voir paroître une à l'horizon.

En parcourant les *Llanos* de Caracas, de Barcelone et de Cumana, qui se suivent de l'ouest
à l'est depuis les montagnes de Truxillo et de

Merida jusqu'à l'embouchure de l'Orénoque,
on se demande si ces vastes terrains sont destinés par la nature à servir éternellement de
pâturages, ou si la charrue et la bêche du laboureur les soumettront un jour à la culture.
Cette question est d'autant plus importante,
que les *Llanos*, placés aux deux extrémités de
l'Amérique du Sud, mettent des entraves à
l'union politique des provinces qu'elles séparent. Ils empêchent la culture agricole des
côtes de Venezuela de s'étendre vers la
Guyane, celle du Potosi de refluer vers
l'embouchure du Rio de la Plata. Les steppes
interposées conservent avec la vie pastorale
quelque chose d'agreste et de sauvage qui les
isole et les éloigne de la civilisation des pays
anciennement défrichés. C'est par cette même
raison que, dans la guerre de l'indépendance,
elles ont été le théâtre de la lutte entre les
partis ennemis, et que les habitans de Calabozo ont presque vu décider sous leurs murs
le sort des provinces confédérées de Venezuela et de Cundinamarca. Je désire qu'en
assignant des limites aux nouveaux états et
aux sous-divisions de ces états, on n'ait pas à
se repentir quelquefois d'avoir perdu de vue

l'importance des *Llanos* et leur influence sur
la désunion de sociétés que des intérêts communs devroient rapprocher. Les steppes ser-
viroient de limites naturelles, comme les
mers ou les forêts vierges des tropiques, si
les armées ne les traversoient pas avec d'autant plus de facilité qu'elles offrent, dans leurs
innombrables troupeaux de chevaux, de mulets et de bœufs, tous les moyens de transport et de subsistance.

Nulle part dans le monde, la configuration
du sol et l'état de sa surface n'ont des traits
plus prononcés : nulle part aussi ils n'agissent
d'une manière plus sensible sur les divisions
du corps social, déjà partagé par la différence
de l'origine, par celles des couleurs et de la
liberté individuelle. Il ne dépend pas de la puissance de l'homme de changer cette diversité
de climats que les inégalités du sol produisent
sur un petit espace de terrain, et qui font
naître l'antipathie des habitans de *tierra ca-
liente* contre ceux de *tierra fria*, antipathie
fondée sur les modifications du caractère, des
habitudes et des mœurs. Ces effets moraux et
politiques se manifestent surtout dans les pays
où les extrêmes de hauteur et de dépression

sont le plus frappans, là où les montagnes et
les terrains bas ont le plus de masse et d'étendue. Tels sont la Nouvelle-Grenade ou Cundinamarca, le Chili et le Pérou où la langue
de l'Inca offre beaucoup d'expressions heu-
reuses et naïves pour désigner cette oppo-
sition climatérique de tempérament, d'incli-
nations et de facultés intellectuelles. Dans
l'état de Venezuela, au contraire, les *mon-
taneros* des hautes montagnes de Bocono, de
Timotes et de Merida [1] ne forment qu'une
partie extrêmement modique de la population
totale, et les vallées populeuses de la chaîne
côtière de Caracas et de Caripe ne sont qu'à
trois ou quatre cents toises au-dessus du niveau de la mer. Il en résulte que, dans la
réunion politique des états de Venezuela et
de la Nouvelle-Grenade, sous le nom de Colombia, la grande population montagnarde de
Santa-Fé, de Popayan, de Pasto et de Quito
a été balancée, sinon en entier, du moins
pour plus de la moitié, par l'accroissement
de huit à neuf cent mille habitans de *tierra ca-
liente*. L'état de la surface du sol est moins
immuable que sa configuration. On conçoit

[1] *Atlas géogr.*, Pl. XVII.

la possibilité de voir disparoître ces opposi-
tions tranchées entre les forêts impénétrables
de la Guyane et les *Llanos* dépourvus d'arbres
et couverts de graminées; mais que de siècles
faudra-t-il pour que ces changemens deviennent sensibles dans les steppes immenses
de Venezuela, du Meta, du Caqueta et de
Buenos-Ayres? Ce que l'on a vu de la puissance de l'homme, de sa lutte contre les
forces de la nature dans les Gaules, en Germanie, et récemment, mais toujours hors
des tropiques, dans les États-Unis, ne donne
guère une juste mesure de ce que nous devons attendre de l'avancement de la civilisation sous la zone torride. J'ai parlé plus haut
de la lenteur avec laquelle on fait disparoître
des forêts par le feu et la hache, lorsque les
troncs des arbres ont de 8 à 16 pieds de diamètre, lorsque, en tombant, ils s'appuient les
uns contre les autres, et que leur bois, hu-
mecté par des pluies continuelles, est d'une
dureté excessive. Dans les *Llanos* ou *Pampas*,
la possibilité de soumettre le sol à la culture
n'est pas reconnue généralement par les colons qui l'habitent : c'est un problême qu'on
ne peut résoudre d'une manière générale. La

majeure partie des savanes de Venezuela n'a
pas l'avantage des savanes de l'Amérique septentrionale, qui sont traversées longitudina-
lement par trois grandes rivières, le Missoury,
l'Arkansas et le Fleuve rouge de Natchitoches :
les savanes d'Araure, de Calabozo et du Pao
ne sont coupées que transversalement par les
affluens de l'Orénoque, dont les plus orien-
taux (le Cari, le Pao, l'Acaru et le Manapire)
ont très-peu d'eau dans la saison des sécheresses. Tous ces affluens ne se prolongent
guère vers le nord; de sorte qu'il reste, dans
le centre, des steppes, de vastes terrains
(*bancos* et *mesas*) d'une aridité affreuse. Ce
sont les parties occidentales fertilisées par le
Portuguesa, le Masparro et l'Orivante, et par
les affluens très-rapprochés de ces trois rivières qui sont le plus susceptibles de culture.
Le sol est un sable mêlé d'argile, couvrant un
lit de galets quarzeux. Partout le terrain végétal, qui est la source principale de la nu-
trition des plantes, y est extrêmement mince.
Il n'augmente guère par la chute des feuilles
qui, moins périodique dans les forêts de la
zone torride, y a lieu cependant comme dans
les climats tempérés. Depuis des milliers d'an-

nées, les *Llanos*, sont dépourvus d'arbres et
de broussailles; quelques palmiers épars dans
la savane ajoutent peu à cet hydrure de carbone, à cette matière extractive qui (d'après
les expériences de Saussure, de Davy et de
Braconnot) donne de la fertilité au terreau.
Les plantes sociales qui dominent presque
exclusivement dans la steppe sont des Mono-
cotydélones, et l'on sait combien les graminées appauvrissent le sol dans lequel pé-
nètrent leurs racines à fibres serrées. Cette action des Killingia, des Paspalum, des Cenchrus,
qui forment le gazon, est partout la même;
mais lorsque le roc est près de percer la terre,
celle-ci varie selon qu'elle repose sur le grès
rouge ou sur le calcaire compacte et le gypse;
elle varie aussi selon que des inondations pé-
riodiques ont accumulé du limon dans les
endroits les plus bas, ou que, sur de petits
plateaux, le choc des eaux a enlevé le peu de
terrain qui les couvroit. Beaucoup de cultures
isolées existent déjà au milieu de ces pâturages, là où l'on a trouvé des eaux courantes
ou quelques touffes de palmiers Mauritia. Ces
fermes autour desquelles on sème du maïs et
l'on plante du manioc, se multiplieront con-

sidérablement si l'on parvient à augmenter les arbres et les arbustes.

L'aridité et l'excessive chaleur des *mesas* [1] ne dépendent pas uniquement de l'état de leur surface et de la réverbération locale du sol; leur climat est modifié par les régions adjacentes, par la steppe entière dont les *mesas* font partie. Dans les déserts de l'Afrique ou de l'Arabie, dans les *Llanos* de l'Amérique du sud, dans les vastes bruyères qui s'étendent depuis l'extrémité du Jutland jusqu'à l'embouchure de l'Escaut, la fixité des limites du désert, des savanes et des landes repose en grande partie sur leur immense étendue, sur la nudité que ces terrains ont acquise par quelque révolution destructive de l'ancienne végétation de notre planète. C'est par leur étendue, par leur continuité et leur masse qu'elles s'opposent aux envahissemens de la culture, qu'elles conservent, semblables à des golfes intérieurs, la stabilité de leurs rives. Je n'aborderai pas la grande question, si, dans le Sahara, dans cette Méditerranée de sables mouvans, les germes de la vie

---

[1] Petits plateaux, *bancs*, parties plus élevées que le reste de la steppe.

organique se multiplient de nos jours. A mesure que nos connoissances géographiques
se sont étendues, nous avons vu, dans la
partie orientale du désert, des îlots de verdure, des Oasis couverts de dattiers se res-
serrer en archipels plus nombreux et ouvrir
leurs ports aux caravanes; mais nous ignorons si, depuis la mort d'Hérodote, la forme
des Oasis n'est pas restée constamment la
même. Nos annales sont trop incomplètes et
trop courtes pour suivre la nature dans sa
marche lente et progressive.

De ces espaces entièrement nus auxquels
une catastrophe violente a enlevé l'enveloppe
végétale et le terreau, de ces déserts de la
Syrie et de l'Afrique, qui, par leur bois pé-
trifié, attestent les changemens qu'ils ont
éprouvés, reportons maintenant nos yeux sur
les *Llanos* couverts de graminées. Ici, la discussion des phénomènes est plus rapprochée
du cercle de nos observations journalières.
Plusieurs cultivateurs, établis dans les steppes
de l'Amérique, se sont formé, relativement à
la possibilité d'une culture plus générale, ces
mêmes idées que j'ai déduites de l'action climatérique des steppes considérées comme sur-

faces ou massés continues. Ils ont observé que des landes, enclavées entre des terrains cultivés et boisés, résistent moins long-temps au labourage que des terrains également circonscrits, mais faisant partie d'une vaste surface de même nature. Cette observation est juste, que la portion enclavée soit une savane ou qu'elle soit couverte de bruyères, comme dans le nord de l'Europe, ou de cistes, de lentisques et de Chamærops, comme en Espagne, ou de Cactus, d'Argemone et de Brathys, comme dans l'Amérique équinoxiale. Plus l'association occupe d'espace, et plus les plantes sociales opposent de résistance à la culture. A cette cause générale se joignent, dans les *Llanos* de Venezuela, l'action des petites graminées qui appauvrissent le sol pendant la maturation des grains; l'absence totale des arbres et des broussailles, les vents de sable dont l'ardeur s'accroît par le contact d'une surface qui absorbe les rayons du soleil pendant douze heures, sans que jamais il s'y projette d'autre ombre que celle du chaume des Aristides, des Cenchrus et des Paspalum. Les progrès que la végétation des grands arbres et la culture des plantes dicotylédones

ont faits dans les environs des villes, par
exemple autour de Calabozo et du Pao, prouvent ce que l'on pourroit gagner sur la steppe,
en l'attaquant par petites portions, en l'en-
clavant peu à peu, en la divisant par des taillis
et des canaux d'irrigation. Peut-être parvien-
drait-on à diminuer l'influence des vents qui
stérilisent le sol, si l'on faisoit en grand, sur
15 ou 20 arpens, des semis de Psidium, de
Croton, de Cassia ou de Tamarins qui aiment
les lieux secs et ouverts. Je suis loin de croire
que les hommes fassent jamais disparoître les
savanes en entier, et que les *Llanos*, utiles
aux pâturages et au commerce des bestiaux,
soient jamais cultivés comme les vallées d'Aragua ou d'autres parties rapprochées des côtes
de Caracas et de Cumana ; mais je suis per-
suadé qu'une portion considérable de ces
plaines perdra, dans la suite des siècles, sous
une admininistration favorable à l'industrie,
l'aspect sauvage qu'elles ont conservé depuis
la première *conquête* des Européens.

Ces changemens progressifs, ces accrois-
semens de la population n'augmenteront pas
seulemeut la prospérité de ces contrées, ils
exerceront aussi une influence utile sur leur

état moral et politique. Les *Llanos* forment plus des deux tiers de cette partie de Vene-zuela ou de l'ancienne *Capitania général* de Caracas, qui est située au nord de l'Orénoque et du Rio Apure. Or, dans le temps des troubles civils, les vastes steppes, par leur so-litude et par l'abondance des vivres qu'offrent leurs innombrables troupeaux, servent à la fois d'asile et d'appui au parti qui veut lever l'éten-dard de la révolte. Des bandes armées *(gue-rillas)* peuvent s'y maintenir et harceler les habitans du littoral, chez lesquels se trou-vent concentrées la civilisation et les richesses agricoles. Si le Bas-Orénoque n'étoit pas suf-fisamment défendu par le patriotisme d'une population robuste et aguerrie, l'état actuel des *Llanos* rendroit doublement dangereux les effets d'une invasion étrangère sur les côtes occidentales. La défense des plaines est inti-mement liée à celle de la Guyane espagnole; et, en parlant plus haut [1] de l'importance mili-litaire des bouches de l'Orénoque, j'ai fait voir que les forteresses et les batteries dont on a hérissé la côte septentrionale depuis Cumana

---

[1] Tom. VIII, p. 363-366, 370-372.

jusqu'à Carthagène ne sont pas les véritables
remparts des provinces unies de Venezuela.
A côté de cet intérêt politique se place un
autre intérêt également important et plus durable encore. Un gouvernement éclairé doit
voir avec regret que les habitudes de la vie
pastorale, qui entretiennent l'oisiveté et le va-
gabondage, règnent sur plus des deux tiers de
son territoire. La partie de la population de la
côte qui reflue annuellement vers les *Llanos*,
pour se fixer dans les *hatos de ganado* [1] et pour
y soigner les troupeaux, fait un pas rétrograde
dans la civilisation. Comment révoquer en
doute que les progrès de l'agriculture, que la
construction de villages, partout où il y a de
l'eau courante, n'entraîneroient pas une amé-
lioration sensible dans l'état moral des habitans
de la steppe. L'adoucissement des mœurs, le
goût d'une existence sédentaire et les vertus
domestiques y pénétreront avec les travaux
agricoles.

[1] Espèce de ferme composée de hangars qui servent
de demeure aux *hateros et peones para el rodeo*, c'est-à-
dire aux hommes qui soignent, ou, pour mieux dire,
qui inspectent les troupeaux à demi sauvages de chevaux et bœufs.

Après trois jours de marche, nous commençâmes à apercevoir la chaîne des montagnes de Cumana qui séparent les *Llanos*, ou, comme on entend souvent dire ici [1], « la grande mer de verdure » des côtes de la mer des Antilles. Si le Bergantin a plus de 800 toises de hauteur, on peut le voir, même en ne supposant qu'une réfraction ordinaire de $\frac{1}{14}$ de l'arc, à 27 lieues marines de distance [2] ; mais l'état de l'atmosphère nous déroba long-temps le beau spectacle de ce rideau de montagnes. Il se montroit d'abord comme un banc de brume qui cachoit les étoiles voisines du pôle à leur lever et à leur coucher : peu à peu cet amas de vapeurs sembloit s'agrandir, se condenser, prendre une teinte bleuâtre, se limiter par des contours sinueux et immobiles. Ce que les marins observent, en se rapprochant d'une terre nouvelle, se présente au voyageur sur le bord de la steppe. L'horizon commençoit à s'élargir vers le nord, et la voûte du ciel ne sembloit plus y reposer à égale distance sur le sol couvert de graminées.

---

[1] « Los Llanos son como un *mar de yerbas.* »

[2] Tom. II, p. 260 ; III, p. 119 et 120.

Un *Llanero* ou habitant de *Llanos* n'est heureux, selon l'expression naïve du peuple, que
« lorsqu'il peut voir partout autour de lui. »
Ce qui nous paroît un pays couvert, légère-
ment ondulé, offrant à peine des collines
éparses, est pour lui un pays affreux, hérissé
de montagnes. Tout est relatif dans nos jugemens sur l'inégalité du sol et l'état de sa surface. Lorsqu'on a passé plusieurs mois dans
les forêts épaisses de l'Orénoque, dans des
lieux où l'on s'accoutume, dès qu'on est éloigné du fleuve, à ne pouvoir contempler les
astres que près du zénith et comme à travers
l'ouverture d'un puits, une course dans les
steppes a quelque chose d'agréable et d'attrayant. On est frappé de la nouveauté des sen-
sations qu'on éprouve; on jouit, comme le
Llanero, de ce bonheur « de bien voir autour
de soi. » Mais cette jouissance (nous avons
pu l'éprouver sur nous-mêmes) n'est pas de
longue durée. Il y a sans doute quelque chose
de grave et d'imposant dans l'aspect d'un horizon qui s'étend à perte de vue. Nous admi-
rons ce spectacle, que nous soyons placés ou
sur le sommet des Andes et des Hautes-Alpes,
ou au milieu de l'immensité des mers, ou dans

les vastes plaines de Venezuela et du Tucuman. L'infinité de l'espace (les poètes l'ont dit
dans toutes les langues) se reflète en nous-
mêmes; elle s'associe à des idées d'un ordre
supérieur, elle agrandit l'ame de ceux qui se
plaisent dans le calme des méditations solitaires. Il est vrai cependant que la vue d'un
espace sans bornes offre, dans chaque lieu,
un caractère particulier. Le spectacle dont on
jouit sur un pic isolé varie selon que les nuages
qui reposent sur la plaine s'étendent par couches, s'agglomèrent en groupes, ou présentent
aux regards étonnés, à travers de larges per-
cées, les habitations de l'homme, les travaux
des champs, tout le fond verdoyant de l'Océan
aérien. Une immense nappe d'eau, animée
de mille êtres divers jusque dans ses profondeurs, changeant tour à tour de couleur et
d'aspect, mobile à sa surface, comme l'élément qui l'agite, charme l'imagination dans
de longs voyages sur mer; mais la steppe pou-
dreuse et crevassée pendant une grande partie
de l'année, attriste par son immuable monotonie. Lorsque, après huit ou dix jours de
marche, on est accoutumé au jeu du *mirage*
et à la brillante verdure de quelques touffes

de Manritia [1] éparses de lieue en lieue, on sent le besoin d'impressions plus variées ; on désire revoir les grands arbres des tropiques, le cours sauvage des torrens, les coteaux et les vallons cultivés par la main du laboureur. Si, par malheur, le phénomène des déserts de l'Afrique et celui des *Llanos* ou savanes du Nouveau-Continent (phénomène dont la cause se perd dans les ténèbres de la première histoire de notre planète) occupoient un plus grand espace encore, la nature seroit privée d'une partie des belles productions qui sont propres à la zone torride [2]. Les landes du nord,

[1] Palmier à éventail, sagoutier de la Guyane.

[2] En calculant d'après des cartes construites sur une très-grande échelle, j'ai trouvé les Llanos de Cumana, Barcelona et Caracas, depuis le delta de l'Orénoque jusqu'à la rive septentrionale de l'Apure, de 7900 lieues carrées ; les *Llanos*, entre l'Apure et le Haut-Maragnon, de 21,000 l.; les *Pampas*, au nord-ouest de Buenos-Ayres, de 40,000 l. c. Les *Pampas*, au sud du parallèle de Buenos-Ayres, de 30,000 l. c. L'area totale des *Llanos* de l'Amérique méridionale, couverts de graminées, est par conséquent de 98,9000 lieues carrées de 20 au degré équatorial. (L'Espagne a 16,200 de ces mêmes lieues.) La grande plaine d'Afrique, connue sous le nom de Sahara, présente 194,000 l. c., en y compre-

les steppes du Wolga et du Don sont à peine
plus pauvres en espèces de plantes et d'animaux que ne le sont, sous le plus beau ciel du
monde, sous le climat des bananiers et des
arbres à pain, 28,000 lieues carrées de savanes
qui s'étendent en demi-cercle du nord-est au
sud-ouest, depuis les bouches de l'Orénoque
jusqu'aux rives du Caqueta et du Putumayo.
L'influence, partout ailleurs vivifiante, du climat équinoxial ne se fait pas sentir dans des
lieux où de grandes associations de graminées
ont presque exclu tout autre végétal. A la vue
du sol, là où manquent les palmiers épars, nous
aurions pu nous croire dans la zone tempérée
et bien au-delà vers le nord : mais, à l'entrée
de la nuit, les belles constellations du ciel austral (le Centaure, Canopus et les innombrables
nébuleuses dont brille le Navire Argo) nous
rappeloient que nous n'étions éloignés que
de 8° de l'équateur.

Un phénomène qui avoit déjà fixé l'attention de Deluc et qui a exercé, dans ces dernières années, la sagacité des géologues, nous

nant les Oasis éparses, mais non Bornou et le Darfour.
(La Méditerranée n'a que 79,800 l. c. de surface.)
Voy. Tom. VI, p. 66.

a beaucoup occupés pendant ce voyage à
travers les steppes. Je veux parler, non de ces
blocs de roches primitives que l'on trouve
(comme au Jura) sur la pente des montagnes
calcaires, mais de ces fragmens énormes de
granite et de syénite qui, dans des limites très-
distinctement fixées par la nature, se montrent
éparses dans le nord de la Hollande, de l'Allemagne et des pays baltiques. Il paroît prouvé aujourd'hui que, distribués comme par
rayons, ils sont venus, lors des anciennes révolutions de notre globe, de la péninsule
scandinave vers le sud, et qu'ils n'appartenoient pas primitivement aux chaînes granitiques du Harz et de la Saxe dont ils approchent, sans cependant en atteindre le pied [1].
Né dans les plaines sablonneuses des régions
baltiques, ne connoissant jusqu'à l'âge de dix-
huit ans l'existence d'une roche que par ces
blocs épars, je devois être doublement curieux
de m'assurer si le Nouveau-Monde me présenteroit quelque phénomène analogue. Je
fus surpris de ne pas voir un seul de ces blocs

[1] *Léopold de Buch*, *Voyage en Norwège*, Tom. I;
p. 3o (ed. allemande).

dans les *Llanos* de Venezuela, quoique ces immenses plaines soient bordées immédiatement au sud par un groupe de montagnes tout granitique [1], et qui offre, dans ses pics dentelés et presque colonnaires, les traces de la plus violente destruction [2]. Vers le nord, la chaîne granitique de la Silla de Caracas et de Portocabello se trouve séparée des *Llanos* par un rideau de montagnes qui sont schisteuses entre Villa de Cura et Parapara, calcaires entre le Bergantin et Caripe. Cette absence de blocs m'a également frappé sur les rives de l'Amazone. Déjà La Condamine avoit affirmé que, depuis le Pongo de Manseriche jusqu'au détroit des Pauxis, on ne trouvoit pas la plus petite pierre. Or, le bassin du Rio Negro et de l'Amazone n'est aussi qu'un *Llano*, une plaine comme celles de Venezuela et de Buenos-Ayres : la différence ne consiste que dans l'état de la végétation. Les deux *Llanos*, situés aux extrémités nord et sud de l'Amérique méridionale, sont couverts de graminées ; ce sont

[1] *La Sierra Parime.*

[2] Tom. VI, p. 253, 261, 362, 326, 353, 389 ; VII, p. 216 ; VIII, p. 262, 327, 339.

des savanes dépourvues d'arbres : le *Llano*
intermédiaire, celui de l'Amazone, exposé à
des pluies équatoriales presque continuelles,
est une épaisse forêt. Je ne ne me souviens
pas avoir entendu dire que les Pampas de
Buenos-Ayres ou les savanes du Missoury [1] et
du Nouveau-Mexique renfermassent des blocs
granitiques. L'absence de ce phénomène paroît général dans le Nouveau-Monde : il l'est
probablement aussi dans le Sahara, en Afrique, car il ne faut pas confondre des masses
rocheuses qui percent le sol au milieu du désert et dont les voyageurs font souvent men-
tion, avec de simples fragmens épars. Ces faits
semblent prouver que les blocs de granite
scandinave qui couvrent les plaines sablonneuses au sud de la Baltique, en Westphalie
et en Hollande, sont dus à une débâcle particulière venant du nord, à une catastrophe
purement locale. Le conglomérat ancien (grès
rouge) qui recouvre, d'après mes observations, une grande partie des *Llanos* de Venezuela et du bassin de l'Amazone, renferme
sans doute des fragmens de ces mêmes roches

[1] Y a-t-il dans l'Amérique du Nord des blocs au nord
des grands lacs ?

primitives qui constituent les montagnes voisines ; mais les bouleversemens dont ces montagnes offrent des marques certaines, semblent ne pas avoir été accompagnés de circonstances favorables au transport de ces blocs. Ce phénomène géognostique est d'autant plus inattendu, que nulle part dans le monde il n'existe une plaine aussi unie et qui se prolonge avec moins d'interruptions jusque vers la pente abrupte d'une Cordillère purement granitique. Déjà, avant mon départ d'Europe, j'avois été frappé de voir que les blocs primitifs manquent dans la Lombardie comme dans la grande plaine de la Bavière, qui est le fond d'un ancien lac élevé de 250 toises au-dessus du niveau de l'Océan. Cette plaine est bordée au nord par les granites du Haut-Palatinat ; au sud, par les calcaires alpins, les thonschiefer de transition et les micaschistes du Tyrol.

Nous arrivâmes le 23 juillet à la ville de Nueva-Barcelona, moins fatigués par la chaleur des *Llanos* à laquelle nous étions accoutumés depuis long-temps, que par les *vents de sable* dont l'action prolongée cause des gerçures

douloureuses dans la peau. Il y avoit sept mois
que, nous rendant de Cumana à Caracas, nous
avions relâché pour quelques heures au *Morro*
de Barcelona, rocher fortifié qui, du côté du
village de Pozuelos, ne tient au continent que
par une langue de terre. Nous trouvâmes l'ac-
cueil le plus affectueux et tous les soins d'une
prévenante hospitalité dans la maison d'un
riche négociant, d'origine françoise, Don Pedro Lavie. Accusé d'avoir donné asile au malheureux España lorsqu'il étoit fugitif sur ces
côtes en 1796, M. Lavie fut enlevé par les
ordres de l'*Audiencia* et traîné prisonnier à
Caracas. L'amitié du gouverneur de Cumana
et le souvenir des services qu'il avoit rendus
à l'industrie naissante de ce pays contribuèrent
à lui faire rendre la liberté. Nous avions tâché d'adoucir ses ennuis en le visitant dans la
prison : nous eûmes la satisfaction de le revoir
au sein de sa famille. Ses maux physiques
avoient été aggravés par la détention; il a suc-
combé avant d'avoir vu luire ces jours de l'indépendance américaine que son ami, Don Joseph España, avoit annoncés au moment de
son supplice. « Je meurs, disoit cet homme

fait pour exécuter de grands projets[1], je meurs d'une mort ignominieuse, mais sous peu mes concitoyens recueilleront pieusement mes cendres, et mon nom reparoîtra avec gloire. » Ces paroles remarquables furent prononcées sur la place publique de Caracas le 8 mai 1799 : elles m'ont été rapportées la même année par diverses personnes dont les unes abhorroient autant les projets d'España que les autres gémissoient sur son sort.

J'ai déjà parlé plus haut[2] de l'importance du commerce de Nueva-Barcelona. Cette petite ville, qui avoit en 1790 à peine 10,000, en 1800 plus de 16,000 habitans, a été fondée[3] par un *conquistador* catalan, Juan Urpin, en 1637. On essaya alors, mais inutilement, de donner à la province entière le nom de *Nouvelle-Catalogne*. Comme sur nos cartes on indique souvent deux villes, Barcelona et Cumanagoto, au lieu d'une, ou

[1] *Essai polit. sur la Nouv. Espagne*, Tom. II, p. 819. *Relat. Hist.*, Tom. IV, p. 136.

[2] Tom. VIII, p. 128.

[3] *Caulin*, p. 173, 199, 207. Ce que rapporte M. Depons (Tom. III, p. 205) de l'origine de cette ville, n'est pas tout-à-fait conforme aux documens historiques.

que l'on regarde ces deux noms comme synonymes, il sera utile d'éclaircir la cause de cette
erreur. Il y avoit anciennement à l'embouchure du Rio Neveri une *ville indienne* construite en 1588 par Lucas Faxardo, sous le nom
de *San Cristoval de los Cumanagotos*. Cette ville
n'étoit habitée que par des indigènes venus des
salines d'Apaicuare. En 1637, Urpin fonda,
à deux lieues de l'intérieur des terres, avec
quelques habitans de Cumanagoto et beaucoup de Catalans, la *ville espagnole* de Nueva-
Barcelona. Pendant trente-quatre ans, les deux
communes voisines se firent des querelles sans
cesse renaissantes, jusqu'à ce que, en 1671,
le gouverneur Angulo parvint à leur persuader
de se réunir dans un troisième site, celui qu'occupe aujourd'hui la ville de Barcelone, et dont
la latitude est, d'après mes observations [1], de

---

[1] *Plaza Mayor.* Ce n'est que le résultat de six hauteurs
circumméridiennes de Canopus, prises dans la même
nuit. Les *Memorias d'Espinosa* (Tom. II, p. 80) donnent 10° 9' 6''. M. *Ferrer* a trouvé (*Con. des temps*,
1817, p. 322) 10° 8' 24''. J'ignore où ces observations
ont été faites, mais je crois qu'elles donnent des latitudes
trop boréales. La différence de latitude entre la ville
et le Morro m'a paru de 3' 40''. J'ai discuté ailleurs la

10° 6' 52". L'ancienne ville de Cumanagoto est célèbre dans le pays par une image miraculeuse de la Vierge[1], trouvée, disent les Indiens, dans le tronc creux d'un *tutumo*, ou vieux calebassier (Crescentia Cujete). Cette vierge fut portée en procession à Nueva-Barcelona ; mais, chaque fois que le clergé étoit mécontent des habitans de la nouvelle ville, elle s'enfuyoit de nuit et retournoit au tronc de l'arbre, à l'embouchure de la rivière. Ce prodige ne cessa que lorsqu'on eut construit un grand convent (le collége de la *Propaganda*) pour y loger les moines de Saint-François. Nous avons vu plus haut que, dans un cas semblable, l'évêque de Caracas fit placer l'image de Notre-

---

différence de longitude entre Cumana et Nueva-Barcelona, et les résultats de mes mesures chronométriques. Je m'arrête à 34' 48" en arc. Le *Portulano*, publié par le dépôt hydrographique de Madrid, en 1818, donne 38' 0". Sur les bords du Rio Unare, et plus à l'ouest sur le Rio Ucheri, près de la belle vallée de Cupira, si abondante en Cacao, il y avoit au xviie siècle deux autres villes sous le nom de Taragona et de San Miguel de Batei.

[1] *La milagrosa imagen de Maria Santissima del Socorro*, aussi nommée *la Virgen del Tutumo*.

Dame de *los Valencianos* dans les archives de
l'évêché, et qu'elle y resta trente ans sous le
scellé.

Le climat de Barcelone est moins chaud
que celui de Cumana, mais humide et un peu
malsain dans la saison des pluies. M. Bonpland
avoit très-bien soutenu le voyage pénible à
travers les *Llanos* : il avoit repris ses forces et
sa grande activité : quant à moi, j'étois plus
souffrant à Barcelone que je ne l'avois été à
l'Angostura, immédiatement après avoir terminé la navigation des rivières. Une de ces
pluies des tropiques, pendant lesquelles, au
coucher du soleil, des gouttes d'une grosseur
extraordinaire tombent à de grandes distances
les unes des autres, m'avoit causé un malaise
qui faisoit craindre l'invasion du typhus qui
régnoit alors sur cette côte. Nous restâmes
près d'un mois à Barcelone, jouissant de tous
les soins de l'amitié la plus prévoyante. Nous
y retrouvâmes aussi cet excellent religieux,
Fray Juan Gonzalès, dont j'ai souvent parlé,
et qui avoit parcouru le Haut-Orénoque avant
nous. Il se plaignoit, et avec raison, du peu de
temps que nous avions pu employer à visiter
ce pays inconnu ; il examinoit nos plantes et

nos animaux avec cet intérêt que l'homme le
moins instruit porte aux productions d'un
pays qu'il a habité long-temps. Fray Juan avoit
résolu de passer en Europe en nous accompa-
gnant jusqu'à l'île de Cuba. Nous ne nous
quittâmes plus pendant sept mois; il étoit gai,
spirituel et serviable. Comment prévoir le
malheur qui l'attendoit? Il se chargea d'une
partie de nos collections; un ami commun lui
confia un enfant qu'on vouloit faire élever en
Espagne : les collections, l'enfant, le jeune
religieux, tout fut englouti dans les flots.

Au sud-est de Nueva-Barcelona, à deux
lieues de distance, s'élève une haute chaîne de
montagnes, adossée au *Cerro del Bergantin*,
qui est visible à Cumana [1]. Cet endroit est
connu sous le nom des *eaux chaudes* (*aguas
calientes*). Lorsque je me sentis suffisamment
rétabli, nous y fîmes une excursion par une
matinée fraîche et brumeuse. Les eaux, chargées d'hydrogène sulfuré, sortent d'un grès
quarzeux superposé à ce même calcaire compacte que nous avions examiné au Morro. Nous
trouvâmes de nouveau dans ce calcaire des

[1] *Voyez* Tom. IV, p. 56-59. Tom. VIII, p. 270
et 271.

bancs intercalés de hornstein noir, passant au *kieselschiefer*. Ce n'est cependant pas une formation de transition : elle se rapproche plutôt par son gisement, par sa division en petites couches, par sa blancheur et sa cassure matte et conchoïde (à cavités très-aplaties), du calcaire du Jura. Le vrai *kieselschiefer* et la lydienne n'ont été observés jusqu'ici que dans des schistes et des calcaires de transition. Le grès duquel sortent les sources du Bergantin est-il d'une même formation avec le grès que nous avons décrit [1] à l'Impossible et au Tumiriquiri? Les eaux thermales n'ont qu'une température de 43°, 2 cent. (l'atmosphère étant à 27°); elles coulent d'abord sur une longueur de 40 toises à la surface rocheuse du sol, puis elles se précipitent dans une caverne naturelle et percent à travers le calcaire pour sortir au pied de la montagne, sur la rive gauche de la petite rivière de Narigual. Les sources, en contact avec l'oxigène de l'atmosphère, déposent beaucoup de soufre. Je n'ai pas recueilli, comme je l'ai fait à Mariara, les bulles d'air qui sortent par jets de ces eaux thermales.

[1] Tom. III, p. 28 et 29.

Elles renferment sans doute beaucoup d'azote, parce que l'hydrogène sulfuré décompose le mélange d'oxigène et d'azote dissous dans la source. Les eaux sulfureuses de San Juan, qui sortent de la roche calcaire comme celles du Bergantin, n'ont aussi qu'une foible température (31°,3); tandis que, dans cette même région, les eaux sulfureuses de Mariara et de las Trincheras (près Portocabello), qui jaillissent immédiatement du granite-gneis, ont les unes 58°,9 et les autres 90°,4 de température [1]. On diroit que la chaleur que les sources ont acquise dans l'intérieur du globe diminue à mesure qu'elles passent des roches primitives aux roches secondaires superposées.

L'excursion que nous avions faite aux *aguas calientes* du Bergantin finit par un accident fâcheux. Notre hôte nous avoit confié ses plus beaux chevaux de selle. On nous avoit avertis en même temps de ne pas passer la petite rivière de Narigual à gué. Nous traversâmes

---

[1] *L. c.* Tom. V, p. 64, 65, 237; VI, p. 11 et 12. J'ignore quelle est la température des sources chaudes et hydro-sulfureuses du Provisor, près San Diego, à une demi-lieue de Nueva-Barcelona vers le sud.

7 *

une espèce de pont ou plutôt des troncs d'arbres rapprochés les uns des autres, et nous
fîmes nager nos chevaux en les conduisant par
la bride. Celui que j'avois monté disparut sou-
dainement : il se débattoit quelque temps sous
l'eau, mais toutes nos recherches pour découvrir la cause de cet accident furent inutiles.
Nos guides supposoient que les jambes de
l'animal avoient été saisies par les *caymans* qui
abondent dans ces lieux. Mon embarras fut
extrême, car la délicatesse et la grande aisance
de notre hôte ne permettoient guère de songer à réparer une telle perte. M. Lavie, plus
occupé de notre position que de la mort de
son cheval, tâchoit de nous tranquilliser en
exagérant la facilité avec laquelle on pouvoit
se procurer de beaux chevaux dans les savanes
voisines.

Les crocodiles du Rio Neveri sont grands et
nombreux, surtout près de l'embouchure de
la rivière. Cependant, en général, leurs mœurs
sont plus douces que celles des crocodiles de
l'Orénoque. La férocité de ces animaux offre,
en Amérique, ces mêmes contrastes qui existent en Égypte et en Nubie, et que l'on reconnoît lorsqu'on compare avec attention les

récits de l'infortuné Burckhardt et ceux de
M. Belzoni. L'état de culture des divers pays
et la population plus ou moins accumulée dans
la proximité des rivières modifient les habitudes de ces grands sauriens, timides lorsqu'ils
sont sur le sec, et fuyant l'homme même dans
l'eau lorsqu'ils ont une nourriture abondante
et que l'attaque leur offre quelque danger. A
Nueva-Barcelona, on voit les Indiens conduire
le bois au marché de la manière la plus bizarre.
De grosses bûches de Zygophyllum et de
Cæsalpinia [1] sont jetées dans le fleuve; le courant les entraîne, et le propriétaire du bois,
avec les plus âgés de ses fils, nage çà et là pour
mettre à flot les pièces qui sont retenues par
les sinuosités des rives. La plupart des fleuves
américains qui nourrissent des crocodiles ne
permettroient pas d'en agir ainsi. La ville de
Barcelone n'a pas, comme Cumana, un fau-

[1] Un excellent bois de construction est fourni dans
les environs de Nueva-Barcelona par le Lecythis olla-
ria, dont nous avons vu des troncs de 70 pieds de hauteur. Autour de la ville, au-delà de cette ceinture aride
de Cactus qui sépare Nueva-Barcelona de la steppe, végètent le Clerodendrum ternifolium, l'Ionidium Itubu
qui a tout le port d'un Viola, et l'Allionia violacea.

bourg indien ; et si l'on y voit quelques indigènes, ce sont ceux qui habitent les missions
voisines ou des cabanes éparses dans la plaine.
Les uns et les autres ne sont pas de race caribe, mais un mélange de Cumanagotes, de Pa-
lenques et de Piritus, petits de taille, trapus,
fainéans et adonnés à l'ivresse. C'est le manioc
fermenté qui est ici la boisson favorite ; car le
vin de palmier, dont on fait usage à l'Orénoque, est presque inconnu sur les côtes. Il est
curieux de voir que, sous les différentes
zones, les hommes emploient, pour satisfaire
la passion de l'ivresse, non seulement toutes
les familles de plantes monocotylédones et
dicotylédones, mais jusqu'à l'agaric vénéneux
(Amanita muscaria), dont, par une économie
dégoûtante, les Koriæques ont appris à boire
le même suc plusieurs fois pendant cinq jours
consécutifs [1].

---

[1] Mr Langsdorf (*Wetterauisches Journal*, P. 1,
p. 254) a fait connoître le premier ce phénomène phy-
siologique bien extraordinaire, que je préfère de décrire
en latin : Coriæcorum gens, in ora Asiæ septentrioni
opposita, potum sibi excogitavit ex succo inebriante
Agarici muscarii. Qui succus (æque ut asparagorum),
vel per humanum corpus transfusus, temulentiam nihil-

Les paquebots (*correos*) de la Corogne, destinés pour la Havane et le Mexique, manquoient depuis trois mois. On les croyoit pris par la croisière angloise stationnée sur ces côtes. Empressés de nous rendre à Cumana pour profiter de la première occasion qui se présenteroit pour la Vera-Cruz, nous frétâmes [1] un canot non ponté (*lancha*). C'est de ces embarcations que l'on se sert habituellement dans des parages où, à l'est du cap Codera, la mer n'est presque jamais agitée. La *lancha* étoit chargée de cacao, et faisoit le commerce de contrebande avec l'île de la Trinité. Par cette raison même, le propriétaire ne croyoit avoir rien à craindre des bâtimens ennemis qui bloquoient alors tous les ports espagnols. Nous embarquâmes nos collections de plantes, nos instrumens et nos singes, et nous espérions faire, par un temps délicieux,

ominus facit. Quare gens misera et inops, quo rarius mentis sit suæ, propriam urinam bibit identidem : continuoque mingens rursusque hauriens eundem succum (dicas, ne ulla in parte mundi desit ebrietas), pauculis agaricis producere in diem quintum temulentiam potest. »

[1] Le 26 août 1800.

un trajet très-court de la bouche du Rio Neveri
à Cumana; mais à peine étions-nous arrivés
dans le canal étroit entre le continent et les
îles rocheuses de la Borracha et des Chimanas,
qu'à notre grand étonnement nous rencontrâmes un bateau armé qui, tout en nous hélant,
tira de très-loin quelques coups de fusil sur
nous. C'étoient des matelots appartenant à un
corsaire de Halifax, parmi lesquels je recon-
nus à sa physionomie et à son accent un Prus-
sien natif de Memel. Depuis que j'étois en
Amérique, je n'avois pas eu occasion de parler
la langue de mon pays, et j'aurois désiré en
faire usage dans une circonstance plus oppor-
tune. Nos protestations n'avoient aucun effet,
et l'on nous conduisit à bord du corsaire, qui,
feignant de ne pas connoître les passe-ports
que le gouverneur de la Trinité délivroit pour
le commerce illicite, nous déclaroit bonne
prise. Comme j'ai quelque habitude de m'ex-
primer en anglois, j'entrai en négociation avec
le capitaine pour ne pas être conduit à la Nou-
velle-Écosse; je le priai de me mettre à terre
sur la côte voisine. Pendant que, dans la
grand'chambre, je cherchois à défendre mes
droits et ceux du propriétaire du canot, j'en-

tendis du bruit sur le pont. On vint parler à
l'oreille au capitaine, qui me quitta d'un air
consterné. Pour notre bonheur, une corvette
angloise (le *Sloop* le *Hawk*) croisoit aussi dans
ces eaux. Elle avoit fait des signaux pour appeler le capitaine du corsaire ; et celui-ci, ne
se pressant pas d'obtempérer, la corvette tira
un coup de canon et envoya un garde-marin
(*midshipman*) à notre bord. C'étoit un jeune
homme très-poli, qui me fit espérer que le
canot chargé de cacao seroit rendu, et que
nous pourrions continuer le lendemain notre
route. Il me proposa en même temps de l'ac-
compagner, assurant que son commandant, le
capitaine John Garnier, de la marine royale,
m'offriroit pour la nuit un gîte plus agréable
que celui que je trouverois dans un bâtiment
de Halifax.

J'acceptai des offres si obligeantes ; je fus
comblé de politesses par le capitaine Garnier,
qui avoit fait, avec Vancouver, le voyage à la
côte nord-ouest, et qui sembloit s'intéresser
vivement à tout ce que je lui disois des grandes
cataractes d'Atures et de Maypure, de la bifurcation de l'Orénoque et de sa communication

avec l'Amazone. Parmi ses officiers, il m'en
nomma plusieurs qui avoient été avec lord
Macartney en Chine : depuis un an, je ne
m'étois pas trouvé dans la société de tant de
personnes instruites. On avoit eu, par les journaux anglois, quelque connoissance du but de
mon entreprise; on me traita avec beaucoup
de confiance, et l'on me fit coucher dans la
chambre du commandant. En partant on me
donna les Éphémérides astronomiques des
années pour lesquelles, en France et en Espagne, je n'avois pu m'en procurer. C'est au
capitaine Garnier que je suis redevable des
observations de satellites que j'ai faites au-delà
de l'équateur, et c'est un devoir pour moi de
consigner ici l'expression de la reconnoissance
que m'ont inspirée ses procédés. Lorsqu'on
vient des forêts du Cassiquiare, et que, pendant des mois entiers, on a été comme retran-
ché dans le cercle étroit de la vie des missionnaires, on sent une jouissance bien douce au
premier contact avec des hommes qui ont
parcouru le monde maritime et agrandi leurs
pensées à la vue d'un spectacle si varié. Je
quittai le vaisseau anglois en conservant des

impressions qui ne se sont point effacées et qui me faisoient chérir davantage la carrière à laquelle je m'étois voué.

Nous continuâmes le lendemain notre trajet, et nous fûmes surpris de la profondeur des canaux entre les îles Caracas, où la corvette manœuvroit presque en rasant les rochers. Combien ces îlots calcaires, dont la direction et les formes rappellent la grande catastrophe qui les a séparés de la Terre-Ferme, diffèrent d'aspect de cet archipel volcanique au nord de Lancerote [1], dans lequel des buttes de basalte semblent être sorties de la mer par l'effet d'un soulèvement! La fréquence des Alcatras, qui sont plus gros que nos cygnes; celle des Flamans, qui pêchoient dans les anses ou harceloient les pélicans pour leur arracher leur proie, nous annonçoient l'approche des côtes de Cumana. Il est curieux de voir comment, au lever du soleil, les oiseaux de mer apparoissent tout d'un coup et animent le paysage. Cela rappelle, dans les lieux les plus solitaires, l'activité de nos cités au pre-

[1] *Voyez* Tom. I, p. 186-188.

mier lever de l'aurore. Vers les 9 heures du
matin, nous nous trouvâmes devant le golfe
de Cariaco qui sert de rade à la ville de Cumana.
La colline que couronne le château Saint-An-
toine se détachoit en blanc sur le sombre rideau des montagnes de l'intérieur. Nous
reconnûmes avec intérêt la plage où nous
avions cueilli les premières plantes de l'Amérique, et où, quelques mois plus tard, M. Bonpland avoit couru de si grands dangers. A travers les Cactus (cierges) qui s'élèvent en
colonnes et en candélabres de 20 pieds de
hauteur, paroissoint les cabanes indiennes des
Guayqueries. Chaque partie du paysage nous
étoit connue, et la forêt de Cactus, et les
cabanes éparses, et cet énorme Ceiba sous
lequel nous aimions à nous baigner à l'entrée
de la nuit. Nos amis de Cumana venoient à
notre rencontre; des hommes de toutes les
castes, que nos fréquentes herborisations
avoient mis en contact avec nous, exprimoient
une joie d'autant plus vive que la nouvelle de
notre mort sur les rives de l'Orénoque s'étoit
répandue depuis plusieurs mois. Ces bruits
sinistres avoient été causés ou par la maladie

très-grave de M. Bonpland, ou parce que notre canot avoit manqué de chavirer par une rafale de vent, au-dessus de la mission d'Uruana.

Nous nous empressâmes de nous rendre chez le gouverneur Don Vicente Emparan, dont les recommandations et la constante sollicitude nous avoient été si utiles pendant le long voyage que nous venions de terminer. Il nous procura au centre de la ville une maison [1] qui étoit peut-être trop élevée dans un pays exposé à de violens tremblemens de terre, mais extrêmement commode pour nos instrumens. Elle avoit des terrasses (*azoteas*) d'où l'on jouissoit d'une vue magnifique sur la mer, sur l'isthme d'Araya et sur l'archipel des îles Caracas, Picuita et Borracha. Le port de Cumana fut de jour en jour plus étroitement bloqué, et la vaine attente des courriers espagnols nous

---

[1] *Casa de Don Pasqual Martinez*, au nord-est de la grande place, près de laquelle j'avois observé depuis le 28 juillet jusqu'au 17 novembre 1799. Toutes les observations astronomiques et celles de mirage (Tom. IV, note D. p. 291.) qui sont postérieures au 29 août 1800, ont été faites dans la maison de Martinez. Je rappelle ces circonstances, parce qu'elles peuvent intéresser ceux qui voudront un jour examiner la précision de mes travaux.

y retint encore deux mois et demi. Souvent
nous étions tentés de passer aux îles danoises
qui jouissoient d'une heureuse neutralité;
mais nous pensâmes qu'une fois sortis des colonies espagnoles, nous trouverions des difficultés pour y rentrer. Avec des permissions
aussi amples que celles qu'un moment de fa-
veur nous avoit fait accorder, il falloit ne rien
hasarder qui pût déplaire aux autorités locales. Nous employâmes notre temps à compléter
la Flore de Cumana, à examiner géognosti-
quement la partie orientale de la péninsule
d'Araya, et à observer un nombre considérable d'éclipses de satellites qui confirmoient
la longitude du lieu déjà obtenue par d'autres
moyens. Nous fîmes aussi des expériences sur
les réfractions extraordinaires, sur l'évaporation et sur l'électricité atmosphérique.

Les animaux vivans que nous avions rapportés de l'Orénoque étoient un grand objet
de curiosité pour les habitans de Cumana. Le
Capucin de l'Esmeralda (Simia chiropotes),
qui, par l'expression de sa physionomie, ressemble tant à l'homme, et le singe dormeur
(Simia trivirgata), qui est le type d'un nouveau
groupe, n'avoient jamais été vus sur ces côtes.

Nous les destinâmes à la ménagerie du Jardin des Plantes de Paris : car l'arrivée d'une expédition françoise qui avoit échoué dans son attaque sur Curaçao nous fournit inopinément une excellente occasion pour la Guadeloupe. Le général Jeannet et le commissaire Bresseau, agent du pouvoir exécutif des Antilles, nous promirent de se charger de cet envoi. Les singes et les oiseaux sont morts à la Guadeloupe; et, par un hasard heureux, la peau du Simia chiropotes, qui n'existe pas ailleurs en Europe, a été envoyée, il y a quelques années, au Jardin des Plantes où l'on avoit déjà reçu le *Couxio* (Simia satanas.) et le Stentor ou Alouate des steppes de Caracas (Simia ursina) dont j'ai donné les figures dans mon *Recueil de Zoologie et d'Anatomie comparée*. L'arrivée d'un si grand nombre de militaires françois et la manifestation d'opinions politiques et religieuses qui n'étoient pas tout-à-fait conformes à celles par lesquelles des métropoles croient affermir leur autorité, imprimoient un singulier mouvement à la population de Cumana. Le gouverneur traitoit les autorités françoises avec cette aménité de formes que prescrivoient les convenances et les liens intimes qui unissoient

alors la France et l'Espagne. Dans les rues, on
voyoit les gens de couleur se presser autour
de l'agent du directoire dont le costume étoit
riche et théâtral; mais, comme des hommes
qui avoient la peau très-blanche s'informoient
aussi, avec une indiscrète curiosité, partout
où ils parvenoient à se faire comprendre, du
degré d'influence que la république accordoit
aux colons dans le gouvernement de la Guadeloupe, les officiers du Roi redoublèrent de
zèle pour fournir les provisions à la petite
escadre. Des étrangers qui se vantoient d'être
libres leur paroissoient des hôtes importuns;
et je vis que, dans un pays dont la prospérité
toujours croissante reposoit sur des communications clandestines avec les îles et sur une
espèce de liberté de commerce arrachée au
ministère, les Espagnols-Européens se plai-
soient encore à élever aux nues cette antique
sagesse du Code des lois (*leyes de Indias*) qui
ne permet d'ouvrir les ports aux bâtimens
étrangers que dans les cas extrêmes d'avarie
ou de détresse. Je rappelle ces contrastes entre
les vœux inquiets des colons et la méfiante
immobilité des gouvernans, parce qu'ils jettent
quelque jour sur les grands événemens politi-

ques qui, préparés de loin, ont séparé l'Espagne de ses colonies ou (comme il est peut-être
plus juste de dire) de ses provinces d'outre-
mer.

Du 3 au 5 novembre, nous passâmes de
nouveau quelques jours très-agréables à la
péninsule d'Araya, située au-delà du golfe de
Cariaco, vis-à-vis de Cumana, et dont j'ai
déjà décrit[1] les perles, les dépôts salifères et
les sources soumarines de pétrole liquide et
incolore. Nous avions appris que les Indiens
portoient de temps en temps à la ville des
quantités considérables *d'alun natif* trouvé
dans les montagnes voisines. Les échantillons
qu'on nous montra indiquoient suffisamment
que ce n'étoit ni de l'alunite[2] (pierre d'alun),
semblable à la roche de la Tolfa et de Piombino,
ni de ces sels capillaires et soyeux de sulfate
alcalin d'alumine et de magnésie qui tapissent
les fentes ou les cavités des roches, mais de
véritables masses d'alun natif, à cassure conchoïde ou imparfaitement lamelleuse. On nous
faisoit espérer que nous trouverions la *mine*

---

[1] Tom. II, p. 303-381.

[2] *Alaunstein.*

d'alun dans la cordillère schisteuse de Maniquarez. Un phénomène géognostique aussi
nouveau devoit fixer toute notre attention. Le
frère Juan Gonzalez, et le trésorier Don Manuel
Navarete qui nous avoit éclairés de ses con-
seils dès notre première arrivée sur ces côtes,
nous accompagnèrent dans cette petite excursion. Débarqués près du cap Caney, nous
visitâmes de nouveau l'ancienne saline, con-
vertie en lac par l'irruption de la mer, les
belles ruines du château d'Araya et la montagne calcaire du Barigon qui, par son escar-
pement du côté de l'ouest, est d'un accès assez
difficile. L'argile muriatifère, mêlée de bitume
et de gypse lenticulaire, et passant quelquefois
à une argile brun-noirâtre, dépourvue de sel,
est une formation très-répandue dans cette
péninsule, dans l'île de la Marguerite et sur le
continent opposé, près du château Saint-An-
toine de Cumana. Il est même très-probable
que l'existence de cette formation a contribué
à ces ruptures et à ce déchirement des terres
qui frappent le géognoste lorsqu'il est placé sur
une des éminences de la péninsule d'Araya.
La cordillère de cette péninsule, composée de
schiste micacé et de *thonschiefer*, est séparée,

au nord, par le canal de Cubagua, de la chaîne
des montagnes de l'île de la Marguerite, qui
ont une composition semblable ; vers le sud,
la cordillère est séparée par le golfe de Cariaco
de la haute chaîne calcaire du continent. Tout
le terrain intermédiaire paroît avoir été rempli autrefois d'argile muriatifère, et c'est sans
doute par les érosions continuelles de l'Océan
que cette formation a été enlevée pour con-
vertir la plaine, d'abord en lagunes, puis en
golfes, et enfin en canaux navigables. Le
récit de ce qui s'est passé dans les temps les
plus modernes, au pied du château d'Araya,
lors de l'irruption de la mer dans l'ancienne
saline, la forme de la lagune de Chacopata et
un lac de quatre lieues de long, qui coupe
presque en deux parties l'île de la Marguerite,
fournissent des preuves évidentes de ces érosions successives. Aussi croit-on voir encore
dans la configuration bizarre des côtes, dans
le Morro de Chacopata, dans les petites îles
des Caribes, des Lobos et du Tunal, dans la
grande île Coche et les caps du Carnero et
des Mangliers, les débris d'un isthme [1] qui,

---

[1] La carte que M. Fidalgo a publiée en 1816, *de la*

dirigé du nord au sud, réunissoit anciennement la péninsule d'Araya à l'île de la Marguerite. Dans cette dernière île, une langue
de terre extrêmement basse, de 3000 toises
de longueur et de moins de 200 toises de
large, lie seule encore, du côté du nord, les
deux groupes montueux connus sous les noms
de la Vega de San Juan et du Macanao. La
Laguna grande de la Marguerite a une ouverture très-étroite vers le sud, et de petits
canots passent, *arastrados*, c'est-à-dire par
un *portage* au-dessus de la langue de terre ou
digue septentrionale. Quoique aujourd'hui,
dans ces parages, les eaux semblent se retirer
du continent, il est pourtant très-probable
que, dans la suite des siècles, soit par quelque
tremblement de terre, soit par une intumes-
cence subite de l'Océan, la grande île alongée
de la Marguerite sera divisée en deux îlots
rocheux de forme trapézoïde.

Lorsque nous gravîmes le Cerro del Barigon, nous répétâmes les expériences faites à
l'Orénoque sur la différence de température

Isla Margarita y de sus canales, indique très-bien ses
rapports géognostiques.

de l'air et de la roche décomposée. La première
de ces températures n'étoit, vers les 11 heures
du matin, à cause de l'effet de la brise, que
de 27° cent., tandis que la seconde s'élevoit
à 49°,6. La sève qui monte dans les cierges à
candélabre (Cactus quadrangularis) étoit de
38° à 41°; c'étoit la chaleur que montroit un
thermomètre dont j'introduisis la boule dans
l'intérieur de la tige charnue et succulente des
Cactus. Cette température intérieure d'un
végétal se compose de celle du sable dans
lequel plongent les racines, de la température
de l'air extérieur, de l'état de la surface de la
tige exposée aux rayons du soleil, de son évaporation et de la conductibilité du bois. C'est
par conséquent l'effet de phénomènes extrêmement compliqués. Le calcaire du Barigon,
qui fait partie de la grande formation de grès
ou brèche calcaire de Cumana [1], est pétri de
coquilles fossiles aussi parfaitement conservées
que celles des autres calcaires tertiaires de la
France et de l'Italie. Nous en détachâmes,
pour le cabinet du Roi à Madrid, des blocs renfermant des huîtres de 8 pouces de diamètre,

[1] Tom. II, p. 332-381 ; III, p. 12-14.

des pectens, des vénus et des polypiers litho-
phytes. J'invite les naturalistes, plus instruits
dans la connoissance des fossiles que je ne
l'étois alors, de bien examiner cette côte montagneuse. Elle est d'un accès facile pour les
bâtimens européens qui font route à Cumana,
à la Guayra ou à Curaçao. Il sera curieux de
rechercher si quelques-unes de ces coquilles
et de ces espèces de zoophytes pétrifiés habitent encore de nos jours la mer des Antilles,
comme cela a paru à M. Bonpland, et comme
c'est le cas dans l'île de Timor, et peut-être à
la Grande-Terre de la Guadeloupe. Le 4
novembre, à une heure de la nuit, nous mîmes à la voile pour aller à la recherche de la
mine d'alun natif. J'avois embarqué le garde-
temps et ma grande lunette de Dollond pour
observer, à la *Laguna chica*, à l'est du village
de Maniquarez, l'immersion du premier satel-
lite de Jupiter. Ce projet ne fut cependant
point exécuté, car des vents contraires nous
empêchèrent d'arriver avant le jour. Le spectacle de la phosphorescence de la mer, em-
belli par le jeu des marsouins qui entouroient
notre pirogue, pouvoit seul nous dédommager
de ce retard. Nous passâmes de nouveau par

ces parages, où, du sein du micaschiste [1], au fond de la mer, jaillissent des sources de pétrole dont l'odeur se fait sentir de loin. Lorsqu'on se rappelle que, plus à l'est, près de Cariaco, des eaux chaudes [2] et soumarines sont assez abondantes pour pouvoir changer la température du golfe à sa surface, on ne sauroit douter que le pétrole ne vienne, comme par l'effet d'une distillation, d'une immense profondeur, qu'il ne sorte de ces roches primitives, au-dessous desquelles se trouve le foyer de toutes les commotions volcaniques.

La *Laguna chica* est une anse entourée de montagnes coupées à pic, et qui ne tient au golfe de Cariaco que par un canal étroit de 25 brasses de fond. On la diroit, comme le

---

[1] Tom. II, p. 364. Le pétrole des îles Caracas et celui du Buen Pastor, dont j'ai parlé plus haut (Tom. III, p. 219; Tom. V, p. 63), sortent de formations secondaires. N'est-ce pas une preuve directe de la communication des crevasses qui traversent le micaschiste, le calcaire et les argiles superposés? On m'a assuré aussi qu'il y a une source de pétrole à l'ouest de Maniquarez, dans l'intérieur des terres.

[2] Tom. III, p. 237-239.

beau port d'Acapulco, formée par l'effet d'un
tremblement de terre. Une petite plage
semble prouver que la mer perd ici sur les
terres, comme c'est le cas à la côte opposée
de Cumana. La péninsule d'Araya, qui se ré-
trécit entre les caps Mero et de las Minas
jusqu'à 1400 toises de largeur, en a un peu
plus de 4000 près de la *Laguna chica*, en
comptant d'une mer à l'autre. C'est cette distance peu considérable que nous avions à
traverser pour trouver l'alun natif et pour
parvenir au cap appelé la *Punta de Chuparuparu*. La route n'est difficile que parce qu'il
n'y a aucun sentier de tracé et qu'on est
obligé de franchir, entre des précipices assez
profonds, des arêtes de rocher entièrement
nu et dont les strates sont fortement inclinés.
Le point culminant a près de 220 toises de
hauteur; mais les montagnes, comme c'est
souvent le cas dans les isthmes rocheux,
offrent des formes très-bizarres. Les Tetas de
Chacopata et de Cariaco, placés à moitie
chemin entre la *Laguna chica* et la ville de Cariaco, sont de véritables pics qu'on croiroit
isolés en les voyant de la plate-forme du château de Cumana. Il n'y a de terre végétale dans

ce pays que jusqu'à 30 toises de hauteur au-
dessus du niveau de la mer. Quelquefois il n'y
a pas de pluie pendant 15 mois [1]; cependant,
s'il tombe quelques gouttes d'eau immédiatement après la floraison des melons, des courges
et des pastèques, celles-ci, malgré la sécheresse apparente de l'air, donnent des fruits
d'un poids de 60 à 70 livres. Je dis la sécheresse
apparente de l'air, car mes observations hygro-
métriques prouvent que l'atmosphère de Cumana et d'Araya renferme en vapeurs d'eau
près de neuf dixièmes de la quantité nécessaire à sa saturation parfaite. C'est cet air
chaud et humide à la fois qui alimente les
fontaines végétales, les plantes cucurbitacées,
les Agaves et les Melocactus à demi enterrés
dans le sable. Lorsque nous avions visité la
péninsule l'année précédente, il y régnoit la
plus affreuse disette d'eau. Les chèvres,
manquant d'herbes, mouroient par centaines.
Pendant notre séjour à l'Orénoque, l'ordre
des saisons paroissoit entièrement changé. Il
avoit plu abondamment à Araya, à Cochen,
et même à l'île de la Marguerite, et le souvenir de ces averses occupoit l'imagination

[1] Tom. III, p. 255 et 256.

des habitans, comme une chute d'aréolithes occupe celle des physiciens en Europe.

L'Indien qui nous conduisoit connoissoit à peine la direction dans laquelle nous trou-verions le minérai d'alun ; il en ignoroit le véritable site. Cette ignorance des localités caractérise ici presque tous les guides choisis parmi la classe la plus indolente du peuple. Nous errâmes, comme au hasard, pendant 8 à 9 heures, entre ces rochers dépourvus de toute végétation. Le schiste micacé passe quelquefois à un *thonschiefer* (schiste argileux) gris-noirâtre. Je fus frappé de nouveau de l'extrême régularité dans la direction et l'in-clinaison des strates. Ils sont dirigés N. 50° E., tombant avec 60° à 70° au nord-ouest. C'est la direction générale que j'avois observée dans le granite-gneis de Caracas et de l'Oré-noque, dans les schistes amphiboliques de l'Angostura, et même dans la plupart des roches secondaires que nous venions d'exa-miner. Sur de vastes étendues de terrains, les couches font le même angle avec le mé-ridien du lieu ; elles offrent un parallélisme (ou plutôt un *loxodromisme*) que l'on peut considérer comme une de ces grandes lois

géognostiques susceptibles d'être vérifiées par
des mesures précises. En avançant vers le cap
Chuparuparu, nous vîmes augmenter la puissance des filons de quarz qui traversent le
micaschiste. Nous en trouvâmes de 1 à 2 toises
de largeur, remplis de petits cristaux fasci-
culés de titane-rutile. Nous y cherchâmes
en vain de la cyanite, que nous avions découverte dans des blocs près de Maniquarez.
Plus loin, le micaschiste offre, non des filons,
mais de petites couches de graphite ou car-
bure de fer. Elles ont 2-3 pouces d'épaisseur,
et exactement la même direction et la même
inclinaison que la roche. Le graphite, dans les
terrains primitifs, désigne la première appa-
rition du carbone sur le globe, celle d'un carbone non hydrogéné. Il est antérieur à l'époque où la surface de la terre s'est couverte de
plantes monocotylédones. Du haut de ces
montagnes sauvages, nous jouîmes d'une vue
imposante sur l'île de la Marguerite. Deux
groupes de montagnes, que nous avons déjà
nommés, ceux du Macanao et de la Vega de
San Juan, s'élèvent du sein des eaux. C'est
au second de ces groupes, au plus oriental,
qu'appartiennent la capitale de l'île, La Asun-

cion [1], le port de Pampatar et les villages de Pueblo de la Mar, de Pueblo del Norte et de San Juan. Le groupe occidental, le Macanao, est presque entièrement inhabité. L'isthme qui réunit ces grandes masses de micaschiste étoit à peine visible : il paroissoit défiguré par l'effet du *mirage*, et l'on ne reconnoissoit cette partie intermédiaire, coupée par la *Laguna grande*, qu'à deux petites mornes [2] en forme de pain de sucre, situés dans le méridien de la Punta de Piedras. Plus près, nos yeux plongeoient sur le petit archipel désert des quatre Morros del Tunal, des îles Caribes et des Lobos.

Après beaucoup de vaines recherches, nous trouvâmes enfin, avant de descendre à la côte septentrionale de la péninsule d'Araya, dans un ravin qui est d'un accès extrêmement pénible (*aroyo del Robalo*), le minérai qu'on nous avoit montré à Cumana. Le micaschiste se changeoit subitement en *thonschiefer* carburé et luisant. C'étoit de l'ampelite ; les eaux (car il

---

[1] Lat. 11° 0′ 30″; long. 0° 19′ à l'est du méridien de Cumana.

[2] Lat. 10° 57′; long. 0° 3′ 30″ à l'est de Cumana.

y a de petites sources dans ces lieux, et récemment on en a même découvert près du
village de Maniquarez), les eaux étoient chargées d'oxide de fer jaune et avoient un goût
stiptique. Nous trouvâmes les parois des rochers voisins tapissés de sulfate d'alumine
capillaire en efflorescence; de véritables couches de deux pouces d'épaisseur, remplies
d'alun natif, se prolongeoient à perte de vue
dans le *thonschiefer*. L'alun est blanc-grisâtre,
un peu mat à l'extérieur, et d'un éclat presque vitreux à l'intérieur; sa cassure n'est pas
fibreuse, mais imparfaitement conchoïde. Il
est semi-diaphane lorsque les fragmens sont
peu épais. Sa saveur est douceâtre et astrin-
gente, sans mélange d'amertume. Je me suis
proposé, sur les lieux même, la question de
savoir si cet alun si pur, et qui remplit des
couches dans le *thonschiefer*, sans y laisser le
moindre vide, est d'une formation contemporaine avec la roche, ou s'il faut admettre
qu'il est d'une origine récente et pour ainsi
dire secondaire, comme le muriate de soude
que l'on trouve quelquefois par petits filons
là où des sources fortement concentrées traversent des couches de gypse ou d'argile?

Rien dans ces lieux ne paroît indiquer un
mode de formation qui se renouvelleroit de
nos jours. La roche schisteuse n'offre aucune
fente ouverte : surtout elle n'en offre pas qui
soit parallèle à la direction des feuillets. On
se demande aussi si ce schiste alumineux est
une formation de transition superposée au
micaschiste primitif d'Araya, ou s'il naît d'un
simple changement de composition et de
texture dans les couches du micaschiste ? J'incline pour la dernière supposition ; car la
transition est progressive, et le schiste argileux *(thonschiefer)* et le micaschiste ne me
paroissent constituer ici qu'une seule formation. La présence de la cyanite, du titane
rutile et des grenats, l'absence de la lydienne
et de toute roche fragmentaire ou arénacée
semblent caractériser comme primitive la
formation que nous décrivons. Même en Europe, on assure avoir trouvé, quoique bien
rarement, de l'ampelite et des *grünsteins* dans
des schistes antérieurs à ceux de transition.

Lorsque, en 1785, à la suite d'un tremblement de terre, une grande masse rocheuse
s'étoit détachée dans l'Aroyo del Robalo, les
Indiens Guayqueries de los Serritos recueil-

lirent des fragmens d'alun de 5-6 pouces de
diamètre, extrêmement transparens et purs.
De mon temps, on en vendoit, à Cumana, aux
teinturiers et aux cordonniers, la livre, au prix
de 2 réaux ($\frac{1}{4}$ piastre forte), tandis que l'alun
venant d'Espagne coûtoit 12 réaux. Cette
différence de prix étoit bien plus l'effet des
préjugés et des entraves du commerce que de
la qualité inférieure de l'alun du pays qui est
employé sans lui faire subir aucune purifi-
cation. On le trouve aussi dans la chaîne de
micaschiste et de *thonschiefer*, à la côte nord-
ouest de l'île la Trinité, à la Marguerite,
et près du cap Chuparuparu, au nord du
Cerro del Distiladero [1]. Les Indiens, mys-
térieux par caractère, aiment à cacher les

---

[1] On nous a indiqué une autre localité : à l'ouest de
Bordones, le Puerto Escondido. Mais cette côte m'a
paru toute calcaire, et je ne conçois pas quel pourroit
être sur ce point le gisement de l'ampélite et de l'alun
natif. Y en auroit-il dans les couches d'argile schisteuse
qui alternent avec le calcaire alpin de Cumanacoa ?
(Tom. III, p. 97.) En Europe, l'alun fibreux ne se
trouve que dans les terrains postérieurs à ceux de transition, dans les lignites et d'autres formations tertiaires
qui appartiennent aux lignites.

endroits d'où ils tirent l'alun natif; mais le minérai doit être assez abondant, car j'en ai vu à la fois entré leurs mains des quantités très-considérables. Il seroit intéressant pour le gouvernement de Venezuela d'établir des exploitations régulières, soit sur le minérai que nous venons de décrire, soit sur les schistes alumineux qui l'accompagnent. On pourroit soumettre ces derniers au grillage et employer pour les lessiver une concentration (*graduation*) au soleil brûlant des tropiques.

L'Amérique du Sud reçoit aujourd'hui son alun d'Europe, comme l'Europe l'a reçu à son tour, jusqu'au 15ᵉ siècle, des peuples de l'Asie. Avant mon voyage, les minéralogistes n'ont connu d'autres substances qui, sans addition, calcinées ou non calcinées, puissent donner immédiatement de l'alun (du sulfate d'alumine et de potasse), que des roches de la formation trachytique et de petits filons qui traversent des couches de lignite ou de bois bitumineux. L'une et l'autre de ces substances, d'une origine si différente, renferme tout ce qui constitue l'alun, c'est-à-dire l'alumine, l'acide sulfurique et la potasse. Les minérais de la Tolfa, de Milo et de Nipoligo, ceux de Montione, dans lesquels la silice n'accompagne pas l'alumine, la brèche siliceuse du Mont-Dore, si bien décrite par M. Cordier, et qui renferme du soufre dans ses cavités, les roches alunifères de Parad et de Beregh en Hongrie, qui appartiennent aussi aux conglomérats ponceux et trachytiques, sont dus, à n'en pas douter, à la pénétration de vapeurs acido-sulfureuses [1]. Ce sont, comme on peut s'en convaincre, dans les solfatares de Pouzzole et du Pic de Ténériffe, les produits d'une action volcanique foible et prolongée. L'alunite de la Tolfa, que, depuis mon retour en Europe, j'ai examiné sur les lieux, conjointement avec M. Gay-Lussac, a, par ses caractères oryctognostiques et par sa composition chimique, beaucoup de rapport avec le feldspath compacte [2] qui fait la base de tant

[1] Gay-Lussac, dans les *Annales de Chimie* (ancienne série), Tom. LV, p. 266. Descotils, dans les *Annales des Mines*, 1816, p. 374. Cordier, dans les *Annales de Chimie et de Physique*, Tom. IX, p. 71-88. Beudant, *Voyage en Hongrie*, Tom. III, p. 446-471.

[2] Ce feldspath contient, d'après Klaproth, plus de silice que l'alunite de la Tolfa. La quantité de potasse est la même, mais trois fois moindre que dans les felds-

de trachytes et de porphyres de transition.
C'est un sous-sulfate silicifère d'alumine et de
potasse, un feldspath compacte, plus l'acide
sulfurique qui y est tout formé. Les eaux cir-
culant dans ces roches alunifères, d'origine
volcanique, ne déposent cependant pas des
masses d'alun natif : pour en donner, ces roches ont besoin de torréfaction. Je ne connois nulle part des dépôts analogues à ceux
que j'ai rapportés de Cumana ; car les masses
capillaires et fibreuses trouvées dans des filons
qui traversent les couches de lignites (bords
de l'Egra, entre Saatz et Commothau en Bo-
hême [1]) ou naissant par efflorescence dans

paths communs (lamelleux) et vitreux. D'ailleurs, en
comparant les analyses de Klaproth et de Vauque-
lin, on voit que les proportions relatives de silice et
d'alumine varient beaucoup dans les différens échantillons tirés de la mine de la Tolfa.

[1] Feder-Alaun, Haarsalz, mehliger und stängliger
Alaun de Freienwalde, Tcherning, etc. (*Klaproth*,
Beiträge, Tom. I, p. 311 ; Tom. III, p. 102. Ficinus,
dans les *Schriften der Dresdener Gesellschaft für Mine-*
ralogie; Tom. I, p. 266 ; Tom. II, p. 232.) De quelle
formation est tiré cet alun natif que les Goubaniens
portent à Syène de l'intérieur de l'Afrique ? (*Decade*

des cavités (Freienwalde, dans le Brande-
bourg; Segario en Sardaigne), sont des sels
impurs, souvent dépourvus de potasse, mêlés
de sulfates d'ammoniaque et de magnésie. Une
décomposition lente des pyrites qui agissent
peut-être comme autant de petites *piles gal-
vaniqnes*, rend alunifères les eaux qui cir-
culent à travers les lignites bitumineux et les
argiles carburés [1]. Ces eaux, en contact avec
le carbonate de chaux, donnent même lieu
aux dépôts d'alumine sous - sulfatée (dépourvue de potasse) que l'on trouve près de
Halle, et que l'on croyoit autrefois à tort être
de l'alumine pure, appartenant, comme la
terre à porcelaine (kaolin) de Morl, au por-
phyre du grès-rouge. Des actions chimiques
analogues peuvent avoir lieu dans des schistes
primitifs et de transition, comme dans les
terrains tertiaires. Tous les schistes, et ce fait
est très-important, contiennent près de 5 pour

égypt., Tom. III, p. 85.) Je regrette de ne pas pouvoir, séparé de mes collections, déterminer la quantité
de potasse que contient l'alun natif du Robalo.

[1] *Braunkohle et Alaunerde.*

9*

cent de potasse, du sulfure de fer, du pé-
roxide de fer, du carbone, etc. Le contact
de tant de substances hétérogènes humectées
doit nécessairement les porter à changer d'état
et de composition. Les sels efflorescens qui
couvrent abondamment les schistes alumineux du Robalo, indiquent combien ces effets
chimiques sont favorisés par la haute température de ces climats; mais (je le répète)
dans une roche qui n'a pas de crevasses, pas de
vides parallèles à la direction et à l'inclinaison
de ses strates, l'alun natif, semi-diaphane et à
cassure conchoïde, remplissant son *gîte* (ses
couches) en entier, doit être regardé comme
étant du même âge que la roche qui le renferme. Le mot *formation contemporaine* est
pris ici dans le sens que les géognostes y attachent en parlant de couches de quarz dans
le *thonschiefer*, de calcaire grenu dans le micaschiste, ou de feldspath dans le gneis.

    Après avoir erré long-temps dans ces lieux
arides entre des rochers entièrement dénués
de végétation, nos yeux reposoient avec
plaisir sur des touffes de Malpighia et de
Croton que nous trouvâmes en descendant

vers les côtes. Ces crotons arborescens
étoient même deux espèces nouvelles [1] très-
remarquables par leur port et propres à la
péninsule d'Araya. Nous arrivâmes trop tard
à la *Laguna chica* pour visiter une autre anse
qui est placée plus à l'est et célèbre sous
le nom de *Laguna grande* ou *del Obispo* [2].
Nous nous contentâmes de l'admirer du haut
des montagnes qui la dominent. Après les
ports du Ferrol et d'Acapulco , il n'y en a
peut-être pas d'une configuration plus extraordinaire. C'est un golfe intérieur de 2 milles
et demi de long de l'est à l'ouest et d'un
mille de large. Les rochers de micaschiste qui
forment l'entrée du port ne laissent de passage
libre que sur une largeur de 250 toises. Partout on trouve 15 à 25 brasses de fond. Il est
probable que le gouvernement de Cumana
tirera un jour parti de ce golfe intérieur et de
celui de Mochima [3] situé à 8 lieues marines

[1] Croton *argyrophyllus* , et C. *marginatus*.

[2] D'après M. Fidalgo, lat. 10° 35′, long. 0° 7′ 50″ à
l'est de Cumana. *Voyez* Tom. III , p. 21-23.

[3] C'est un golfe étroit et alongé du nord au sud de
3 milles, semblable aux *fiörd* de la Norwège. Lat. de

à l'est de la mauvaise rade de Nueva-Barcelona. La famille de M. Navarete nous attendoit avec impatience sur la plage; et, quoique
notre canot portât une grande voile, nous
n'arrivâmes que de nuit à Maniquarez.

Nous ne prolongeâmes plus notre séjour à
Cumana que de deux semaines. Ayant perdu
tout espoir de voir arriver un courrier de la
Corogne, nous profitâmes d'un bâtiment américain qui chargeoit de la viande salée à
Nueva-Barcelona pour la porter à l'île de
Cuba. Nous avions passé 16 mois sur ces
côtes et dans l'intérieur de Venezuela. Quoiqu'il nous restât plus de 50,000 francs en
lettres de change sur les premières maisons
de la Havane, nous aurions senti un manque
de fonds très-fâcheux, si le gouverneur de
Cumana ne nous eût fait toutes les avances
que nous pouvions désirer. La délicatesse des
procédés de M. d'Emparan, envers des étrangers qui lui étoient entièrement inconnus, mérite les plus grands éloges et ma vive reconnoissance. J'insiste sur des incidens d'un

l'entrée 10° 23' 45''; long. 10' en arc à l'ouest de Cumana, et 3' à l'ouest de Puerto Escondido.

intérêt personnel, pour engager les voyageurs
à ne, pas trop compter sur les communications
entre les diverses colonies d'une même métropole. Dans l'état du commerce de Cumana
et de Caracas, en 1799, il auroit été plus
facile de faire usage d'une traite sur Cadiz et
sur Londres que sur Carthagène des Indes,
sur la Havane ou la Vera-Cruz. Nous nous
séparâmes de nos amis de Cumana, le 16 novembre, pour faire pour la troisième fois le
trajet de l'embouchure du golfe de Cariaco à
Nueva-Barcelona. La nuit étoit fraîche et dé-
licieuse. Ce ne fut pas sans émotion que nous
vîmes pour la dernière fois le disque de la
lune éclairer le sommet des cocotiers qui entourent les rives du Manzanares. Long-temps
nos yeux restèrent fixés sur cette côte blan-
châtre où nous n'avions eu qu'une seule fois à
nous plaindre des hommes. La brise étoit si
forte, qu'en moins de 6 heures, nous nous
trouvâmes mouillés près du Morro de Nueva-
Barcelona. Le bâtiment qui devoit nous conduire à la Havane, étoit prêt à mettre à la
voile.

~~~~~~

CHAPITRE XXVI.

*État politique des provinces de Venezuela. —
Étendue du territoire. — Population. —
Productions naturelles. — Commerce ex-
térieur. — Communications entre les diverses
provinces qui composent la république de
Colombia.*

AVANT de quitter les côtes de la Terre-Ferme
et d'entretenir le lecteur de l'importance politique de l'île de Cuba, la plus grande des
Antilles, je vais réunir sous un même point
de vue tout ce qui peut faire apprécier avec
justesse les relations futures de l'Europe commerçante avec les Provinces-Unies de Venezuela. En publiant d'abord après mon retour
en Allemagne l'*Essai politique sur la Nouvelle-
Espagne*, j'ai fait connoître en même temps
une partie des matériaux que je possède sur
la richesse territoriale de l'Amérique du Sud.

Ce tableau comparatif de la population, de l'agriculture et du commerce, de toutes les colonies espagnoles a été rédigé à une époque où la marche de la civilisation étoit entravée par l'imperfection des institutions sociales, par le système prohibitif et par d'autres égaremens funestes de la science du gouvernement. Depuis que j'ai développé les immenses ressources que les peuples des deux Amériques, jouissant des bienfaits d'une sage liberté, pourront trouver dans leur position individuelle et dans leurs rapports avec l'Europe et l'Asie commerçantes, une de ces grandes révolutions qui agitent de temps en temps l'espèce humaine a changé l'état de la société dans les vastes pays que j'ai parcourus. Aujourd'hui, la partie continentale du Nouveau-Monde se trouve comme partagée entre trois peuples d'origine européenne : l'un, et le plus puissant, est de race germanique; les deux autres appartiennent, par leur langue, leur littérature et leurs mœurs, à l'Europe latine. Les parties de l'ancien monde, qui avancent le plus vers l'ouest, la péninsule ibérienne et les Iles-Britanniques, sont celles aussi dont les colonies ont occupé

le plus d'étendue ; mais quatre mille lieues
de côtes habitées par les seuls descendans des
Espagnols et des Portugais attestent la supériorité qu'aux 15ᵉ et 16ᵉ siècles les peuples
péninsulaires s'étoient acquise par leurs expéditions maritimes sur le reste des peuples
navigateurs. On peut dire que leurs langues
répandues, depuis la Californie jusqu'au Rio
de la Plata, sur le dos des Cordillères comme
dans les forêts de l'Amazone, sont des monumens de gloire nationale qui survivront à
toutes les révolutions politiques.

Dans ce moment, les habitans de l'Amérique espagnole et portugaise forment ensemble
une population deux fois plus grande que celle
de race angloise. Les possessions françoises,
hollandoises et danoises du Nouveau-Continent sont de peu d'étendue ; mais, pour compléter le tableau général des peuples qui pourront influer sur la destinée de l'autre hémisphère, nous ne devons pas oublier et les
colons d'origine slave qui tentent de s'établir
depuis la péninsule d'Alaska jusqu'en Californie, et ces Africains libres d'Haïti qui ont
accompli la prophétie faite par le voyageur
milanais Benzoni, en 1545. La position des

Africains dans une île 2 ½ fois plus grande que la Sicile, au milieu de la Méditerranée des Antilles, augmente leur importance politique. Tous les amis de l'humanité font des vœux pour le développement d'une civilisation qui, après tant de fureurs et de sang, avance d'une manière inattendue. L'Amérique russe ressemble jusqu'à présent moins à une colonie agricole qu'à ces comptoirs que les Européens ont établis, au plus grand malheur des indigènes, sur les côtes de l'Afrique. Elle n'offre que des postes militaires, des stations de pêcheurs et de chasseurs sibériens. C'est sans doute un phénomène frappant que de trouver le rite de l'église grecque établi dans une partie de l'Amérique, et de voir deux nations qui habitent les extrémités orientales et occidentales de l'Europe, les Russes et les Espagnols, devenir limitrophes sur un continent où elles sont arrivées par des routes opposées; mais l'état presque sauvage des côtes dépeuplées d'Ochotsk et du Kamtschatka, le manque de secours fournis par les ports d'Asie, et le régime adopté jusqu'ici dans les colonies slaves du Nouveau-Monde, sont des entraves qui les tiendront long-temps dans l'enfance.

Il en résulte que si, dans les recherches d'économie politique, on s'accoutume à n'envisager
que des masses, on ne sauroit méconnoître
que le continent américain n'est partagé, à
proprement parler, qu'entre trois grandes nations de race angloise, espagnole et portugaise.
La première de ces trois nations, les Anglo-
Américains, est aussi, après les Anglois de
l'Europe, celle qui couvre de son pavillon la
plus grande étendue des mers. Sans colonies
lointaines, leur commerce a pris un accroissement que n'a pu atteindre aucun peuple de
l'ancien monde, si ce n'est celui qui a communiqué, au nord de l'Amérique, sa langue,
l'éclat de sa littérature, son amour du travail,
son penchant pour la liberté, et une partie de
ses institutions civiles.

Les colons anglois et portugais ont peuplé
les seules côtes opposées à l'Europe : les Castillans, au contraire, dès le commencement de
la conquête, ont franchi la chaîne des Andes,
et se sont établis jusque dans les régions les
plus occidentales. Ce n'est que là, au Mexique,
à Cundinamarca, à Quito et au Pérou, qu'ils
ont trouvé les traces d'une antique civilisation, des peuples agriculteurs, des empires

florissans. Cette circonstance, l'accroissement d'une population indigène et montagnarde, la possession presque exclusive de grandes richesses métalliques et des relations commerciales établies dès le commencement du 16ᵉ siècle avec l'Archipel indien, ont donné aux possessions espagnoles de l'Amérique équinoxiale un caractère qui leur est propre. Dans les contrées de l'est, tombées en partage aux colons anglois et portugais, les naturels étoient des peuples errans et chasseurs. Loin d'y former une portion de la population agricole et laborieuse, comme sur le plateau d'Anahuac, à Guatimala et dans le Haut-Pérou, ils se sont généralement retirés à l'approche des blancs. Le besoin du travail, la préférence donnée à la culture de la canne à sucre, de l'indigo et du coton, la cupidité qui accompagne et dégrade souvent l'industrie y ont fait naître cet infâme commerce des noirs, dont les suites ont été également funestes pour les deux mondes. Heureusement, dans la partie continentale de l'Amérique espagnole, le nombre des esclaves africains est si peu considérable qu'en le comparant à celui de la population servile du Brésil ou à celle de la partie méri-

dionale des États-Unis, il se trouve dans le
rapport de 1 : 5. Toutes les colonies espagnoles, sans en exclure les îles de Cuba et de Portorico, n'ont, sur une surface qui excède au
moins d'un cinquième celle de l'Europe, pas
autant de nègres que le seul état de la Virginie. Les Espagnols-Américains offrent dans
l'union de la Nouvelle-Espagne et du Guatimala l'exemple unique, sous la zone torride,
d'une nation de 8 millions d'habitans gouvernée
d'après des lois et des institutions européennes, cultivant à la fois le sucre, le cacao, le
froment et la vigne, et n'ayant presque pas
d'esclaves arrachés au sol africain.

La population du Nouveau-Continent ne
surpasse encore que de très-peu celle de la
France ou de l'Allemagne. Elle double aux
États-Unis en vingt-trois ou vingt-cinq ans;
au Mexique, elle a doublé, même sous le
régime de la métropole, en quarante ou qua-
rante-cinq ans. Sans se livrer à des espérances
trop flatteuses sur l'avenir, on peut admettre
que, dans moins d'un siècle et demi, la population de l'Amérique égalera celle de l'Europe.
Cette noble rivalité de la civilisation, des arts
industriels et du commerce, loin d'appauvrir,

comme on se plaît si souvent à le pronosti-
quer, l'ancien continent, aux dépens du nouveau, augmentera les besoins de la consommation, la masse du travail productif, l'activité des échanges. Sans doute qu'après les
grandes révolutions que subit l'état des sociétés
humaines, la fortune publique, qui est le pa-
trimoine commun de la civilisation, se trouve
différemment répartie entre les peuples des
deux mondes; mais peu à peu l'équilibre se
rétablit, et c'est un préjugé funeste, j'oserois
presque dire impie, que de considérer comme
une calamité pour la vieille Europe la prospérité croissante de toute autre portion de
notre planète. L'indépendance des colonies ne
contribuera pas à les isoler, elle les rappro-
chera plutôt des peuples anciennement civilisés. Le commerce tend à unir ce qu'une politique jalouse a séparé depuis long-temps. Il y a
plus encore : il est de la nature de la civilisation de pouvoir se porter en avant sans s'étein-
dre pour cela dans le lieu qui l'a vu naître. Sa
marche progressive de l'est à l'ouest, de l'Asie
en Europe, ne prouve rien contre cet axiome.
Une vive lumière conserve son éclat même
lorsqu'elle éclaire un plus grand espace. La

culture intellectuelle , source féconde de la richesse nationale, se communique de proche en proche ; elle s'étend sans se déplacer. Son mouvement n'est point une migration : s'il nous a paru tel dans l'Orient, c'est parce que des hordes barbares se sont emparées de l'E-gypte, de l'Asie-Mineure, et de cette Grèce jadis libre, berceau abandonné de la civilisa-tion de nos ancêtres.

L'abrutissement des peuples est la suite de l'oppression qu'exercent ou le despotisme in-térieur ou un conquérant étranger : il est toujours accompagné d'un appauvrissement progressif, d'une diminution de la fortune publique. Des institutions libres et fortes, adaptées aux intérêts de tous, éloignent ces dangers ; et la civilisation croissante du monde, la concurrence du travail, celle des échanges ne ruinent pas les états dont le bien-être dé-coule d'une source naturelle. L'Europe pro-ductrice et commerçante profitera du nouvel ordre des choses qui s'introduit dans l'Amé-rique espagnole, comme elle profiteroit, par l'accroissement de la consommation, des évé-nemens qui feroient cesser la barbarie en Grèce, sur les côtes septentrionales de l'Afrique et dans d'autres pays soumis à la tyrannie des Ottomans. Il n'y a de menaçant pour la prospérité de l'ancien continent que le prolongement de ces luttes intestines qui arrêtent la production, et diminuent en même temps le nombre et les besoins des consommateurs. Dans l'Amérique espagnole, cette lutte, commencée six ans après mon départ, touche peu à peu à sa fin. Nous verrons bientôt des peuples indépendans, régis d'après des formes de gouvernement très-diverses, mais unis par le souvenir d'une origine commune, par l'uniformité du langage et les besoins que fait toujours naître la civilisation, habiter les deux rives de l'Océan Atlantique. On pourroit dire que les immenses progrès qu'a faits l'art du navigateur, ont rétréci les bassins des mers. Déjà l'Océan Atlantique se présente à nos yeux sous la forme d'un canal étroit qui n'éloigne pas plus du Nouveau-Monde les états commerçans de l'Europe, que dans l'enfance de la navigation le bassin de la Méditerranée a éloigné les Grecs du Péloponnèse de ceux de l'Ionie, de la Sicile et de la Cyrénaïque.

J'ai cru devoir rappeler ces considérations générales sur les relations futures des deux

continens, avant de tracer le tableau politique
des provinces de Venezuela dont j'ai fait connoître les différentes races d'hommes, les productions spontanées et cultivées, les inégalités
du sol et les communications intérieures. Ces
provinces, gouvernées jusqu'en 1810 par un
capitaine général résidant à Caracas, sont
aujourd'hui réunies à l'ancienne vice-royauté
de la Nouvelle-Grenade ou de Santa-Fe, sous
le nom de république de Colombia. Je n'anti-
ciperai point sur la description que je dois
donner plus tard de la Nouvelle-Grenade ;
mais, pour rendre mes observations sur la
statistique de Venezuela plus utile à ceux qui
veulent juger de l'importance politique de ce
pays, et des avantages qu'il peut offrir au commerce de l'Europe, même dans son état de
culture peu avancée, je dépeindrai les *Provinces-Unies de Venezuela* dans leurs rapports
intimes avec Cundinamarca ou la Nouvelle-
Grenade et comme faisant partie du nouvel
état de Colombia. Cet aperçu comprendra
nécessairement cinq divisions : l'étendue, la
population, les productions, le commerce et
le revenu public. Une partie des données qui
serviront à former ce tableau, se trouvant in-

diquée dans les chapitres précédens, je pourrai
être très-concis dans l'énoncé des résultats
généraux. Nous avons passé, M. Bonpland et
moi, près de trois ans dans les pays qui forment aujourd'hui le territoire de la république
de Colombia; savoir : seize mois dans le
Venezuela et dix-huit dans la Nouvelle-Grenade. Nous avons traversé ce territoire dans
toute son étendue, d'une part, depuis les montagnes de Paria jusqu'à l'Esmeralda sur le Haut-
Orénoque et jusqu'à San Carlos del Rio Negro
situé près des frontières du Brésil; de l'autre,
depuis le Rio Sinu et Carthagène des Indes
jusqu'aux sommets neigeux de Quito, au port
de Guayaquil sur les côtes de l'Océan pacifique et aux rives de l'Amazone dans la province
de Jaen de Bracamoros. Un si long séjour et
un voyage de 1300 lieues marines dans l'intérieur des terres, dont plus de 650 en bateau,
m'ont pu fournir une connoissance assez exacte
des circonstances locales : cependant je n'ose-
rai me flatter d'avoir recueilli, sur le Venezuela
et la Nouvelle-Grenade, des matériaux statistiques aussi nombreux et aussi sûrs que ceux
que m'a fournis un séjour beaucoup plus court
dans la Nouvelle-Espagne. On est moins porté

10 *

à discuter des questions d'économie politique
dans des pays purement agricoles et qui offrent
plusieurs centres de pouvoir, que là où la
civilisation est concentrée dans une grande
capitale, et où l'immense produit des mines
accoutume les hommes à l'évaluation numéri-
que des richesses naturelles. Au Mexique et au
Pérou, j'ai trouvé dans des documens officiels
une partie des données que je désirois me procurer. Il n'en étoit point ainsi à Quito, à
Santa-Fe et à Caracas, où l'intérêt pour des
recherches statistiques ne se développera que
par la jouissance d'un gouvernement indépen-
dant. Ceux qui sont accoutumés à examiner
les chiffres avant d'en admettre la vérité,
savent que, dans les états libres nouvellement
fondés, on aime à exagérer l'accroissement
de la fortune publique, tandis que dans les
vieilles colonies on grossit la liste des maux
qui tous sont attribués à l'influence du système
prohibitif. C'est presque se venger de la métropole, que d'exagérer la stagnation du commerce et la lenteur des progrès de la population.

Je n'ignore pas que les voyageurs qui ont
récemment visité l'Amérique regardent ces

progrès comme beaucoup plus rapides que semblent l'indiquer les nombres auxquels je m'arrête dans mes recherches statistiques. Ils promettent, pour l'an 1913, au Mexique, dont ils croient que la population est doublée tous les vingt-deux ans, 112 millions d'habitans; aux États-Unis, pour la même époque, 140 millions[1]. Ces nombres, je l'avoue, ne m'effraient point par les motifs qui alarmeroient de zélés sectateurs du système de M. Malthus. Il se peut que deux ou trois cent millions d'hommes trouvent un jour leur subsistance dans l'immense étendue du Nouveau-Continent entre le lac de Nicaragua et le lac Ontario; j'admets que les États-Unis compteront, en cent ans, au-delà de 80 millions d'habitans, en admettant un changement progressif dans la période du doublement (de vingt-cinq à trente-cinq et à quarante ans); mais, malgré les élémens de prospérité que renferme l'Amérique équinoxiale, malgré la sagesse que je veux bien supposer simultanément aux nouveaux gouvernemens républicains formés au

---

[1] *Robinson, Memoirs on the Mexican Revolution,* Tom. II, p. 315.

sud et au nord de l'équateur, je doute que
l'accroissement de la population dans le Venezuela, dans la Guyane espagnole, la Nouvelle-
Grenade et le Mexique, puisse être en général
aussi rapide qu'il l'est aux États-Unis. Ces
derniers, entièrement situés sous la zone tempérée, dépourvus de hautes chaînes de montagnes, offrent une immense étendue de pays
facile à soumettre à la culture. Les hordes d'Indiens chasseurs reculent et devant les colons
qu'ils abhorrent, et devant les missionnaires
méthodistes qui contrarient leur goût pour
l'oisiveté et la vie vagabonde. Sans doute que,
dans l'Amérique espagnole, la terre plus féconde produit, sur la même superficie, une plus
grande masse de substances nutritives ; sans
doute que, sur les plateaux de la région équinoxiale, le froment donne 20 à 24 grains pour
un : mais des Cordillères sillonnées par des
crevasses presque inaccessibles, des steppes
nues et arides, des forêts qui résistent à la
hache et au feu, une atmosphère remplie
d'insectes vénéneux opposeront long-temps
de puissantes entraves à l'agriculture et à
l'industrie. Les colons les plus entreprenans
et les plus robustes ne pourront avancer dans

les districts montueux de Merida, d'Antioquia et de Los Pastos, dans les Llanos de
Venezuela et du Guaviare, dans les forêts du
Rio Magdalena, de l'Orénoque et de la province de las Esmeraldas, à l'ouest de Quito,
comme ils ont étendu leurs conquêtes agricoles dans les plaines boisées à l'ouest des
Alleghanys, depuis les sources de l'Ohio, du
Tennesée et de l'Alabama jusque vers les rives
du Missoury et de l'Arkansas. En se rappelant
le récit de mon voyage à l'Orénoque, on ap-
préciera les obstacles qu'une nature puissante
oppose aux efforts de l'homme dans des climats
brûlans et humides. Au Mexique, de grandes
surfaces du sol sont dépourvues de sources :
les pluies y sont très-rares, et le manque de
rivières navigables ralentit les communications. Comme l'ancienne population indigène
est agricole, et comme elle l'a été long-temps
avant l'arrivée des Espagnols, les terrains qui
sont d'un accès et d'une culture plus facile,
ont déjà des propriétaires. On y trouve moins
communément qu'on se l'imagine en Europe
des pays fertiles et d'une vaste étendue qui
soient à la disposition du premier occupant,
ou susceptibles d'être vendus par lots au profit

de l'état. Il en résulte que le mouvement de la
colonisation ne peut être partout aussi rapide
et aussi libre dans l'Amérique espagnole qu'il
l'a été jusqu'ici dans les provinces occidentales
de l'Union Anglo-Américaine. La population
de cette Union ne se compose que de blancs
et de nègres qui, arrachés à leur patrie, ou
nés dans le Nouveau-Monde, sont devenus
les instrumens de l'industrie des blancs. Au
contraire, au Mexique, à Guatimala, à Quito
et au Pérou, il existe de nos jours plus de cinq
millions et demi d'indigènes de race cuivrée
que, malgré les artifices employés pour les *désin-
dianiser*, leur isolement, en partie forcé, en
partie volontaire, leur attachement à d'anciennes habitudes et leur méfiante inflexibilité
de caractère empêcheront encore long-temps
de participer aux progrès de la prospérité
publique.

J'insiste sur ces différences entre les états
libres de l'Amérique tempérée et ceux de
l'Amérique équinoxiale, pour montrer que
ces derniers ont à lutter avec des obstacles qui
tiennent à leur position physique et morale,
et pour rappeler que les pays embellis par la
nature des productions les plus variées et les

plus précieuses ne sont pas toujours susceptibles d'une culture facile, rapide et uniformément étendue. Si l'on envisageoit les limites
que peut atteindre la population, comme uniquement dépendante de la quantité de subsis-
tances que la terre peut produire, les calculs
les plus simples prouveroient la prépondérance
des sociétés établies dans les belles régions de
la zone torride; mais l'économie politique,
ou la science positive des gouvernemens, se
méfie des chiffres et de vaines abstractions. On
sait que, par la multiplication d'une seule
famille, un continent, jadis désert, pourroit,
dans l'espace de huit siècles, compter plus de
huit milliards d'habitans; et cependant ces
évaluations, fondées sur l'hypothèse de la
constance des doublemens en vingt-cinq ou trente
ans, sont démenties par l'histoire de tous les
peuples déjà avancés dans la carrière de la
civilisation. Les destinées qui attendent les
états libres de l'Amérique espagnole sont trop
imposantes pour qu'on ait besoin de les embellir par le prestige des illusions et des calculs
chimériques.

AREA ET POPULATION. — Pour fixer l'atten-

tion du lecteur sur l'importance politique de
l'ancienne *Capitania general* de Venezuela,
je commenc par la comparer aux grandes
masses dans lesquelles se groupent aujourd'hui
les divers peuples du Nouveau-Continent. C'est
en s'élevant à des vues plus générales que l'on
peut se flatter de répandre quelque intérêt sur
le détail de ces données statistiques qui sont
les élémens variables de la prospérité et de la
puissance nationale. Parmi les 34 millions
d'habitans répandus sur la vaste surface de
l'*Amérique continentale* (évaluation dans laquelle sont compris les indigènes sauvages et
indépendans), on distingue , selon les *trois
races prépondérantes*, 16 millions dans les
possessions des *Espagnols-Américains*, 10 millions dans celles des *Anglo-Américains* et près
de 4 millions dans celles des *Portugais-Américains*. Les populations dans ces trois grandes
divisions sont , de nos jours, dans les rapports
de 4, $2\frac{1}{2}$, 1 ; tandis que les étendues de surface
sur lesquelles ces populations se trouvent répandues, sont comme les nombres 1,5. 0,7. 1.
L'*area* des États-Unis est presque d'un quart
plus grande que celle de la Russie, à l'ouest de

l'Oural; et l'Amérique espagnole est de la même quantité plus étendue que l'Europe entière. Les États-Unis [1] ont $\frac{3}{8}$ de la population des possessions espagnoles, et cependant leur *area* est de plus de la moitié moins grande. Le Brésil renferme, vers l'ouest, des pays tellement déserts que, sur une étendue qui est seulement d'un tiers plus petite que la superficie de l'Amérique espagnole, sa population est dans le rapport de 1 : 4. Le tableau suivant renferme les résultats d'un essai que j'ai fait, conjointement

---

[1] Pour éviter des circonlocutions fastidieuses, je continue à désigner dans cet ouvrage, malgré les changemens politiques survenus dans l'état des colonies, les pays habités par les *Espagnols-Américains*, sous la dénomination d'*Amérique-Espagnole*. Je nomme *États-Unis*, sans ajouter de l'*Amérique septentrionale*, le pays des *Anglo-Américains*, quoique d'autres *États-Unis* se soient formés dans l'Amérique méridionale. Il est embarrassant de parler de peuples qui jouent un grand rôle sur la scène du monde, et qui n'ont pas de noms collectifs. Le mot *Américain* ne peut plus être appliqué aux citoyens seuls des États-Unis de l'Amérique du Nord, et il seroit à désirer que cette nomenclature des nations indépendantes du Nouveau-Continent pût être fixée d'une manière à la fois commode, harmonieuse et précise.

avec M. Mathieu, membre de l'Académie des sciences et du Bureau des longitudes, pour évaluer, par des moyens précis, l'étendue de la surface des divers états de l'Amérique. Nous nous sommes servis de cartes sur lesquelles les limites ont été rectifiées d'après des données que j'ai publiées dans mon *Recueil d'Observations astronomiques*. Nos échelles ont été généralement assez grandes pour ne pas négliger des espaces de 4 à 5 lieues carrées. On a cru devoir pousser la précision jusque-là, pour ne pas ajouter l'incertitude de la mesure des triangles, des trapèzes et des sinuosités des côtes à celle qui résulte de l'incertitude des données géographiques.

GRANDES DIVISIONS POLITIQUES.	SURFACE en lieues carrées de 20 au degré équinoxial.	POPULATION (1823).
I. Possessions des Espagnols-Améric.	371,380	16,785000
Mexico ou Nouvelle-Espagne....	75,830	6,800000
Guatimala...................	16,740	1,600000
Cuba et Portorico............	4,430	800000
Colombia. { Venezuela...........	33,700	785000
Nouvelle - Grenade et Quito............	58,250	2,000000
Pérou.......................	41,420	1,400000
Chili.......................	14,240	1,100000
Buenos-Ayres................	126,770	2,300000
II. Possess. des Portugais-Américains (Brésil)....................	256,990	4,000000
III. Possess. des Anglo-Américains (États-Unis)..................	174,300	10,220000

ÉCLAIRCISSEMENS.

J'ai trouvé l'étendue de toute l'Amérique méridionale, en prenant pour limite l'extrémité orientale de la province de Panama, de 571,290 lieues carrées, dont la partie espa-

gnole, c'est-à-dire Colombia (sans l'isthme de
Panama et la province de Veragua), le Pérou,
le Chili et Buenos-Ayres (sans les terres ma-
gellaniques), comprennent 271,774 l. c.; les
possessions portugaises, 256,990 l. c.; les
Guyanes angloises, hollandoises et françoises,
11,320 l. c., et les terres patagoniques au sud
du Rio Negro, 31,206 l. c. Les nombres suivans qui indiquent de grandes étendues de
surface, peuvent servir de termes de comparaison [1] : Europe, 304,700 l. c.; empire
russe en Europe et en Asie, 603,160 l. c.;
partie européenne de l'empire russe, 138,116
l. c.; États-Unis de l'Amérique, 174,310 l. c.
Toutes ces évaluations sont faites en lieues
carrées de 20 au degré équatorial, ou de
2855. J'ai adopté cette mesure dans la *Relation historique* de mon voyage, parce que
les lieues marines, de trois milles chacune,
seroient bien plus faciles à introduire uniformément comme mesure géographique chez
les peuples commerçans de l'Amérique espagnole que les *leguas legales* et *leguas communes* de l'Espagne, qui sont de 26 ½ et de

_____

[1] *Voyez* la note B à la fin du 9ᵉ Livre.

19 au degré. Dans l'*Essai politique sur le royaume de la Nouvelle-Espagne*, les surfaces sont indiquées en lieues carrées de 25 au degré, à la manière de la plupart des ouvrages statistiques publiés en France. Je rappelle ces données; car plusieurs auteurs modernes, tout en copiant les évaluations de surfaces que renferme l'*Essai politique*, ont confondu, dans leurs réductions, les lieues de 25 au degré avec les lieues marines et géographiques, confusion aussi déplorable que celle des échelles thermométriques centigrades et octogésimales. A côté d'un élément invariable, celui de *area* qui dépend du degré d'exactitude des cartes que j'ai construites, j'ai placé un élément bien incertain, celui de la population. Les données suivantes éclairciront cet objet que l'on a pu nommer longtemps avec raison *plenum opus aleæ*. Il en est des chiffres dans l'étude de l'économie politique comme des élémens de la météorologie et des tables astronomiques; ce n'est que progressivement qu'ils acquièrent de la précision, et le plus souvent il faut s'arrêter à des *nombres limites*.

A. POPULATION.

Mexique. Je crois avoir prouvé dans un autre endroit, d'après des données positives, qu'en 1804 la population de la vice-royauté de la Nouvelle-Espagne, en y comprenant les *Provincias internas* et le Yucatan, mais non la *Capitania general* de Guatimala, renfermoit pour le moins 5,840,000 habitans, dont 2,500,000 d'indigènes de race cuivrée; 1,000,000 d'Espagnols-Mexicains, et 75,000 d'Européens. J'énonçai même (*Essai politique*, Tom. I, p. 65-76) qu'en 1808 la population devoit approcher de 6 ½ millions, dont deux à trois cinquièmes ou 3,250,000 Indiens. Les guerres intestines qui ont agité long-temps les intendances de Mexico, de la Vera-Cruz, de Valladolid et de Guanaxuato, ont retardé sans doute les progrès de cet accroissement annuel de la population mexicaine qui, lors de mon séjour dans le pays, étoit probablement de plus de 150,000 (*Essai pol.*, T. I, p. 62-64). Le rapport des naissances à la population paroissoit être de 1 : 17, et celui des décès à la population de 1 : 30. En n'admettant pour 18 ans qu'une augmentation d'un million d'habitans, je crois avoir évalué assez haut les effets de ces agitations populaires qui ont interrompu l'exploitation des mines, le commerce et l'agriculture. Des recherches faites dans le pays même ont récemment prouvé que les évaluations auxquelles je me suis arrêté il y a 12 ans, ne s'éloignent pas beaucoup de la vérité. Don Fernando Navarro y Noriega a publié à Mexico les résultats d'un travail étendu sur le nombre des *curatos y missiones* du Mexique; il évalue, en 1810, la population du pays à 6,128,000. (*Catalogo de los curatos qae tiene la Nueva España* 1813, p. 38; et *Rispuesta de un Mexicano al* n° 200, *del Universal*, p. 7.) Le même auteur, que son emploi dans les finances (*Contador de los ramos de arbitrios*) met en état d'examiner les données statistiques sur les lieux mêmes, pense (*Memoria sobre la poblacion de Nueva España, Mexico* 1814; et *Semanario politico y literario de la Nueva España*, n° 20, p. 94) qu'en 1810, la population de la Nouvelle-Espagne, sans y comprendre les provinces de Guatimala, se composoit des élémens suivans :

1,097,928 Européens et Espagnols-Américains.
3,676,281 Indiens.
1,338,706 Castes ou de race mixte.
   4,229 Ecclésiastiques séculiers.
   3,112 Ecclésiastiques du clergé régulier.
   2,698 Religieuses.

—————————

6,122,354

J'incline à croire que la Nouvelle-Espagne a aujourd'hui près de 7 millions d'habitans. C'est aussi l'opinion d'un prélat respectable, l'archevêque de Mexico, Don Jose de Fonté, qui a parcouru une partie considérable de son diocèse et que j'ai eu l'honneur de revoir récemment à Paris.

GUATIMALA. Ce pays, qui a été désigné jusqu'ici comme royaume, comprend les quatre évêchés de Guatimala, de Léon de Nicaragua, de Chiapa ou Ciudad Real et de Comayagua ou Honduras. Un dénombrement fait en 1778, par le gouvernement séculier, et qui m'a été obligeamment communiqué par M. Del Barrio (député aux cortès de Madrid avant la déclaration de l'indépendance du Mexique), ne donnoit qu'une population de 797,214 habitans; mais don Domingo Juarros, le savant auteur du *Compendio de la historia de Gua-temala*, publiée successivement en 1809-1818, a prouvé (Tom. I, p. 9 et 91) que ce résultat est très - inexact. Les dénombremens faits, à la même époque, par ordre des évêques, donnoient au-delà d'un tiers en plus. Pendant mon séjour au Mexique, on estimoit, d'après les documens officiels, la population de Guatimala, où les Indiens sont extrêmement nombreux à 1,200,000 : des personnes instruites des localités l'évaluent aujourd'hui à 2 millions. Désirant toujours m'arrêter à des chiffres *qui péchent en moins,* je n'ai compté qu'une population de 1,600,000.

CUBA et PORTORICO. La population de la grande île de Portorico est peu connue; elle a beaucoup augmenté depuis l'année 1807. On n'y comptoit alors que 136,000 habitans dont 17,500 esclaves. Le recensement de l'île de Cuba a donné, en 1811, comme nous l'avons rapporté plus haut (Vol. I, p. 335), 600,000 habitans dont 212,000 esclaves (*Documentos de que hasta ahora se compone el expediente sobre los negros de la isla de Cuba,* Madrid,

11 *

1817, p. 159.) Dans un autre document offi-
ciel, beaucoup plus récent (*Reclamazion hecha
por los Representantes de Cuba contra le ley de
aranceles*, Madrid, 1821, p. 6), la population
totale est évaluée à 630,980 ames.

COLOMBIA. Les sept provinces, dont la réunion formoit jadis la *Capitania general* de Caracas, avoient, au commencement du 19ᵉ siècle,
au moment où la révolution éclatoit, selon les
matériaux que j'ai recueillis, près de 800,000
d'habitans. Ces matériaux ne sont pas un dénombrement total, fait par le pouvoir séculier; ce ne sont que des évaluations partielles fondées en partie sur les recensemens
des curés et des missionnaires, en partie sur
des considérations de consommation et de
culture plus ou moins avancée. Des employés
de l'intendance de Caracas, et surtout un
homme très-instruit dans les matières de finances, Don Manuel Navarete, officier de la
trésorerie royale à Cumana, ont bien voulu
m'aider dans ce travail. L'époque à laquelle il
remonte, offre un grand intérêt. C'est un
point de départ, auquel on pourra comparer
un jour l'accroissement de la population de-

puis la conquête de l'indépendance et de la liberté. Il est à présumer que cet accroissement ne pourra se faire sentir que lorsque la paix intérieure sera rendue à ces belles contrées. Il seroit possible qu'au moment où cet ouvrage paroît, la population fût un peu moindre qu'en 1800. Les armées n'ont pas été très-nombreuses, mais elles ont désolé les contrées les mieux cultivées du littoral et des vallées voisines. Le tremblement de terre du 26 mars 1812 (*Voyez* plus haut, Tom. V, p. 14-24), des fièvres épidémiques, qui ont régné en 1818 (Tom. VIII, p. 418), l'armement des noirs, si imprudemment favorisé par le parti royaliste, l'émigration de beaucoup de familles aisées aux Antilles et une longue stagnation du commerce, ont augmenté la misère publique.

Provinces de Cumana et *de Barcelone*. 110,000 âmes. Je possède les résultats d'un dénombrement fait en 1792, qui est au moins en erreur de $\frac{1}{6}$ et qui donne 86,083 ames, dont 42,615 Indiens; savoir : 27,787 *de doctrina*, ou habitans de villages qui ont un curé du clergé séculier; et 14,828 de *mis-*

De l'autre part....... 110,000

sion, ou gouvernés par des moines
missionnaires. Je compte, en 1800,
pour la province de Cumana ou
Nouvelle-Andalousie, 60,000; pour
la province de Barcelone, 50,000.

Province de Caracas.............. 370,000
  On comptoit, en 1801 : vallée de
Caucagua et savanes d'Ocumare,
30,000; ville de Caracas, et vallées de
Chacao, Petare, Mariches et los Teques, 60,000; Portocabello, la Guayra
et tout le littoral depuis le cap Codera
jusqu'à Aroa, 25,000; vallées d'Aragua, 52,000; le Tuy, 20,000; districts
de Canora, Barquesimeto, Tocuyo et
Guanare, 54,000; S. Felipe, Nirgua,
Aroa et les plaines voisines, 34,000;
Llanos de Calabozo, de San Carlos,
d'Araure et de San Juan Baptista del
Pao, 40,000. Ces évaluations partielles qui embrassent presque toutes
les parties habitées, ne donnent
qu'un total de 315,000.

Province de Coro................. 32,000
Province de Maracaybo (avec Merida
  et Truxillo).................... 140,000
                    A reporter..... 652,000

De l'autre part....... 652,000

Province de Varinas............... 75,000

Province de la Guayana............ 40,000
Un dénombrement de 1780, dont
j'ai trouvé les résultats dans les archives à l'Angostura (Santo Tomè de
la Nueva Guayana), donnoit 19,616
habitans ; savoir : 1,479 blancs,
16,499 Indiens, 620 noirs, 1018
pardos et *zambos* (gens de couleur
mêlée).

Ile de la Marguerite............... 18,000

Total........... 785,000

Il se pourroit que, même pour l'époque à
laquelle je m'arrête, la population des deux
provinces de Caracas et de Maracaybo et
celle de l'île de la Marguerite (*Brown, Narra-
tive*, 1819, p. 118) fût un peu exagérée : cependant M. Depons, qui a également accès
aux recensemens que les curés présentent aux
évêques, évalue la seule province de Caracas,
en y comprenant la province de Varinas, à
500,000 (*Voyage à la Terre-Ferme*, Tom. I,
p. 177). Les villages sont extrêmement po-
puleux dans les provinces de Maracaybo, tant

à l'entour du lac que dans les montagnes de
Merida et de Truxillo. Sur les 780,000 à
800,000 habitans que l'on peut supposer dans
la *Capitania general* de Caracas, en 1800, il y
avoit probablement près de 120,000 Indiens
de race pure. Des documens officiels [1] en
donnent, pour la province de Cumana, 25,000
(dont 15,000 dans les seules missions de Caripe); pour la province de Barcelone, 30,000
(dont 24,700 dans les missions de Piritu);
pour la province de Guayana, 34,000 (savoir,
17,000 dans les missions de Carony; 7000
dans celle de l'Orénoque, et près de 10,000
vivant dans l'état d'indépendance au Delta de
l'Orénoque et dans les forêts). Ces données
suffisent pour prouver que le nombre des Indiens cuivrés, dans la *Capitania general*, n'est
ni de 72,800 ni de 280,000, comme par
erreur on l'a récemment avancé (*Depons*,
Tom. I, p. 178; *Malte-Brun, Géogr.*, Tom. V,
p. 549). Le premier de ces auteurs, qui
n'évalue la population totale qu'à 728,000 au
lieu de 800,000, a exagéré singulièrement le
nombre des esclaves. Il en compte 218,400

---

[1] *Voyez*, à la fin du IXe Livre, la note C.

(Tom. I, p. 241). Ce nombre est presque quatre fois trop grand (*Voyez* plus haut, Tom. IV, p. 153). D'après les évaluations partielles, faites par trois personnes instruites des localités, Don Andrès Bello, Don Louis Lopez et Don Manuel Palacio Faxardo, il y avoit, en 1812, tout au plus 62,000 esclaves, dont

10,000 à Caracas, Chacao, Petare, Baruta, Mariches, Guarenas, Guatire, Antimano, La Vega, Los Teques, San Pedro et Budare.

18,000 à Ocumare (las Sabanas), Yare, Santa Lucia, Santa Teresa, Marin, Caucagua, Capaya, Tapipa, Tacarigua, Mamporal, Panaquire, Rio Chico, Guapo, Cupira et Curiepe.

5,600 à Guayos, San Mateo, Victoria, Cagua, Escobal, Turmero, Maracay, Guacara, Guigue, Valencia, Puerto Cabello et San Diego.

3,000 à la Guayra, Choroni, Ocumare, Chuao et Burburata.

4,000 à San Carlos, Nirgua, San Felipe, Llanos de Barquesimeto, Carora, Tocuyo, Araure, Ospinos, Gua-

nare, Villa de Cura, San Sebastian
et Calabozo.

22,000 à Cumana Nueva Barcelona, Varinas, Maracaybo et dans la Guyane
espagnole.

Le nombre des Espagnols-Américains ne
s'élève probablement qu'à 200,000 ; celui des
blancs nés en Europe, à 12,000 ; d'où résulteroit, pour toute l'ancienne *Capitania general* de Caracas, la proportion de $\frac{51}{100}$ de
castes mixtes (mulâtres, zambos et mestizes),
$\frac{25}{100}$ d'Espagnols-Américains (blancs créoles),
$\frac{15}{100}$ d'Indiens, $\frac{8}{100}$ de nègres, et $\frac{1}{100}$ d'Européens.

Quant au royaume de la Nouvelle-Grenade,
je rappelle les dénombremens de 1778 qui ont
donné pour l'Audiencia de Santa-Fe 747,641 ;
pour celle de Quito, 531,799. Or, en ne supposant omis que $\frac{1}{7}$ et n'ajoutant que 0,018 d'accroissement annuel, on trouve, par les sup-
positions les plus modérées, en 1800, au-delà
de 2 millions. M. Caldas, d'ailleurs très-instruit
de l'état politique de sa patrie, comptoit, en
1808, déjà 3 millions (*Semanario de Santa-Fe,*
n° 1, p. 2-4.) Mais il est à craindre que ce
savant n'ait exagéré beaucoup le nombre des

Indiens indépendans. Je trouve, d'après un mûr examen de tous les matériaux que je possède en ce moment, la population de la république de Colombia de 2,785,000. Cette évaluation est plus foible que celle du Président du Congrès qui, dans la proclamation du 10 janvier 1820, s'arrête à 3 ½ millions; elle est un peu plus forte que celle qui a été publiée officiellement dans la *Gazeta de Colombia*, le 10 février 1822, et que je n'ai appris à connoître que par les journaux de Buenos-Ayres.

DEPARTAMIENTOS	PROVINCIAS	POPULATION.
Orinoco	Cumana........	70,000
	Barcelona.......	44,000
	Guayana........	45,000
	Margarita.......	15,000
		174,000
Venezuela	Caracas.........	350,000
	Varinas.........	80,000
		430,000
Sulia	Coro...........	30,000
	Truxillo........	33,400
	Merida.........	50,000
	Maracaybo......	48,700
		162,100

Ces trois départemens forment l'ancienne *Capitania general* de Caracas, avec une population de 766,100

Boyaca	Tunja.	200,000
	Socorro.	150,000
	Pamplona.	75,000
	Casanare.	19,000
		444,000

Cundinamarca	Bogota.	172,000
	Antioquia.	104,000
	Mariquita.	45,000
	Neiva.	50,000
		371,000

Cauca	Popayan.	171,000
	Choco.	22,000
		193,000

Magdalena	Cartagena.	170,000
	Santa Marta.	62,000
	Rio Hacha.	7,000
		239,000

On comptoit à la même époque (1822) pour deux provinces de Colombia, dont les députés n'étoient pas encore arrivés au Congrès :

Panama........... 5o,ooo
Veragua......... 3o,ooo
                 ————————
                 8o,oco

Les quatre départemens de Boyaca, Cun-
dinamarca, Cauca et Magdalena forment, avec
Panama et Veragua, l'ancienne *Audiencia de
Santa-Fe*, c'est-à-dire la Nouvelle-Grenade,
sans y comprendre la *Presidencia de Quito*.
Population totale : 1,327,200

	Quito.............	23o,óoo
	Quixos et Macas...	35,000
Ancienne	Cuenca...........	78,000
Presidencia	Jaen de Bracamoros	13,000
de Quito	Mainas..........	56,000 (!)
	Loxa.............	48,000
	Guayaquil........	90,000

                              ————————
                              55o,ooo

Il résulte de ces données de la Gazette officielle de Colombia, pour les grandes divisions
de l'ancienne vice-royauté de Santa-Fe :

VENEZUELA........	766,000
NOUVELLE-GRENADE	1,327,000
QUITO.............	55o,ooo

                              ————————
                              2,643,000

Cette évaluation totale s'accorde à $\frac{1}{46}$ près avec celle que j'avois publiée il y a douze ans dans mon *Essai politique sur la Nouvelle-Espagne* (Tom. II, p. 851). Elle ne se fonde pas sur un véritable dénombrement, mais « sur les rapports que les députés de chaque » province ont faits au congrès de Colombia » pour rédiger la loi des élections. » (*El Argos de Buenos-Ayres*, n° 9, *novembre* 1822, *p.* 3, et *Colombia, being a statistical Account of that Country*, 1822, Tom. I, p. 375.) Les députés de Quito n'ayant pu être consultés par le Congrès, la population de cette *Presidencia* a été probablement estimée trop bas. On la donne dans la Gazette officielle presque telle qu'elle avoit été trouvée en 1778, tandis que l'évaluation de l'*Audiencia* de Santa - Fe prouve, en 43 années, un accroissement de plus de $\frac{70}{100}$. Il faut espérer qu'un dénombrement fait avec exactitude levera bientôt les doutes que nous énonçons sur la statistique de Colombia : il me paroît probable que, malgré les dévastations de la guerre, on trouvera la population totale au-dessus de 2,900,000.

Pérou. L'évaluation de la population indiquée dans le tableau n'est pas trop forte. Les ouvrages imprimés à Lima (*Guia politica del Vireynato del Perù para el año* 1793, *publicada por la Sociedad academica de los Amantes del pays*) estimèrent la population, il y a déjà trente ans, un million d'habitans, dont 600,000 Indiens, 240,000 métis et 40,000 esclaves. La partie habitée du pays n'a qu'une surface de 26,220 lieues carrées, et une grande et fertile partie du Haut-Pérou appartient, depuis 1778, à la vice-royauté de Buenos-Ayres.

CHILI. Un dénombrement, fait en 1813, a donné 980,000 ames. M. d'Yrisarri, qui occupe une place importante dans le gouvernement du Chili, pense que la population peut déjà atteindre 1,200,000.

BUENOS-AYRES. D'après les documens officiels communiqués à M. Rodney, un des commissaires que le président des États-Unis avoit envoyé au Rio de la Plata en 1817, la population étoit de 2 millions. On l'avoit trouvée, à cette époque, sans y comprendre les Indiens, de 965,000. Le nombre des indigènes est extrêmement considérable dans le Haut-Pérou, c'est-à-dire dans les *Provincias de la Sierra*,

qui appartiennent à l'état de Buenos-Ayres.
Les resencemens officiels évaluoient les Indiens seuls, dans la province de Buenos-Ayres,
à 130,000; dans celle de Cordova, à 25,000;
dans l'intendance de Cochabamba, à 371,000;
dans celle du Potosi, à 230,000; dans celle de
Charcas, à 154,000. On comptoit d'habitans
de toutes les castes (Indiens, métis et blancs),
dans la seule province de la Paz, 400,000.

Il résulte de ces données que, dans quelques districts, le recensement avoit porté sur
l'ensemble des castes; dans d'autres districts,
sur le nombre des blancs, mulâtres et métis,
à l'exclusion des indigènes de race cuivrée.
Or, en ne choisissant que les huit provinces
qui sont dans la première catégorie (savoir
Buenos-Ayres, Cordova, Cochabamba, Potosi, Charcas, Santa Cruz, la Paz, et Paraguay), on obtient déjà 1,805,000 ames. Les
provinces et districts du Tucuman, de Santiago del Estero, du Valle de Catamarca, de
Rioja, de San Juan, de Mendoza, de San Luis,
de Jujuy et de Salta manquent dans cette
somme. Comme ils renferment, d'après d'autres recensemens, près de 330,000 ames, sans
y comprendre les Indiens, on ne peut ré-

voquer en doute que la population totale de l'ancienne vice-royauté de Buenos-Ayres ou de la Plata n'atteigne déjà deux millions et demi d'habitans de toutes les castes. (*Message from the President of the United States at the commencement of the session of the fifteenth Congress*, Washington, 1818, p. 20, 41 et 44.) Les évaluations [1] très-détaillées obtenues par M. Brackenridge, secrétaire de la mission des États-Unis à Buenos-Ayres, et publiées dans un ouvrage rempli de vues philosophiques, donnent au Haut-Pérou seul, c'est-à-dire aux quatre intendances de Charcas, Potosi, le Paz et Cochambaba, une population de 1,716,000.

ÉTATS-UNIS. D'après l'accroissement observé jusqu'ici, la population des États-Unis doit être, au commencement de l'année 1823, de 10,220,000 dont 1,623,000 esclaves. On l'a trouvée en

1700 de   262,000 (incertain).
1753   1,046,000 (*idem*, M. Pitkin).
1774   2,141,307 (*idem*, Gouv. Pownall.)

[1] *Voyez* la note D à la fin du 9ᵉ Livre.

Relat. hist., Tom. 9.   12

1790	3,929,328 (premier dénombrement certain).
1800	5,306,032.
1810	7,239,903.
1820	9,637,999.

Ce dernier recensement donne 7,862,282 blancs; 1,537,568 esclaves et 238,149 libres de couleur. D'après un travail très-intéressant publié par M. Harvey (*Edinb. Philos. Journal; January*, 1823, p. 41), l'augmentation décennale de la population des États-Unis a été, de 1790 à 1820, successivement de 35, de 36,1 et de 52,9 pour cent. Le retard qui se fait sentir dans l'accroissement n'est donc encore, pour 10 ans, que de 2 à 3 pour cent ou de $\frac{1}{11}$ de l'accroissement total [1].

Brésil. On s'étoit arrêté jusqu'ici à 3 millions [2]; mais l'évaluation que je donne dans le Tableau se fonde sur des pièces officielles inédites, que je dois à l'obligeance de M. Adrien Balbi, de Venise, qu'un long séjour à Lis-

---

[1] *Voyez* la note E à la fin du 9e Livre.

[2] *Brakenridge, Voyage to South-America.* Tom. I, p. 141.

bonne a mis en état de répandre beaucoup de
jour sur la statistique du Portugal et des colonies portugaises. D'après le rapport fait au
roi de Portugal, en 1819, sur la population de
ses possessions d'outre-mer, et d'après les
différens états dressés par les capitaines généraux, les gouverneurs de provinces (conformément aux décrets de Rio Janeiro, du
22 août et du 30 septembre 1816), le Brésil
avoit, vers l'année 1818, une population de
3,617,900 habitans; savoir :

 1,728,000 nègres esclaves (*pretos captivos*).
 843,000 blancs *brancos*).
 426,000 libres, de sang mêlé (*mestissos, mulatos,*
   mamalucos libertos).
 259,400 Indiens de différentes tribus (*Indios de*
   todas as castas).
 202,000 esclaves de sang mêlé (*mulatos captivos*).
 159,500 noirs libres (*pretos foros de todas as na-*
   çoes africanas).

 ———————
 3,617,900

Comme tous les recensemens n'ont pas été faits
à la même époque, on peut regarder les états
de la population comme relatifs aux années
1816 et 1818. L'augmentation de la population
du Brésil doit cependant avoir été consi-

dérable dans les derniers 4 à 5 ans, tant par
l'accroissement naturel ou excès des naissances que par la funeste introduction des
nègres africains. D'après les documens présentés à la chambre des communes à Londres
en 1821, on voit que, du 1ᵉʳ janvier 1817 jusqu'au 7 janvier 1818, le port de Babia a reçu
6070 esclaves, celui de Rio Janeiro 18,032.
Dans le courant de l'année 1818, ce dernier
port a reçu 19,802 nègres (*Report made by a*
committee to the directors of the African In-
stitution, on the 8th of May 1821, p. 37). Je ne
doute pas que la population du Brésil ne soit
aujourd'hui au-delà de 4 millions. Elle avoit
été par conséquent trop fortement évaluée
en 1798 (*Essai polit. sur le Mexique*, Vol.
II, p. 855). M. Correa de Serra croyoit que,
d'après les recensemens anciens qu'il a pu
examiner avec soin, la population du Brésil,
en 1776, étoit de 1,900,000 ames, et l'autorité
de cet homme d'état étoit d'un très-grand
poids. Un tableau de population, rapporté par
M. de Saint-Hilaire, correspondant de l'Ins-
titut, évalue la population du Brésil, en 1820,
à 4,396,132; mais dans ce tableau, comme
l'observe très-bien le savant voyageur, le

nombre des Indiens sauvages et *catéchisés* (800,000) et des hommes libres (2,488,743) est singulièrement exagéré, tandis que le nombre des esclaves (1,107,389) est de beaucoup trop foible. (Voyez *Veloso de Oliveira*, *Statistique du Brésil* dans les *Annaes Fluminenses de sciencias*, 1822, Tom. I, §. 4.)

Ayant continué de faire, dans ces dernières années, de laborieuses recherches sur la population des nouveaux états de l'Amérique espagnole, sur celle des Antilles et sur les tribus indiennes qui errent dans les deux Amériques, je crois pouvoir essayer de nouveau de tracer le tableau de la population totale du Nouveau-Monde pour l'année 1823.

I. Amérique continentale, au nord de l'isthme de Panama...............		19.955.000
Canada anglois.......	550.000	
États-Unis...........	10.525.000	
Mexique et Guatimala............	8.400.000	
Veragua et Panama.	80.000	
Indiens indépendans peut-être.........	400.000	
II. Amérique insulaire...............		2.826.000
Haïti (St.-Domingue)	820.000	
Antilles angloises...	777.000	
Antilles espagnoles (sans la Marguerite)	925.000	
Antilles françoises..	219.000	
Antilles hollandoises, danoises, etc.....	85.000	
III. Amérique continentale, au sud de l'isthme de Panama...............		12.161.000
Colombia (sans Veragua et Panama).	2.705.000	
Pérou............	1.400.000	
Chili............	1.100.000	
Buenos-Ayres.....	2.300.000	
Les Guyanes angloise, hollandoise et françoise........	236.000	
Brésil............	4.000.000	
Indiens indépendans peut-être........	420.000	
Total (en 1823)..		34.942.000

La population totale de l'archipel des Antilles n'est probablement pas au-dessous de

2,850,000, quoique la distribution partielle de cette population parmi les différens groupes d'îles puisse subir quelques changemens d'après de nouvelles recherches. Ces vérifications sont surtout nécessaires pour les habitans libres des Antilles angloises, pour la partie espagnole de la république d'Haïti et pour Portórico.

B. AREA.

Il est presque superflu de rappeler les précautions que nous avons employées M. Mathieu et moi pour le calcul des surfaces, soit en décomposant les figures irrégulières des nouveaux états en trapèzes et en triangles bien *conditionnés*, soit en mesurant les sinuosités des limites extérieures au moyen de petits carreaux tracés sur du papier transparent, soit en rectifiant des cartes à grandes échelles. Malgré ces précautions, les opérations de ce genre peuvent donner des résultats extrêmement différens, 1° selon que les cartes dont on se sert ont été construites sur des données astronomiques qui ne sont pas également précises ; 2° selon que l'on trace les frontières conformément aux diverses prétentions des états limitrophes ; 3° selon que, tout en reconnoissant la légalité des

limites et en admettant qu'elles ont été déterminées astronomiquement avec une précision suffisante, on exclut de l'*area* qu'on doit
évaluer les contrées *entièrement inhabitées* ou
occupées par des peuples sauvages. On conçoit
que la première cause agit de préférence sur
les mesures de superficie là où les frontières
se dirigent, comme par exemple au Pérou, le
long des Cordillères, du nord au sud. Il est
connu qu'en général les erreurs en longitude
sont plus fréquentes et plus fortes que celles
en latitude : cependant ces dernières aussi
feroient varier de plus de 4600 lieues carrées
l'*area* de la république de Colombia, si l'on
supposoit [1], comme autrefois, sur la frontière méridionale de la Guyane espagnole et
du Brésil, le fortin de San Carlos del Rio
Negro placé sous l'équateur, fortin que j'ai
trouvé, par les observations faites au rocher
de Culimacari, par 1° 53′ 41″ de lat. bor. La
seconde cause d'incertitude, celle qui a rapport aux contestations politiques sur les limites, est d'une haute importance partout où
le territoire portugais est contigu au territoire
des Espagnols-Américains. Les cartes manus-

[1] Tom. VIII, p. 45-47, et à la fin du 9ᵉ Livre la
note F.

crites, tracées à Rio Janeiro où à Lisbonne,
ne ressemblent guère à celles que l'on construit à Buenos-Ayres et à Madrid. J'ai parlé,
dans le XXIII⁰ Chapitre [1], de ces intermi-
nables opérations tentées par les *commissions*
des limites qui ont été établies pendant 40 ans
au Paraguay, sur les rives du Caqueta et dans
la *Capitania general* du Rio Negro. Les points
de discussion les plus importans sont, d'après
l'étude que j'ai faite de cette grande contro-
verse diplomatique : entre la mer [2] et le Rio

[1] Tom. VII, p. 365 et suivantes.

[2] Depuis l'usurpation du territoire de Montevideo par
les Portugais, les limites entre l'état de Buenos-Ayres
et le Brésil ont éprouvé de grands changemens dans la
banda oriental ou province *cisplatine*, c'est-à-dire sur
la rive septentrionale du Rio de la Plata, entre l'embouchure de ce fleuve et la rive gauche de l'Uruguay.
côte du Brésil, des 30° aux 34° de latitude australe,
ressemble à celle du Mexique, entre Tamiagua, Tampico et le Rio del Norte. Elle est formée par des péninsules étroites derrière lesquelles sont situés de grands
lacs et des marais d'eau salée (Laguna de los Pathos,
Laguna Merím). C'est vers l'extrémité méridionale de
la Laguna Merim, dans laquelle se jette la petite rivière
de Tahym (lat. 32° 10′) que se trouvoient les deux *mar-
cos* portugais et espagnols. La plaine entre le Tahym et
le Chuy étoit regardée comme un territoire neutre. Le
fortin de Santa Teresa (lat. 33° 58′ 32″ d'après la carte

Uruguay, les rives du Guaray et de l'Ibicuy,
celles de l'Iguaçu et du Rio de S. Antonio;
entre le Parana et le Rio Paraguay, les rives
du Chichuy, au sud-est de la forteresse portugaise de Nova Coimbra [1]; snr les frontières
orientales des provinces espagnoles de Chiquitos et de los Moxos, les rives de l'Aguapehy, du Yauru et du Guaporè, un peu à l'est
de l'isthme qui sépare les affluens du Paraguay
et du Rio de la Madeira, près de Villa Bella
(lat. 15° 0'); au sud et au nord de l'Amazone,
le terrain entièrement inconnu entre le Rio de

manuscrite de Don Joseph Varela) étoit le poste le plus
septentrional qu'avoient les Espagnols, sur la côte de
l'Océan Atlantique, au sud de l'équateur.

[1] Nova Coimbra (lat. 19° 55') est un *presidio* fondé
en 1775; c'est probablement l'établissement portugais
le plus méridional sur le Rio Paraguay. Dans les différentes cartes espagnoles et portugaises on fixe assez
constamment comme frontière entre le Parana et le
Paraguay, vers l'est, de Yaguary (Menici, Monici),
grand affluent du Parana; vers l'ouest, tantôt le Chi-
chùy (Xexuy) et l'Ipane, près de l'ancienne mission
de Belen (lat. 23° 32'), tantôt le Mbo'mboy (lat. 20°
27') vis-à-vis de la mission détruite d'Itatiny, tantôt
(lat. 19° 35') le Rio Mondego eu Mbotetey, près de
la ville détruite de Xerez; tous trois affluens de la rive
orientale du Paraguay. La limite plus rapprochée de

la Madeira et le Rio Javary (lat. 10° ½ - 11°
austr.) ; les plaines entre le Putumayo et le
Japura, entre l'Apoporis qui est un affluent du
Japura et l'Uaupès qui se jette dans le Rio
Negro [1] ; les forêts au sud-ouest de la mission
de l'Esmeralda, entre le Mavaca, le Pacimoni
et le Cababuri [2] ; enfin la partie septentrionale du Rio Branco et de l'Uraricuera,
entre le fortin portugais de San Juaquim et les
sources du Rio Carony [3] (lat. 3°0'-3°45'). On
a placé quelques pierres (*piedras de marco*)
pour désigner la limite entre l'Amérique espagnole et l'Amérique portugaise ; on les a
ornées [4], de l'inscription fastueuse : *Pax et Jus-
titia osculatæ sunt. Ex pactis finium regundorum
Madridi Idibus Jan.* 1750 ; mais la liaison de
ces points très-éloignés les uns des autres, la
fixation définitive des limites et leur reconnoissance solennelle, n'ont jamais été ob-

Nova Coimbra, celle du Rio Mboymboy, a été assez
généralement reconnue comme provisoire entre le Brésil et l'ancienne vice-royauté de Buenos-Ayres.

[1] Tom. VII, p. 411.
[2] Tom. VIII, p. 5 et 199.
[3] *L. c.* p. 116 et 448.
[4] Comme au point où le Rio Jauru entre dans le Paraguay. *Voyez* le *Patriota de Rio Janeiro*, 1813, n° 2,
p. 54.

tenues. Tout ce qui a été fait jusqu'à ce jour n'est regardé que comme provisoire, et les deux nations voisines, sans renoncer à l'extension de leurs droits, se maintiennent préalablement dans un état de paisible possession.

Nous avons rappelé plus haut que si l'on parvenoit à substituer au portage de Villa Bella (15° ½), entre le Rio de la Madeira et le Rio Paraguay, un canal de 5300 toises de longueur [1], une *navigation intérieure* se trouveroit ouverte entre l'embouchure de l'Orénoque et celle du Rio de la Plata, entre l'Angostura et Montevideo. La direction des grandes rivières dans le sens des méridiens offriroit peut-être une *limite naturelle*, entre les possessions portugaises et espagnoles, limite qui suivroit l'Orénoque, le Cassiquiare,

[1] Le portage (*varadoiro*) est, à proprement parler, entre les petites rivières Aguapehy et Alegre. La première se jette dans le Jauru qui est un affluent du Paraguay. Le Rio Alegre tombe dans le Guaporè, affluent du Rio de la Madeira. Les sources du Rio Topayos sont aussi très-rapprochées de Villa Bella et des sources du Paraguay. Cette contrée qui forme un *isthme terrestre* entre les bassins de l'Amazone et du Rio de la Plata, sera un jour de la plus haute importance pour le commerce intérieur de l'Amérique méridionale.

le Rio Negro, les rives de l'Amazone, sur une longueur de 20 lieues, le Rio de la Madeira, le Guaporè, l'Aguapehi, le Jauru, le Paraguay et le Parana ou Rio de la Plata, et formeroit une ligne de démarcation de plus de 860 lieues. Les Espagnols-Américains possèdent, à l'est de cette limite, le Paraguay et une partie de la Guyane espagnole; les Portugais-Américains ont occupé, à l'ouest, le pays entre le Javary et le Rio de la Madeira, entre le Putumayo et les sources du Rio Negro. Ce n'est pas seulement des côtes du Brésil et du Pérou que la civilisation s'est avancée vers les régions centrales ; elle y a pénétré aussi par trois autres voies, par l'Amazone, l'Orénoque et le Rio de la Plata ; elle a remonté les affluens de ces trois fleuves et leurs embranchemens secondaires. C'est du croisement de ces routes et de leurs directions variées qu'est résultée une configuration de territoire et une sinuosité de frontières, aussi difficile à déterminer astronomiquement qu'elle est désavantageuse au commerce intérieur.

A ces deux causes de l'incertitude des évaluations des surfaces que nous venons d'analyser, aux erreurs de la géographie astronomi-

que et aux discussions sur les limites, se joint
une troisième cause, qui est la plus importante
de toutes. Lorsqu'on parle de l'*area* du Pérou
ou de l'ancienne *Capitania general* de Cáracas,
on peut mettre en doute si ces noms désignent
seulement les pays dans lesquels les Espagnols-
Américains ont fait des établissemens, et qui
par conséquent dépendent de leur hiérarchie
politique et religieuse, ou si l'on doit joindre
aux pays gouvernés par les blancs (par des
corrégidors, des chefs de postes militaires et
des missionnaires) les forêts et les savanes en
partie désertes, en partie habitées par des
sauvages, c'est-à-dire par des peuplades indigènes et libres. Nous avons vu plus haut que,
dans l'intérieur des terres, des erreurs faciles
à supposer de 1° en latitude, ou de 2° en longitude [1], peuvent, sur des frontières de 300

---

[1] Je n'évalue que les erreurs de *longitudes relatives*,
par exemple les différences de longitude entre les côtes
et la vallée du Rio Mamorè ou du Haut-Javari : je ne
parle pas de l'erreur des *longitudes absolues* qui excèdent quelquefois 3° à 4°, sans influer sur la mesure des
surfaces. La nouvelle détermination que j'ai donnée de
la longitude de la ville de Quito (81° 5′ 30″ à l'occid.
de Paris) a causé, sur les cartes les plus récentes, un

lieues, augmenter ou diminuer les surfaces
des nouveaux états de 12,000 lieues carrées ;
mais les changemens bien plus importans naissent des lignes de démarcation que l'on tire
un peu arbitrairement entre les terrains régu-
lièrement habités et les terrains déserts ou
parcourus par des tribus sauvages. Les *limites
de la civilisation* sont plus difficiles à tracer que
les *limites politiques*. Des petites missions gouvernées par des moines sont dispersées le long

changement considérable dans la partie occidentale de
l'Amérique. Cette détermination diffère de 0° 50′ 30″
de la longitude adoptée jusqu'à mon retour en Europe.
(*Connoiss. des temps pour l'année* 1808, p. 236.) La
largeur de l'Amérique méridionale, entre Cayenne et
Quito, est, d'après d'Anville, de 30 lieues marines
trop petite. C'est de l'*inégalité des déplacemens partiels*
que naissent les erreurs de *longitudes relatives* qui al-
tèrent le calcul de l'*area*. La Cruz Olmedilla, dont la
grande carte a été copiée et défigurée successivement,
plaçoit trop à l'est : de ½ degré Santa-Fe de Bogota ;
de 2° ½ San Carlos del Rio Negro ; de ½ degré l'embouchure de l'Apure. La distance de Cumana à la mission
de l'Esmeralda, sur le Haut-Orénoque, est évaluée,
par la Cruz, de 2° ½ trop petite. En général, on figuroit,
avant mon voyage, tout le système des rivières de
l'Orénoque et du Rio Negro de 1° à 1° ½ de latitude trop
au sud, et de 2° de longitude trop à l'est.

d'un fleuve; ce sont pour ainsi dire les avant-postes de la culture européenne; rangées par bandes étroites et sinueuses, elles s'avancent à plus de cent lieues de distance au milieu des forêts et des déserts. Doit-on compter comme territoire péruvien ou colombien tout ce qui se trouve entre ces villages isolés, entre ces croix plantées par les moines de Saint-François et entourées de quelques cabanes d'Indiens? Les hordes qui errent sur la lisière des missions du Haut-Orénoque, du Carony, du Temi, du Japura, du Mamoré, affluent du Rio de la Madera, et de l'Apurimac, affluent de l'Ucayale, connoissent à peine l'existence des hommes blancs. Elles ignorent que les pays qu'elles possèdent depuis des siècles, sont enclavés, d'après le dogme politique du *territoire fermé*, dans les limites des états de Venezuela, de la Nouvelle-Grenade et du Pérou.

Dans l'état actuel des choses, il n'y a *contiguité de terrains cultivés* ou pour mieux dire *contiguité d'établissemens chrétiens*, que sur un très-petit nombre de points. Le Brésil ne touche au Venezuela que par la bande des missions du Rio Negro, du Cassiquiare et de l'Orénoque; il ne touche au Pérou que par les missions du Haut-Maragnon et celles de la province de Maynas, entre Loreto et Tabatinga. C'est par de petites langues de terre défrichées que se tiennent les divers états du Nouveau-Monde. Entre le Rio Branco et le Rio Carony, entre le Javary et le Guallaga, le Mamoré et les montagnes de Couzco, des terrains qui sont habités par des sauvages, et qui n'ont jamais été parcourus par des blancs, séparent, comme des bras de mers intérieures, les parties civilisées de Venezuela, du Brésil et du Pérou. (Comparez plus haut, Chap. XII, Tom. IV, p. 146-153.) La civilisation européenne s'est répandue comme par rayons divergens, des côtes ou des hautes montagnes voisines des côtes vers le centre de l'Amérique du Sud, et l'influence des gouvernemens diminue à mesure que l'on s'éloigne du littoral. Des missions entièrement dépendantes du pouvoir monacal, habitées par la seule race des indigènes cuivrés, forment une vaste ceinture autour des régions anciennement défrichées, et ces établissemens chrétiens se trouvent placés sur la lisière des savanes et des forêts, entre la vie agricole et pastorale des colons et la vie errante des

peuples chasseurs. Souvent dans les cartes
dessinées à Lima, on n'étend pas le territoire
des intendances péruviennes les plus orientales (Tarma et Couzco) jusqu'aux frontières
du Grand Parà et de Mattogrosso : on nomme
Pérou les seules parties soumises au régime
des blancs (*tierras conquistadas*) , et l'on désigne le reste par les dénominations vagues de
pays inconnus, pays d'Indiens, pays de sauvages (*paises desconocidos, comarca desierta ,*
tierras de Indios bravos y infieles). Le Pérou
entier, en l'étendant jusqu'aux limites portugaises, a 41,420 lieues marines carrées, tandis
qu'en défalquant les pays sauvages et inconnus
entre les frontières du Brésil et les rives orientales du Beni et de l'Ucayale, on ne trouve
plus que 26,220 l. c. Nous verrons bientôt
que, dans l'ancienne vice-royauté de Buenos-
Ayres, appelée aujourd'hui les *États-Unis du*
Rio de la Plata, les différences sont plus
grandes encore. De même on peut donner
au Brésil 257,000 ou 118,000 lieues carrées,
selon qu'on calcule toute la surface du pays
depuis les côtes jusqu'aux rives du Mamorè
et du Javary, ou qu'on s'arrête au cours des
fleuves Parana et Araguay, en excluant de

l'*area* du Brésil la majeure partie des provinces de Mattogrosso, du Rio Negro et de la
Guyane portugaise, trois provinces dépeuplées qui ont plus du tiers de l'étendue de
l'Europe.

Il résulte de ces considérations qu'il ne
faudroit pas être surpris si différens géographes qui calculeroient les surfaces avec
une égale précision, et d'après des cartes
suffisamment bonnes, trouvoient des résultats
qui différeroient entre eux d'un quart, d'un
tiers et quelquefois même de plus de la moitié.
Les régions désertes ou habitées par des indigènes indépendans n'ont pas des limites faciles à fixer ; les missions s'avancent au milieu
de ces pays sauvages, en suivant le lit des rivières. Les surfaces calculées varient selon
que l'on évalue le seul pays déjà conquis par
les missionnaires, ou que l'on ajoute les forêts
qui se trouvent interposées à ces conquêtes.
C'est ainsi que le manque d'harmonie que l'on
observe entre le tableau précédent, et celui
que M. Oltmanns a calculé en 1806, ne résulte
que de l'*exclusion des pays non soumis au régime des blancs*. Les anciennes évaluations
sont nécessairement plus petites que les nou-

13 *

velles qui offrent l'*area* totale. En réduisant
les lieues communes à des lieues marines, je
ne comptois dans l'*Essai politique sur la Nouvelle-Espagne* (Tom. II, pag. 851), que
299,810 l. c. (de 20 au degré) pour toute
l'Amérique espagnole ; 30,628 pour le Venezuela ou l'ancienne *Capitania general* de
Caracas ; 41,291 l. c. pour la Nouvelle-Grenade ; 19,449 l. c. pour le Pérou habité
(d'après les frontières qu'indique la *Carte des
Intendances*, publiée à Lima en 1792 par Don
Andrès Baleato) ; 14,447 l. c. pour le Chili, et
91,528 l. c. pour les provinces-Unies du Rio de
la Plata ou l'ancienne vice-royauté de Buenos-
Ayres. Ce que je viens d'exposer sur les calculs des surfaces de l'Amérique espagnole et
sur les causes qui font varier ces calculs, s'applique également au territoire des États-Unis,
que l'on a terminé à l'ouest, à différentes
époques, par le Mississipi, par les Montagnes
Rocheuses et les côtes de l'Océan pacifique. Le
territoire du Missouri et celui d'*Arkansas* ont
été long-temps pour ainsi dire sans frontières
vers l'ouest : ils ressemblent sous ce point de
vue à la province des Chiquitos de l'Amérique
du Sud. Dans les tableaux que je présente

aujourd'hui, j'ai adopté une méthode de calcul différente de celle que j'avois suivie jusqu'ici; j'ai évalué le cadre, ou l'étendue de terrain que la population croissante de chaque état parviendra à remplir dans la suite des siècles. Les lignes de division *(lineas divisorias)* ont été adoptées telles que, d'après des traditions reçues et les droits que donne une longue et paisible possession, elles se trouvent tracées sur les cartes manuscrites espagnoles et portugaises que je possède. Lorsque les cartes des deux nations différoient considérablement les unes des autres, on a tenu compte de ces différences en prenant la moyenne des résultats obtenus. Les nombres auxquels je me suis arrêté dans le tableau qui précède, indiquent par conséquent le *maximum* de surface offert à l'industrie des états de Colombia [1], du Pérou

---

[1] Dans la déclaration du Congrès de Venezuela, en date du 17 décembre 1819, déclaration qui est regardée comme la *loi fondamentale* de la république de Colombia, le territoire de la république est évalué (à l'art. 2) de 115,000 lieues carrées, sans que l'on ajoute la valeur de ces lieues. Si ce sont, comme il est très-probable, des lieues marines, l'évaluation est de 25,000 lieues (une fois et demie l'*area* de la France) trop grande. On aura

ou du Brésil ; mais comme à une époque
donnée la force politique des états dépend
moins du rapport de leur étendue totale au
nombre des habitans que du degré de concentration de la majeure partie de la population, j'ai évalué séparément les parties habitées et inhabitées. J'ai d'autant moins balancé
à suivre cette marche, que des personnes res-
pectables qui font partie des nouveaux gouvernemens établis dans l'Amérique espagnole,
ont désiré connoître, pour les besoins de l'administration intérieure, à la fois les surfaces
totales et les surfaces partielles. Il est probable
que les dénominations des provinces vont
subir encore de fréquens changemens ; c'est le
cas de toutes les sociétés récemment formées.
On essaie différentes combinaisons avant de
parvenir à un état d'équilibre et de stabilité ;
et si ce genre d'innovations a été moins fré-

consulté des cartes qui n'étoient pas rectifiées d'après
les observations astronomiques faites aux frontières du
sud et de l'est. Toutes les évaluations d'*area*, publiées
jusqu'ici dans les nouveaux états de l'Amérique, sont
très-inexactes ; j'en excepte les données partielles de
l'*Abeja argentina* (1822, n° 1, p. 8), journal intéressant publié à Buenos-Ayres.

quent dans les États-Unis (du moins à l'est des Alleghanis), il n'en faut pas attribuer la cause au seul caractère national, mais à cette heureuse position des colonies anglo-américaines qui, régies dès leur origine par d'excellentes institutions politiques, ont eu la liberté avant l'indépendance.

NOUVELLE-ESPAGNE. La surface de ce vaste pays a été calculée avec beaucoup de soin par M. Oltmanns, d'après les limites qu'indique ma grande carte du Mexique. Il y aura probablement bientôt quelques changemens au nord de San Francisco et au-delà du Rio del Norte, entre l'embouchure du Rio Sabina et du Rio Colorado de Texas. Les assertions que j'ai consignées sur ma carte du Mexique, dessinée en 1804 et publiée en 1809, relativement à l'identité du Rio Napestle et du Rio de Pecos avec les rivières qui, dans la Louisiane, portent les noms d'Arkansas et de Rivière-Rouge de Natchitotches, ont été pleinement justifiées par le Voyage du major Pike, qui a paru à Philadelphie en 1810.

GUATIMALA. Ce pays, si peu connu, renferme les provinces de Chiapa, Guatimala,

Vera-Paz ou Tezulutlan, Honduras (villes :
Comayagua, Omoa et Truxillo), Nicaragua et
Costa Rica [1]. Les côtes de Guatimala s'étendent sur la mer du Sud depuis la Barra de Tonalà et (lat. 16° 7′ long. 96° 39′) à l'est de
Tchuantepec, jusqu'à la Punta de Burica ou
Boruca (lat. 8° 5′ long. 85° 13′), à l'est du
Golfo Dulce de Costa Rica. De ce point, la
frontière remonte successivement : au N. en
longeant la province colombienne de Veragua,
vers le cap de Careta (lat. 9° 35′ long. 84° 43′),
qui s'avance dans la mer des Antilles, un peu
à l'ouest du beau port de Bocca del Toro ; au
N. N. O. le long de la côte jusqu'à la rivière
de Blewfield ou de Nueva Segovia (lat. 11° 54′
long. 85° 25′), sur le territoire des Indiens
Mosquitos ; vers le N. O. le long de la rivière
de Nueva Segovia pendant 40 lieues ; et enfin
vers le N. au cap Camaron (lat. 16° 3′ long.
87° 31′), entre le cap Gracias à Dios et le
port de Truxillo. Depuis le cap Camaron, la
côte de Honduras dirigée à l'O. et au N.

---

[1] *Juarros, Compendio de la Hist. de Guatemala,* im-
primé à Guatemala 1809, T. I, p. 5, 9, 31, 56 ; T. II,
p. 39. *Jose Cecilio Valle. Periodico de la Sociedad eco-
nomica de Guatemala,* T. I, p. 38.

forme la frontière jusqu'à l'embouchure de la rivière Sibun (lat. 17° 12′ long. 90° 40′). De là cette frontière suit le cours du Sibun à l'E., traverse le Rio Sumasinta, qui se jette dans la Laguna de Terminos, se prolonge vers le Rio de Tabasco ou Grixalva jusqu'aux montagnes qui dominent la ville indienne de Chiapa, et tourne au S. O. pour rejoindre les côtes de la mer du Sud à la Barra de Tonalà.

Cuba et Portorico. L'*area* est calculée, pour Portorico, d'après les cartes du Dépôt hydrographique de Madrid; pour l'île de Cuba, d'après la carte que j'ai construite en 1820, sur mes propres observations astronomiques, et sur l'ensemble des données publiées jusqu'à ce jour par MM. Ferrer, Robredo, Lemaur, Galiano et Bauza.

Colombia. Voici les limites actuelles de la république de Colombia, d'après les renseignemens que j'ai pris sur les lieux, surtout aux extrémités méridionales et occidentales, c'est-à-dire au Rio Negro, à Quito, et dans la province de Jaen de Bracamoros : côtes septentrionales de la mer des Antilles, depuis la Punta Careta (lat. 9° 36′ long. 84° 43′), sur

la frontière orientale de la province de Costa
Rica (appartenant à l'état de Guatimala),
jusqu'aux rivières Moroco et Pomaroun [1], à

[1] Tom. VIII, p. 408, 409 et 410. Il règne encore
beaucoup d'incertitude sur la position astronomique de
ce point le plus oriental du territoire de Colombia. Les
longitudes entre l'embouchure de l'Orénoque et la
Guyane angloise sont d'autant plus mal déterminées
qu'on ne les a pas liées entre elles par des moyens chronométriques. La bouche du Rio Pomaroun ou Pouma-
ron dépend à la fois de la position de la Punta Barima
et de celle du Rio Essequebo (Esquivo). Or, le cap Barima se trouve d'un demi-degré trop à l'est sur la grande
carte de l'Amérique méridionale publiée par M. Arrowsmith. Ce géographe indique avec assez de précision
Puerto España, dans l'île de la Trinité (63° 50′) ; mais
il fait 1° 52′ la différence en longitude entre Puerto España et Punta Barima ; différence qui n'est que de 1°
31′, et qui a été fixée avec beaucoup de précision par
les opérations de Churruca (Tom. VIII, p. 373, et *Es-
piñosa, Memorias de los Navegantes Españoles,* Vol. I,
n° 4, p. 80-82). La rive sud-est de l'embouchure de l'O-
rénoque est par 8° 40′ 35″ de latitude et 62° 23′ de longitude. Si l'on détermine l'embouchure du Rio Essequebo par la différence de longitude généralement adoptée (1° 22′—1° 30′) avec le cap Barima, on trouvera
l'Essequebo à peu près 60° 53′. C'est presque la position
à laquelle s'est arrêté M. Buache dans la carte de la
Guyane (1797), carte qui indique aussi très-bien (62°

l'est du cap Nassau. De ce point de la côte (lat. 7° 35′ long. 61° 54 ?) , la frontière de

28′) la longitude du cap Barima. Plusieurs géographes, par exemple, le capitaine Tuckey (*Maritime geography*, Vol. IV, p. 733), croient le milieu de l'embouchure de l'Essequebo 60° 32′—60° 41′ et il est probable que cette embouchure a été rapportée à la position de Surinam ou à celle de Stabroek, la florissante capitale de Demerary. L'estime tend d'ailleurs, sur ces côtes, où le courant porte avec violence au N. O., à diminuer les différences de longitude lorsqu'on navigue de Cayenne au cap Barima et à l'île de la Trinité. La longitude de l'embouchure de la petite rivière de Morocco, située près de celle de Pomaroun et servant de frontière entre la colonie angloise de la Guyane et le territoire de Colombia, dépend de la longitude du Rio Essequebo, dont elle est éloignée, vers l'ouest, d'après Bolingbroke de 45′, d'après d'autres cartes publiées récemment, de 30′ à 35′. Une carte manuscrite que je possède des bouches de l'Orénoque ne donne que 25′. Il résulte de ces discussions minutieuses que la longitude de la bouche du Pomaroun oscille entre 60° 55′ et 61° 20′. Je répète ici le vœu déjà énoncé dans un autre endroit, que le gouvernement de Colombia fasse lier chronométriquement, et par une navigation non interrompue, la bouche de l'Essequebo, le cap Nassau, la Punta Barima (la Vieille-Guyane et l'Angostura), les *bocas chicas* de l'Orénoque, Puerto España et Punta Galera qui est le cap nord-est de l'île de la Trinité.

Colombia se dirige à travers des savanes dans lesquelles sortent quelques petits rochers granitiques, d'abord au S. O., et puis au S. E., vers le confluent du Rio Cuyuni avec le Masuruni, où se trouvoit jadis, vis-à-vis du Caño Tupuro, un poste hollandois [1]. En traversant le Masurini, la limite longe les rives occidentales de l'Essequebo et du Rupunuri jusqu'au point où la cordillère de Pacaraimo (par les 4° de latitude boréale) donne passage au Rio Rupunuri, qui est un affluent du Rio Essequebo : puis en suivant la pente australe de la cordillère de Pacaraimo, qui sépare les eaux du Caroni de celles du Rio Branco, elle se porte successivement vers l'O. par Santa Rosa (à peu près lat. 3° 45′ long 65° 20′), aux sources de l'Orénoque (lat. 3° 40′ long 66° 10′ ?); vers le S. O., aux sources du Rio Mavaca et de l'Idapa (lat. 2° long. 68°), et en traversant le Rio Negro, à l'île San-Jose (lat. 1° 38′ long. 69° 58′), près de S. Carlos del Rio Negro; vers l'O.S.O., par des plaines entièrement inconnues, au *Gran Salto del Yapura* ou Ça-

---

[1] Il ne faut pas confondre ce poste avec l'ancien poste espagnol (*destacamento de Cuyuni*) sur la rive droite du Cuyuni au confluent du Curumu.

queta situé près de l'embouchure du Rio de los Engaños (lat. austr. 0° 35′); enfin par un rebroussement extraordinaire, vers le S. E., au confluent du Rio Yaguas avec le Putumayo ou Iça (lat. 3° 5′ austr.); point où se touchent les missions espagnoles et portugaises du Bas-Putumayo. De ce point la frontière de Colombia se dirige : au S. en traversant l'Amazone, près de l'embouchure du Javary, entre Loreto et Tabatinga, et en longeant la rive orientale du Rio Javari jusqu'à 2° de distance de son confluent avec l'Amazone; a l'O., en traversant l'Ucayale et le Rio Guallaga, le dernier entre les villages de Yurimaguas et de Lamas (dans la province de Maynas 1° 25′ au sud du confluent du Guallaga avec l'Amazone); à l'O. N. O., en traversant le Rio Utcubamba, près de Bagua chica, vis-à-vis de Tomependa. De Bagua la frontière se prolonge au S. S. O. vers un point de l'Amazone (lat. 6° 3′), situé entre les villages de Choros et Cumba, entre Colluc et Cuxillo, un peu au-dessous de l'embouchure de Rio Yaucan; puis elle tourne à l'O., en traversant le Rio de Chota, vers la cordillère des Andes, près de Querocotillo, et au N. N. O., en longeant et

traversant la cordillère, entre Landaguate et
Pucarà, Guancabamba et Tabaconas, Aya-
vaca et Gonzanama (lat. 4° 13′ long. 81°53′),
pour atteindre l'embouchure du Rio Tumbez
(lat. 3° 23′ long. 82° 47′). La côte de l'Océan-
Pacifique limite le territoire de Colombia, sur
11° de latitude, jusqu'à l'extrémité occidentale de la province de Veragua ou au cap Burica (lat. 8° 5′ bor. long. 13° 18′); de ce cap
la frontière se dirige vers le nord (à travers
l'isthme élargi que forme le continent entre
Costa Rica et Veragua), et rejoint la Punta
Careta sur la côte de la mer des Antilles, à
l'ouest du lac de Chiriqui, d'où nous sommes
partis pour faire le tour de cet immense territoire de la république de Colombia.

Ces indications peuvent servir pour rectifier
les cartes, dont même la plus moderne, qui a
été publiée sous les auspices de M. Zea, et que
l'on *assure* avoir été construite d'après les matériaux que j'ai recueillis [1], retrace bien va-
guement l'état d'une longue et paisible possession entre des nations limitrophes. On a l'ha-

[1] *Colombia from Humboldt and other recent authori-*
ties, London, 1823.

bitude de considérer comme espagnole toute
la rive australe du Japura, depuis le Salto
Grande jusqu'au delta intérieur de l'Abatiparana, où est placé sur la rive septentrionale
de l'Amazone un *marco de limites*, pierre que
les astronomes portugais ont trouvée par lat.
2° 20′ et long. 69° 32′. (*Carte manuscrite de
l'Amazone, par don Francisco Requena*, commissaire des limites de S. M. C., 1783.) Les
missions espagnoles du Japura ou Caqueta,
appelées communément *missions des Anda-
quies*, ne s'étendent que jusqu'au Rio Caguan,
affluent du Japura, au-dessous de la mission
détruite de S. Francisco Solano. Tout le reste
du Japura au sud de l'équateur, depuis le Rio
de los Engaños et la Grande Cataracte, est
dans la possession des indigènes et des Portugais. Ceux-ci ont même quelques foibles
établissemens a Tabocas, S. Juaquin de Cue-
rana, et à Curatus; le second au sud du Japura, le troisième sur son affluent septentrional, l'Apoporis [1]. C'est à la bouche de
l'Apoporis, selon les astronomes portugais,
par 1° 14′ de lat. austr. et 71° 58′ de long.

---

[1] Tom. VII, p. 412-416.

(toujours à l'ouest du méridien de Paris), que
les commissaires espagnols voulurent placer
en 1780 la pierre des limites, ce qui indiquoit
l'intention de ne pas conserver le *marco* de
l'Abatiparana. Les commissaires portugais s'op-
posèrent à ce qu'on prît pour frontière l'Apoporis, prétendant que, pour couvrir les possessions brésiliennes du Rio Negro, il falloit
placer le nouveau *marco* au *Satlo Grande del
Japura* (lat. austr. o° 33′ long. 75° o′). Dans
le Putumayo ou Jça, les missions espagnoles
les plus méridionales (*missiones baxas*), des-
servies par les religieux de Popayan et de
Pasto, ne s'étendent pas jusqu'au confluent de
l'Amazone, mais seulement jusqu'aux 2° 20′
de latitude australe. C'est là que sont situés
les petits villages de Marive, de S. Ramon et
de l'Asumpcion. Les Portugais sont maîtres de
l'embouchure du Putumayo ; et, pour parvenir aux missions du *Baxo-Putumayo*, les religieux de Pasto sont forcés de descendre
l'Amazone jusqu'au-dessous de la bouche du
Napo à Pevas; d'avancer, de Pevas au nord
par terre, jusqu'à la *Quebrada* ou *Caño* de
Yaguas, et d'entrer par ce *Caño* au Rio Putumayo. On ne sauroit non plus considérer

comme limite de la Nouvelle-Grenade la rive
gauche de l'Amazone, depuis l'Abatiparana
(long. 69° 32′) jusqu'au Pongo de Manseriche,
à l'extrémité occidentale de la province de
Maynas. Les Portugais ont toujours eu la possession des deux rives jusqu'à l'est de Loreto
(long. 71° 54′) ; et la position de Tabatinga
même, au nord de l'Amazone, où est le dernier poste portugais, prouve suffisamment que
la rive gauche de l'Amazone, entre la bouche
de l'Abatiparana et la frontière près de Loreto,
n'a jamais été regardée par eux comme appartenant au territoire espagnol. Pour prouver de
même que ce n'est pas la rive méridionale de
l'Amazone qui, de l'embouchure du Javari
vers l'ouest, fait la limite avec le Pérou, je
n'ai qu'à rappeler l'existence des nombreux
villages de la province de Maynas situés sur le
Guallaga jusqu'au-delà de Yurimaguas, 28
lieues au sud de l'Amazone. La sinuosité extraordinaire de la frontière, entre le Haut-Rio
Negro et l'Amazone, naît de la circonstance
que les Portugais se sont introduits dans le Rio
Yapura en le remontant vers le N. O., tandis
que les Espagnols ont descendu le Putumayo.

Depuis le Javari, la limite péruvienne dépasse l'Amazone, parce que les missionnaires de Jaen et de Maynas, venant de la Nouvelle-Grenade, ont pénétré dans ces régions presque sauvages par le Chinchipe et le Rio Guallaga.

En calculant, d'après les limites que nous venons de tracer, la surface de la république de Colombia, on trouve 91,952 lieues carrées (toujours de 20 au degré), savoir :

DIVISIONS POLITIQUES.	LIEUES CARRÉES.	LIEUES CARRÉES.
I. *Venezuela*....................	....	33,701
Nouvelle-Andalousie ou Cumana	1299	
Nouvelle-Barcelone............	1564	
Delta de l'Orénoque.........	18,793	
Guyane espagnole..........	652	
Caracas.	5140	
Varinas....................	2678	
Maracaybo...............	3548	
Ile de la Marguerite (sans la *Laguna*)...............	27	
II. *Nouvelle-Grenade* (avec Quito)..	....	58,251
RÉPUBLIQUE DE COLOMBIA.........	....	91,952

Quels que soient les changemens qu'éprouveront encore les divisions territoriales de Venezuela, soit d'après les besoins variables de l'administration intérieure, soit par le désir des innovations toujours si actif à l'époque d'une régénération politique, la connoissance exacte de l'*area* des anciennes provinces servira à évaluer approximativement l'*area* des nouvelles. En considérant bien attentivement les divisions faites depuis dix ans, on reconnoît que, dans les divers essais de *reconstruire les sociétés*, ce sont les mêmes élémens que l'on combine jusqu'à ce que l'équilibre stable soit trouvé.

Limites partielles :

A.) ANCIENNE CAPITANIA GENERAL DE CARACAS :

a) Govierno de Cumana, comprenant les deux provinces de la Nouvelle-Andalousie et de Barcelone, un peu plus petit que l'état de Pensylvanie qui a 46,000 carrés (de 69,2 au degré). La limite au sud et au sud-est est formée par le cours du Bas-Orénoque jusqu'à sa

14 *

bouche principale [1] (*boca de Navios*) ; au nord, elle l'est par les côtes de l'Océan atlantique et de la mer des Antilles, depuis long. 62° 23′ jusqu'à l'embouchure du Rio Unare (long. 67° 59′). De cette embouchure vers le sud, la limite entre les provinces de Caracas et de Barcelone suit d'abord l'Unare jusque vers son origine dans le pays un peu montueux qui est situé à l'ouest du village de Pariaguan; puis elle se dirige sur l'Orénoque, entre l'embouchure du Rio Suata et celle du Rio Caura, 24′ à l'est d'Alta Gracia que les anciennes cartes appellent Ciudad Real. J'ai fixé dans mon calcul la longitude de ce point de l'Orénoque (Atlas, Pl. xv), en le réduisant à la longitude de la bouche du Caura. Elle est à peu près 68° 3′ à l'ouest du méridien de Paris. D'autres géographes, par exemple Lopez dans sa carte de la province de Caracas, font passer la limite au Raudal de

[1] Tom. VIII, p. 373 et 381. J'ai cependant calculé séparément le delta presque inhabité de l'Orénoque, entre le bras principal et le Manamo Grande, le plus occidental des *bocas chicas*. Ce delta marécageux a trois fois l'étendue moyenne d'un département de la France.

Camiseta, 8 lieues à l'est du Rio Caura. Dans une carte manuscrite que j'ai copiée dans les archives de Cumana, la frontière est indiquée près de Muitaco, à la bouche du Rio Cabrutica, 3 lieues à l'est du Rio Pao. Les gouverneurs de Cumana ont prétendu long-temps étendre leur juridiction bien au-delà de l'embouchure du Rio Unare jusqu'au Rio Tuy, et même jusqu'au cap Codera [1]. D'après cette supposition, ils tiroient une ligne vers le sud, 15 lieues à l'est de Calabozo, entre les sources du Rio Uritucu et celles du Rio Manapire, en suivant cette dernière rivière jusqu'à son confluent avec l'Orénoque, 4 lieues à l'est de Cabruta [2]. Cette limite, la plus occidentale, ajouteroit à la province de Barcelone une étendue de 400 lieues carrées qui renferme le *Valle de la Pasqua*, et que La Cruz et Caulin indiquent, sur leurs cartes, par les mots : *terreno que disputan las dos provincias de Barcelona y de Caracas*. J'ai suivi, dans mon évaluation de l'*area*, la frontière du Rio Unare, parce qu'elle détermine *l'état de possession*

---

[1] Tom. VIII, p. 137.

[2] Ibid., p. 331.

actuelle entre les provinces limitrophes. Le *Go-vierno de Cumana* renferme 4 *ciudades* (Cu-mana, Cariaco, Cumanacoa, Nueva Barcelona) et 4 *villas* (Aragua, La Concepcion del Pao, La Merced, Carupano [1]). De nouvelles villes s'élèveront vraisemblablement sur les bords du golfe de Paria (*Golfo triste*) comme sur les rives de l'Areo et du Guarapiche : ce sont là des points qui offrent de grands avantages à l'industrie commerciale de la Nouvelle-Andalousie.

b.) Guyane espagnole telle qu'elle étoit ad-ministrée avant la révolution du 5 juillet 1811, par un gouverneur, résidant à l'Angostura (Santo Tomé de la Nueva Guayana). Elle a plus de 225,000 milles anglois carrés, et excède par conséquent l'*area* de tous les *états atlantiques à esclaves. (Atlantic Slave-States),* le Maryland, la Virginie, les deux Carolines et la Géorgie. Plus de $\frac{9}{10}$ de cette province

[1] Tom. VI, p. 393; VII, 1-39, 156, 208-229, 345-405 ; VIII, p. 128. *Voyez* plus haut, p. 53. J'ignore la véritable position de la Villa de la Merced, indiquée dans la carte manuscrite des archives de Cumana. Piritu et Manapire paroissent prétendre aussi au titre de *villas.* (Caulin, p. 190.)

sont encore incultes et presque inhabités. Les
limites à l'est et au sud, depuis la bouche principale de l'Orénoque jusqu'à l'île de San Jose
du Rio Negro, ont été indiquées en décrivant la
configuration générale de la république de Colombia. Au nord et à l'ouest, les limites de la
Guayane espagnole sont d'abord l'Orénoque,
depuis le cap Barima jusqu'à San Fernando
de Atabapo, et puis une ligne qui se dirige du
nord au sud de San Fernando, vers un point
situé i5 lieues à l'ouest du fortin de San Carlos.
Cette ligne traverse le Rio Negro un peu au-
dessus de Maroa [1]. La frontière nord-est, celle
de la Guyane angloise, mérite la plus grande
attention, à cause de l'importance politique des
bouches de l'Orénoque, que j'ai discutée dans
le 24e chapitre de cet ouvrage. Les plantations de sucre et de coton avoient déjà, sous
le gouvernement hollandois, dépassé le Rio
Pomaroun; elles s'étendent jusqu'au-delà de
l'embouchure du petit Rio Moroco, où se
trouve un poste militaire. (*Voy*. la carte très-
intéressante des *colonies d'Essequebo et de*

[1] Tom. VII, p. 243-277, 434, 445; VIII, p. 46
et 48.

Demerari, publiée en 1798 par le major F. de Bouchenroeder.) Les Hollandois, loin de reconnoître le Rio Pomaroun ou le Moroco comme limite de leur territoire, plaçoient cette limite au Rio Barima, par conséquent près de l'embouchure même de l'Orénoque, et tiroient de là une ligne de démarcation du N. N. O. au S. S. E. vers le Cuyuni. Ils avoient même occupé militairement la rive orientale du petit Rio Barima, avant que les Anglois (1666) eussent détruit les forts de la Nouvelle-Zélande et du Nouveau-Middelbourg sur la rive droite du Pomaroun. Ces forts et celui du Kik-over-al *(regarde partout à l'entour)*, au confluent du Cuyuni, Masaruni et Essequebo, n'ont pas été rétablis. Des personnes qui ont été sur les lieux m'ont assuré, pendant mon séjour à l'Angostura, que ce pays à l'ouest du Pomaroun, dont la possession sera un jour contestée entre l'Angleterre et la république de Colombia, est marécageux, mais de la plus grande fertilité. Villes de la Guyane, ou plutôt endroits qui ont des priviléges [1] de *villas* et *ciudades* : Angostura, Barceloneta,

---

[1] Tom. VIII, p. 331.

Upata, Guirior (un simple poste militaire au confluent du Paraguamusi et du Paragua, affluent du Caroni), Borbon, Réal Corona ou Muitaco, La Piedra, Alta Gracia, Caycara, San Fernando del Atabapo, Esmeralda (quelques cabanes indiennes autour d'une église).

c.) *Province de Caracas*, de 61,000 milles anglois carrés, par conséquent environ $\frac{1}{7}$ plus petite que l'état de Virginie. Limite boréale : la mer des Antilles, depuis l'embouchure du Rio Unare, long. 67° 39′ jusqu'au-delà du Rio Maticores (long. 73° 10′) vers le golfe ou *Saco* de Maracaybo, à l'est du Castillo de San Carlos. Limite occidentale : une ligne dirigée vers le S., entre l'embouchure du Rio Motatan et la ville de Carora, par les sources du Rio Tocuyo et le Paramo de las Rosas [1], entre Bocono et Guanare; vers l'E. S. E., entre la Portuguesa et le Rio Guanare où le Caño de Ygues, affluent de la Portuguesa, fait la frontière des provinces de Varinas et de Caracas; au S. E., entre San Jaime et Uritucu, vers un point de la rive gauche du Rio Apure, vis-à-

---

[1] *Voyez* mon Atlas géogr., Pl. 17.

vis de San Fernando. Limite méridionale :
d'abord le Rio Apure, depuis lat. 7° 54′ long.
70° 20′ jusqu'à son confluent avec l'Orénoque, près du Capuchino (lat 7° 37′ long.
69° 6′) ; puis le Bas-Orénoque, vers l'est,
jusqu'à la frontière occidentale du Govierno
de Cumana, près du Rio Suata, à l'est d'Alta
Gracia. Villes : Caracas, La Guayra, Portocabello, Coro, Nueva Valencia, Nirgua, San
Felipe, Barquesimeto, Tocuyo, Araure, Ospinos, Guanare, San Carlos, San Sebastian,
Villa de Cura, Calabozo et San Juan Baptista
del Pao.

d) *Province de Varinas*, d'une *area* de
32,000 milles anglois carrés, un peu plus petite que l'état de Kentucky. Limite orientale :
de l'extremité sud du Paramo de las Rosas et
des sources du Rio Guanare, vers le S. E., au
Caño de Ygues ; de là entre le Rio Portuguesa
et le Rio Guarico, vers l'E. S. E., à l'embouchure de l'Apure ; puis au S. le long de la rive
gauche de l'Orénoque, de lat. 7° 36′ à l'embouchure du Rio Meta. Limite méridionale :
la rive septentrionale du Meta jusqu'au-delà
de Las Rochellas de Chiricoas, entre les bou-

ches du Caño Lindero et du Macachare (peut-
être long. 70° 45′). Limite occidentale : de la
rive gauche du Meta, d'abord au N. O., à
travers les plaines de Casanare, entre Guardualito et la Villa de Arauca, puis au N. N. O.
au-dessus de Quintero et de l'embouchure du
Rio Nula qui entre dans l'Apure après le Rio
Orivante, vers les sources du Rio Canagua, et
vers le pied du Paramo de Porquera. Limite
septentrionale : pente sud-est de la Cordillère
de Merida, depuis le Paramo de Porquera,
entre La Grita et Pedraza, jusqu'au ravin de
Lavellaca, dans le chemin de Los Callejones,
entre Varinas et Merida, et de là aux sources
du Rio Guanare, placées au N. N. O. de Boconò. Villes : Varinas, Obispos, Boconò, Gua-
narito, San Jaime, San Fernando de Apuré,
Mijagual, Guardualito et Pedraza. En comparant ma carte de la province de Varinas
avec les cartes de La Cruz, de Lopez et
d'Arrowsmith, on verra quelle confusion a
régné jusqu'ici dans ce dédale de rivières
qui forment les affluens de l'Apure et de
l'Orénoque.

e.) *Province de Maracaybo* (avec Truxillo et

Merida), de 42,500 milles anglois carrés, un peu plus petite que l'état de New-Yorck. Limite boréale : côte de la mer des Antilles, depuis le Caño de Oribono (à l'ouest du Rio Maticores) jusqu'à la bouche du Rio Calancala, un peu à l'est du Grand Rio del Hacha. Limite occidentale : une ligne dirigée de la côte, d'abord au S., entre la Villa de Reyes appelée aussi Valle de Upar et le petit groupe de montagnes (Sierra de Perija) qui s'élève à l'ouest du lac de Maracaybo, vers le Rio Catatumbo; puis à l'est de Salazar au Rio Sulia, un peu au-dessus de San Faustino : enfin à l'E., au Paramo de Porquera, situé au N. E. de La Grita. Les limites méridionales et orientales se prolongent au sud des montagnes neigeuses de Merida, à travers le ravin de Lavellaca, au pied oriental du Paramo de las Rosas, vers les sources du Rio de Tocuyo, et de là, entre l'embouchure du Rio Motatan et la ville de Carora, vers le Caño Oribono, comme nous venons de l'indiquer en décrivant les frontières des provinces de Varinas et de Caracas. La partie la plus occidentale du *Govierno* de Maracaybo, qui comprend le cap La Vela, est appelée la *Provincia de los Guajiros* (Guahiros), à cause des Indiens sauvages de ce nom qui l'habitent, depuis le Rio Socuyo jusqu'au Rio Calancala. Vers le sud se trouve la tribu indépendante des Cocinas. Villes : Maracaybo, Gibraltar, Truxillo, Merida, San Faustino.

B.) ANCIENNE VICE-ROYAUTÉ DE LA NOUVELLE - GRENADE , comprenant la Nouvelle-Grenade proprement dite (Cundinamarca) et Quito. Les limites occidentales des provinces de Maracaybo, de Varinas et de la Guyane circonscrivent le territoire de la Vice-Royauté vers l'est ; au sud et à l'ouest ; les frontières sont celles du Pérou et du Guatimala. Nous rappellerons seulement ici, pour rectifier les erreurs des cartes, que le Valle de Upar ou Villa de Reyes, Salazar de las Palmas, El Rosario de Cucuta, célèbre par la résidence de l'assemblée constituante de Colombia, au mois d'août 1821, San Antonio de Cucuta, la Grita, San Christoval et la Villa de Arauca, de même que les confluens du Casanare avec le Meta et de l'Inirida avec le Guaviare appartiennent à la Nouvelle-Grenade. La province de Casanare, dépendante de

Santo-Fe de Bogota, s'étend vers le nord jusqu'au-delà de l'Orivante. Au nord-est, la province la plus orientale de la Nouvelle-Grenade,
appelée *Provincia del Rio Hacha*, est séparée
de la province de Santa Marta par le Rio Enea.
En 1814, le Rio Guaytara divisoit la province
de Popayan de la Présidencia de Quito à laquelle appartenoit la province de los Pastos.
L'isthme de Panama et la province de Veragua
ont été de tout temps du ressort de l'Audiencia
de Santa-Fe.

Pérou. En évaluant à 41,500 lieues carrées
(de 20 au degré) l'*area* du Pérou actuel, on a
pris pour limite, à l'est : 1° le cours du Rio Javary, de 6° à 9° ½ de latitude méridionale ;
2° le parallèle de 9° ½ prolongé du Javary vers
la rive gauche du Rio Madeira et coupant successivement d'autres affluens de l'Amazone,
savoir le Jatahy (Hyutahy), le Jurua, le Tefe
qui paroît être le Tapy d'Acuña, le Coary et
le Puruz ; 3° une ligne qui remonte d'abord le
Rio Madeira, et puis le Mamorè, depuis le
Salto de Theotino jusqu'au Rio Maniqui [1],

---

[1] *Voyez* la carte assez rare des *Missiones de Mujos
de la Compania de Jesus,* 1713. Le Rio Maniqui au-

entre le confluent du Guaporè (Ytonamas des
Jésuites) et la mission de S. Ana (à peu près
par les 12° ½ de lat.); 4° le cours du Maniqui
en le suivant vers l'ouest et en prolongeant
une ligne au Rio Beni que les géographes ont
cru un affluent, tantôt du Rio Madeira, tantôt
du Rio Puruz; 5° la rive droite du Rio Tequieri
qui débouche, dans le Beni, au-dessous du
Pueblo de Reyes, et des sources du Tequieri
une ligne qui traverse le Rio Ynambari, se dirige au S. E. vers les hautes Cordillères [1] de
Vilcaonota et de Lampa, et sépare les districts
péruviens de Paucartambo et de Tinta du district d'Apolobamba et du bassin du lac de Titicaca (Chucuito); 6° depuis les 16° de lat.
austr., la chaîne occidentale des Andes bor-
dant, vers l'est, le bassin du lac de Titicaca,
et divisant, sous le parallèle de 20°, les affluens

quel les géographes modernes font jouer un grand rôle
dans la fable du lac Rogagualo et des bifurcations de
Beni, se réunit au Yacuma par lequel M. Haenke est
venu du *Pueblo de Reyes* au Rio Mamorè.

[1] Les *partidos* de Paucartambo et de Tinta sont de
de l'intendance de Cuzco. Le district d'Apolobamda et
le bassin du lac de Titicaca sont de l'ancienne vice-
royauté de Buenos-Ayres.

du Desaguadero de la petite Laguna de Paria
et ceux du Rio Pilcomayo des torrens qui se
jettent dans la Mer du Sud. D'après ces limites,
le Pérou a, vers le nord (jusqu'au Javary)
200, jusqu'au Rio de la Madeira et le Mamorè,
260 lieues de large dans la direction des parallèles ; vers l'extrémité méridionale, la largeur moyenne du pays n'est plus que de 15 à
18 lieues. Le *partido* de Tarapaca (de l'intendance d'Arequipa) touche au désert d'Atacama où l'embouchure du Rio de Loa, que
l'expédition de Malaspina place par 21° 26′ de
lat. austr., forme la ligne de démarcation
entre le Pérou et la vice-royauté de Buenos-
Ayres. En arrachant au Pérou les quatre intendances de La Paz, de Charcas ou La Plata,
de Potosi et de Cochabamba, on a assujetti
à un gouvernement qui réside sur les bords
du Rio de La Plata, non-seulement des provinces dont les eaux ont leur pente vers le
sud-est, et les vastes régions où naissent les
affluens de l'Ucayale et de la Madeira (tri-
butaires de l'Amazone), mais aussi le système
intérieur des rivières qui, sur le dos des Andes
et dans une vallée longitudinale, terminée à
ses deux extrémités par les *nœuds de mon-*

tagnes de Porco et du Cuzco, alimentent le lac alpin de Titicaca. Malgré ces divisions arbitraires, les souvenirs des Indiens qui habitent les bords du lac et les régions froides d'Oruro, de La Paz et des Charcas se portent plus souvent vers le Cuzco, centre de l'antique grandeur de l'empire des Incas, que vers les savanes de Buenos-Ayres. On a séparé du Pérou le plateau de Tiahuanacu, où l'Inca Maita-Capac trouva des édifices et des statues gigantesques dont l'origine remontoit au-delà de la fondation du Cuzco. Tenter ainsi d'effacer les souvenirs historiques des peuples, c'est ne plus vouloir appeler Grèce les bords du lac Copais. Il faut espérer que, dans les nombreuses confédérations d'états qui se forment de nos jours, les lignes de démarcation ne seront pas réglées uniquement d'après le cours des eaux, mais qu'en les traçant on consultera en même temps les intérêts moraux des peuples. Le morcellement du Haut-Pérou doit inspirer des regrets à tous ceux qui savent apprécier l'importance de la population indigène sur les plateaux des Andes. Si l'on tire une ligne de l'extrémité méridionale de la province de Maynas, ou des bords du Guallaga, au confluent de l'Apurimac et du Beni (confluent qui donne naissance au Rio Ucayale), et de là, à l'ouest du Rio Vilcabamba et du plateau du Paucartambo, vers le point où la frontière sud-est coupe le Rio Ynambari, on divise le Pérou en deux parties inégales : l'une (de 26,220 lieues carrées) est le centre de la population civilisée, l'autre (de 15,200 lieues carrées) est sauvage et presque entièrement dépeuplée.

Buenos-Ayres. Les éditeurs de l'excellent ouvrage périodique qui a pour titre *El Semanario* (Tom. I, p. 111) disent avec raison que, sur les rives de la Plata, personne ne connoît les véritables limites de l'ancienne vice-royauté de Buenos-Ayres. Entre le Parana et le Rio Paraguay, entre les sources de cette dernière rivière et le Guaporè, qui est un affluent de la Madeira, ces limites sont contestées par les Portugais ; vers le sud, on est incertain si l'on doit les étendre au-delà du Rio Colorado jusqu'au Rio Negro qui reçoit les eaux del Rio del Diamante (*Abeja Argentina* 1822, *n° 1, p.8, et n° 2, p. 55*). Au milieu de ces doutes qui sont augmentés en-

core par le morcellement du Paraguay et de
la *Province Cisplatine*, j'ai calculé l'*area* de
l'immense territoire de la vice-royauté d'après
des cartes espagnoles dressées avant la révolution de 1810. Du côté de l'est, le premier
marco est placé au N. du fort de Santa Teresa,
à l'embouchure du Rio Tahym; de là, les limites se dirigent : au N. N. O. par les sources
de l'Ibicuy et du Juy (en coupant l'Uruguay
par 27° 20′) au confluent du Parana et de
l'Yguazu; au N. le long de la rive gauche du
Parana jusqu'à lat. austr. 22° 40′; au N. O. en
suivant l'Ivineima, vers le Présidio de Nova
Coimbra (lat. 19° 55′), fondé [1] en 1775; au
N. N. O., près Villa Bella et l'isthme qui sépare
les eaux de l'Aguapchy (confluent du Paraguay) de celles du Guaporè, vers l'union [2] de
cette dernière rivière avec le Mamorè, au-
dessous du fort do Principe (lat. austr. 11°
54′ 46″); au S. O. en remontant le Mamorè
et le Maniqui, comme nous l'avons indiqué
plus haut, lorsque nous avons tracé les limites
du Pérou et de la vice-royauté de Buenos-

---

[1] *Patriota do Rio Janeiro*, 1813.

[1] *L. c.*, p. 40.

Ayres. Entre les 21° 26′ et 25° 54′ de lat.
austr. (entre le Rio de Loa et Punta de Gua-
cho), le territoire de la vice-royauté dépasse
la Cordillère des Andes, et occupe, sur 90
lieues de long, les côtes de la Mer du Sud.
C'est là que se trouve le désert d'Atacama
avec le petit port de Cobija, qui sera un jour
si utile pour le commerce des productions de
la Sierra ou du Haut-Pérou. Vers l'ouest,
c'est la chaîne occidentale des Andes jusqu'à
37° de lat.; vers le sud, c'est ou le Rio Colorado appelé quelquefois Desaguadero de Mendoza (lat. 39° 56′), ou, selon des autorités
plus récentes, le Rio Negro qui sépare Buenos-
Ayres du Chili et de la côte Patagnique.

Comme il seroit possible que le Paraguay,
la Province *Entre Rios* et la *Banda Oriental* ou
Province Cisplatine[1] restassent séparés de l'état
de Buenos-Ayres, j'ai cru devoir calculer séparément l'*area* de ces pays en litige. J'ai
trouvé, dans les limites de l'ancienne vice-

---

[1] L'étendue du terrain compris entre la mer, le Rio
de la Plata, l'Uruguay, les missions et la Capitainerie
brésilienne de Rio Grande. (*Auguste de Saint-Hilaire,
Aperçu d'un voyage dans l'intérieur du Brésil*, 1823,
p 1.

royauté, *entre l'Océan et le Rio Uruguay*, 8960 lieues carrées marines; *entre l'Uruguay et le Parana (Provincia entre Rios)*, 6848 l. c.; entre le *Parana et le Rio Paraguay* (province du Paraguay proprement dite), 7424 l. c. Ces trois parties à l'est du Rio Paraguay, depuis la Nouvelle-Coimbre jusqu'à Corrientes et à l'est du Rio Parana depuis Corrientes jusqu'à Buenos-Ayres, forment un espace de 23,232 lieues carrées [1], presque 1 $\frac{1}{2}$ fois grand comme la France. Il résulte de ces calculs, pour les trois parties dont se compose l'ancienne vice-royauté de Buenos-Ayres, y compris 18,300 l. c. de *Pampas* ou savanes :

Région du Nord ou Haut-Pérou, depuis le Tequieri et Mamorè jusqu'au Pilcomayo, entre les 13° et 21° de latitude australe.	37,020 li. marin. carr.
Région de l'Ouest ou pays entre le Pilcomayo, le Paraguay, le Rio de la Plata, le Rio Negro et la Cordillère des Andes	

A reporter......... 37,020

---

[1] Environ 36,300 lieues carrées de 25 au degré; et non 50,263 de ces lieues, comme il est dit dans les journaux de Buenos-Ayres.

De l'autre part... 37,020
(Tarija, Jujuy, Tucuman,
Cordova, Santa-Fe, Buenos-
Ayres, San Luis de la Punta
et Mendoza.   66,518
Région de l'Est, c'est-à-dire
tout ce qui est à l'est du Rio
Paraguay et du Parana.   23,232

                    126,770

Le gouvernement de Buenos-Ayres, en occupant les 5054 l. c, qui sont comprises entre
le Rio Colorado et le Rio Negro, pourroit se
dédommager en partie des pertes qu'il est me-
nacé d'éprouver vers le nord-est. Les plaines
patagoniques offrent, jusqu'au détroit de Magellan, encore 31,206 lieues carrées, dont
près des deux tiers jouissent d'un climat beaucoup plus tempéré qu'on ne le pense généralement. La baie de Saint-Joseph pourroit
bien y tenter quelque puissance maritime de
l'Europe.

Dans la partie de la vice-royauté de Buenos-
Ayres, occupée par les Brésiliens, à l'est de
l'Uruguay, il faut distinguer [1] entre les limites

[1] Ces éclaircissemens se fondent sur des notes manuscrites que M. Auguste de Saint-Hilaire a recueil-
lies sur les lieux et que je dois à l'amitié dont il m'ho-
nore.

reconnues avant l'occupation de la *Province des Missions*, au nord du Rio Ibicuy, en 1801, et les limites qui se fondent sur le traité conclu, en 1821, entre le *Cabildo* de Monte-video de la capitainerie de Rio Grande. La *Province des Missions* est comprise entre la rive gauche de l'Uruguay, l'Ibicuy, le Toropi (qui est un affluent de ce dernier), la Sierra de San-Xavier, et le Rio Juy (affluent de l'Uruguay). Son territoire s'étend même un peu au-delà du Juy, vers les plaines où est située la mission la plus septentrionale de San Angel; plus loin, viennent des forêts habitées par des Indiens indépendans. Lorsque l'alliance entre l'Espagne et la France porta l'Angleterre, en février 1801, à faire déclarer aux Portugais la guerre contre l'Espagne, la province espagnole des Missions fut facilement envahie. Les hostilités ne durèrent pas long-temps; et, quoique la cour de Madrid contestât la légitimité de l'occupation, les Missions restèrent entre les mains des Portugais. Le traité de 1777 devoit servir de base aux limites entre la vice-royauté de Buenos-Ayres et la capitainerie de Rio Grande. Ces limites étoient formées par une ligne qui s'étend du Rio Guaray (le Guaney d'Arrowsmith), et des sources des petites

rivières Ibirapuità, Nanday et Ibycuimerim ;
qui se jettent dans l'Ibicuy (lat. 29° 40′),
d'abord au confluent du Rio de Ponche Verde
avec l'Ibicuy ; puis, toujours vers le sud-est, aux
sources du Rio Negro (affluent de l'Uruguay),
et en traversant le lac Merin, à l'embouchure
de l'Itahy, vulgairement appelé Tahym. C'est
à cette embouchure que se trouvoit, sur la
côte de la mer, le *marco* portugais le plus
austral. Le pays entre le Tahym et le Rio Chuy,
un peu au nord de Santa Teresa, étoit neutre,
et portoit le nom de *Campos neutraes ;* mais, en
1804, malgré les conventions diplomatiques,
il étoit dejà en grande partie occupé par des
cultivateurs portugais. L'invasion des François
en Espagne et les révolutions de Buenos-Ayres
ont donné aux Brésiliens la facilité de pousser
leurs conquêtes jusqu'à l'embouchure de l'U-
ruguay ; de sorte que les nouvelles limites intérieures entre l'ancien Brésil et les pays récemment occupés ont été fixées, en 1821 ,
sans l'intervention du congrès de Buenos-
Ayres, par les députés du *cabildo* de Monte-
video et de la capitainerie de Rio Grande. On
est convenu que la *Province Cisplatine* du
Brésil (la *Bande orientale,* d'après la nomenclature géographique des Espagnols) seroit

bornée au nord par le confluent de l'Uruguay avec l'Arapay (Ygarupay d'Arrowsmith) ; à l'est, par une ligne qui, commençant à l'Angostura, 6 lieues au sud de Santa Teresa, passe par les marais de Saint-Michel, suit le Rio San Luis jusqu'à son embouchure dans le lac Merin, se prolonge sur la rive occidentale de ce lac, à une distance de 800 toises, passe par l'embouchure du Rio Sabuaty, remonte jusqu'à celle du Rio Jaguarao, suit le cours de cette rivière jusqu'au Cerros de Acegoua, traverse le Rio Negro, et va rejoindre, toujours en se courbant au nord-ouest, le Rio Arapuy. L'espace compris entre l'Arapuy et l'Ibicuy, limite méridionale de la Province des Missions, appartient à la capitainerie de Rio Grande. Les Portugais - Brésiliens n'ont pas encore tenté de faire des établissemens dans la province *Entre Rios* (entre le Parana et le Paraguay), pays dévasté par Artigas et Ramirez.

Dans les savanes *(pampas)* qui, semblables à un bras de mer, s'étendent de Santa-Fe au nord, entre les montagnes du Brésil et celles de Cordova et de Jujuy [1], les limites naturelles

---

[1] Cette ville, d'après M. Redhead (*Memoria sobre la dilatacion del aire atmosférico*; *Buenos-Ayres*, 1819,

des intendances de Potosi et de Salta, c'est-
à-dire du Haut-Pérou et de Buenos-Ayres,
tendent à se confondre entièrement. Chichas
et Tarija sont considérés comme les provinces
les plus méridionales du Haut-Pérou ; les
plaines de Manso entre le Pilcomayo et le Rio
Grande, ou Vermejo [1], de même que Jujuy,
Salta et Tucuman, appartiennent à l'État de
Buenos-Ayres proprement dit. La limite du
Haut-Pérou n'est plus, vers l'est, qu'une ligne
imaginaire tracée à travers des savanes inhabitées. Elle coupe la Cordillère des Andes au
tropique du Capricorne, et de là elle traverse,
d'abord le Rio Grande, 26 lieues au-dessous
de San Yago de Cotagayta ; puis le Pilcomayo,
22 lieues au-dessous de son confluent avec le
Cachimayo, qui vient de la Plata ou Chuqui-

p. 8 et 10), a 700 toises d'élévation au-dessus du niveau
de la mer. Déjà la hauteur absolue de la ville de San
Miguel del Tucuman est, d'après les mesures barométriques du même hauteur (habitant de Salta), de 260
toises.

[1] Le véritable nom de ce fleuve, dont les rives étoient
jadis habitées par les Abipons, est Rio Iñate. (Voyez
Dobrizhofer, *Hist. de Abiponibus*, 1784, Tom. II,
p. 14.)

saca; enfin le Rio Paraguay, par les 20° 50′ de latitude australe. Lors même que le bassin du lac de Titicaca et la partie montagnarde du Haut-Pérou, où règne la langue de l'Inca, parviendroient à se réunir de nouveau au Cuzco, les plaines de Chiquitos et du Chaco pourroient bien rester unies au gouvernement des Pampas de Buenos-Ayres.

CHILI. Les limites sont, au nord, le désert d'Atacama; à l'est, la Cordillère des Andes, où le chemin des courriers, entre Mendoza et Valparaiso, passe, d'après les mesures barométriques faites, en 1794, par M. d'Espinosa et Bauza, à 1987 toises de hauteur [1] au-dessus du niveau de l'Océan. Au sud, j'ai pris pour limite [2] l'entrée du golfe de Chiloè, où le fort Maullin (lat. 41° 43′) est la possession la plus méridionale de l'Amérique espagnole sur le continent. Les baies d'Ancud et de Reloncavi

---

[1] Ce sont cependant encore 440 toises de moins que le point culminant du chemin de l'Assuay, entre les villes de Quito et de Cuenca que j'ai nivelé, en 1802. Voyez mes *Obs. astron.*, Tom. II, p. 385, n° 209.

[2] *Essai polit. sur la Nouvelle-Espagne*, Tom. I, p. 4; Tom. II, p. 831.

n'offrent plus d'habitation stable de colons
européens : c'est là que commencent les Jun-
cos, qui sont des Indiens indépendans, pour
ne pas dire sauvages. Il résulte de ces données,
que les établissemens européens s'étendent sur
la côte occidentale du continent, beaucoup
plus au sud que sur la côte orientale; les premiers ont déjà dépassé d'un degré de latitude
le parallèle du Rio Negro et du Puerto de San
Antonio. La capitale de Santiago de Chili est
située sur un plateau qui a presque la même
hauteur que la ville de Caracas [1].

Brésil. Les limites méridionales de Colombia, orientales du Pérou, et septentrionales de Buenos-Ayres, déterminent l'étendue
du territoire brésilien vers le nord, vers l'ouest
et vers le sud. Pour calculer l'*area*, je me suis
servi de cartes manuscrites qui m'ont été com-
muniquées par le gouvernement de Rio Janeiro à l'époque des contestations diplomatiques qu'avoit fait naître sur les Guyanes

[1] D'après M. Bauza, 409 toises; c'est trois cents toises plus bas que la ville de Mendoza, à la pente opposée
de la Cordillère des Andes. (*Notes manuscrites de Don
Louis Née, botaniste de l'expédition de Malaspina.*)

françoise et portugaise la rédaction très-vague
de l'article 8 du traité d'Utrecht, et de l'article 107 de l'acte du congrès de Vienne [1]. En

[1] Tom. VIII, p. 503. Les limites brésiliennes ont
été examinées, dans le gouvernement du Rio Negro,
par les astronomes Josè Joaquim Victorio da Costa,
Jozè Simoens de Carvalho, Francisco Jozè de Lacerda
et Antonio Luiz Pontes; dans le gouvernement du
Grand-Parà, surtout entre l'Araguari et le Calsoene
(Rio Carsewene? de la *Carte des côtes de la Guyane*
publiée par le Dépôt de la marine, en 1817), par
l'astronome Jozè Simoens de Carvalho et le colonel
dn génie Pedro Alexandrino de Souza. Les François
ont étendu long-temps leurs prétentions jusqu'au-delà
du Calsoene, près du cap Nord. Aujourd'hui la limite
se trouve reculée jusqu'à l'embouchure de l'Oyapok.
L'affluent principal de cette rivière, le Canopi et le Ta-
mouri qui est un affluent du Canopi, se rapprochent à
une lieue de distance (par les 2° 30' de lat.?) des sources du Maroni, ou plutôt d'une de ses branches, le
Rio Araoua, près du village des Indiens Aramichauns.
Comme les Portugais vouloient tracer la limite entre
les versans de l'Oyapok et de l'Araguari (Araouari), ils
ont fait examiner avec soin, par le colonel M. de Souza,
la latitude des sources de cette dernière rivière; ils l'ont
trouvée plus septentrionale que son embouchure, ce qui
auroit fait placer la frontière dans le parallèle du Calsoene. Le nom du Rio de Vicente Pinçon, devenu célè-

tirant du nord au sud une ligne par l'embouchure de la rivière des Tocantins, et en sui-

bre par de graves contestations diplomatiques, a disparu
sur les nouvelles cartes. D'après une ancienne carte
manuscrite portugaise que je possède, et qui offre les
côtes entre San Josè de Macapa et l'Oyapok, le Rio
Pinçon seroit identique avec le Calsoene. Je soupçonne
que les termes inintelligibles de l'article 8 du traité
d'Utrecht (« la ligne de la *Rivière Japoc ou Vicente
Pinçon* qui doit couvrir les possessions du Cap et du
Nord ») se fondent sur la dénomination de cap Nord
donnée quelquefois au cap Orange. (Voyez *Laet Orb.
nov.* 1633, p. 636.) M. de La Condamine, à la sagacité
duquel rien n'échappe, a déjà dit, dans la *Relation de
son Voyage à l'Amazone*, p. 199 : « Les Portugais ont
leurs raisons pour confondre la baie (?) de Vincent Pinçon, près de la bouche occidentale du Rio Arawari
(Araguari), lat. 2° 2', avec la rivière Oyapok, lat. 4° 15'.
La paix d'Utrecht en fait une même rivière. » Cette
latitude, 2° 2' rapprocheroit la rivière imaginaire de
Vincent Pinçon du Majacari et du Calsoene, mais l'éloi-
gneroit de près d'un degré de l'Araguari qui est lat. bor.
1° 15'. M. Arrowsmith, dont la carte offre d'excellens
matériaux pour l'embouchure de l'Amazone, place le
Rio de Vicente Pinçon au sud du Majacarè là où la Matario se perd dans une baie, vis-à-vis de laquelle est
située la petite île Tururi, lat. 1° 50'. Comme l'Araguari
communique avec le Matario et forme au nord-ouest
une espèce de delta autour des terrains inondés de Cara-

vant le cours de l'Araguay, 40 lieues à l'ouest de Villaboa, vers le point où le Rio Parana coupe le tropique du Capricorne, on divise le Brésil en deux parties. La plus occidentale comprend les capitaineries du Grand-Parà, du Rio Negro et de Matto Crosso ; elle est presque inhabitée, et n'offre d'établissemens européens que sur les bords des fleuves, sur le Rio Negro, le Rio Branco, l'Amazone et le Guaporè, qui est un confluent du Rio Madeira. Elle a 138,156 lieues carrées (de 20 au degré), tandis que la partie orientale, comprenant les capitaineries des côtes, Minas-Geraes et Goyaz, a 118,830 lieues carrées. Mes évaluations sont conformes à celles d'un géographe très-distingué, M. Adrien Balbi, qui compte 2,250,000 milles carrés d'Italie (250,000 l. c. marines) pour tout l'empire brésilien, en excluant, comme je l'ai fait, la Province Cisplatine et celle des Missions, à l'est de l'Uruguay. (*Essai statistique sur le Portugal*, T. II. p. 229).

ÉTATS-UNIS. J'avois déjà fait remarquer dans

paporis, il se peut que M. de La Condamine ait considéré la petite rivière qui débouche vis-à-vis de l'île Tururi comme la branche occidentale de l'Araguari.

un autre endroit (*Essai politique*, T. I, p. 153)
que la surface du territoire des États-Unis
étoit assez difficile à évaluer en lieues carrées
depuis l'acquisition de la Louisiane, dont les
limites, au nord et à l'ouest, sont restées long-
temps incertaines. Aujourd'hui ces limites se
trouvent fixées par la convention conclue à
Londres le 20 octobre 1818, et par le traité
des Florides, signé à Washington le 22 février
1819 : j'ai cru par conséquent pouvoir soumettre cette question à de nouvelles recherches. Je me suis livré à ce travail avec d'autant
plus de soin que la surface des États-Unis, depuis l'Océan atlantique jusqu'à la mer du Sud,
est évaluée par des auteurs très-récens à
125,400, à 137,800, à 157,500, à 173,400, à
205,500, et à 238,400 lieues marines carrées
de 20 au degré, et qu'au milieu de ces données
diverses dont les incertitudes s'élèvent à plus
de 100,000 lieues carrées, c'est-à-dire à six
fois l'*area* de la France, il me paroissoit impossible de choisir un résultat auquel on pourroit comparer les surfaces des nouveaux états
libres de l'Amérique espagnole. Quelquefois
un même auteur a donné à différentes époques
les évaluations les plus différentes du même

territoire en le supposant limité par les deux mers, par le cap Hatteras et le Rio Colombia, par les bouches du Mississipi et le lac des Bois. M. Melish a évalué les États-Unis, sur la carte de 1816, à 2,459,350 milles carrés (de 69,2 au degré), dont le seul territoire du Missouri 1,580,000. Dans ses *Travels through the United States of America*, 1818, p. 561, il s'arrête à 1,883,806 milles carrés, dont le territoire du Missouri 985,250. Plus tard encore dans le *Geographical description of the United States*, 1822, p. 17, il augmente de nouveau ce nombre jusqu'à 2,076,410 milles carrés. Ces fluctuations d'opinion sur l'étendue de la surface des États-Unis ne peuvent être attribuées aux diverses manières dont on trace les limites : la majeure partie des erreurs qui affectent l'*area* des territoires entre le Mississipi et les Montagnes Rocheuses, entre ces montagnes et les côtes de la Mer du Sud, tiennent à de simples erreurs de calculs. Je trouve, en prenant la moyenne de plusieurs évaluations sur les cartes d'Arrowsmith, de Melish, de Tardieu et de Brué :

I. A l'est du Mississipi............... 77,684 l. m. c.
ou 930,000 *square miles.*

   α.) Partie atlantique à l'est des
      Alleghanis............ 27,064
      ou 324,000 *square miles.*
      On a prolongé la chaîne
      des Alleghanis, au nord
      vers Plattsbourg et Mont-
      real, au sud, en suivant
      l'Apalachicola; de sorte
      que la majeure partie de
      la Floride appartient à
      cette partie atlantique.

   β.) Entre les Alleghanis et le
      Mississipi............. 50,620
      ou 606,000 *square miles.*

II. A l'ouest du Mississipi............ 96,622
ou 1,156,800 *square miles.*

   α.) Entre le Mississipi et les
      Montagnes Rocheuses, y
      compris les lacs........ 72,531
      ou 868,400 *square miles.*

   β.) Entre les Montagnes Ro-
      cheuses et les côtes de la
      Mer du Sud, en prenant
      pour limites australes et

       A reporter....... 150,215

De l'autre part.... 150,215
boréales les parallèles de
42° et 49° (Territoire de
l'Ouest)............... 24,091
ou 288,400 *square miles.*

Territoire des États-Unis, entre
les deux Océans, 2,086,800 *squa-*
re miles, ou................. 174,306 l. m. c.
de 20 au deg.

Tout le territoire des États-Unis, depuis
l'Océan-Atlantique jusqu'à la Mer du Sud, est
par conséquent un peu plus grand que l'Europe, à l'ouest de la Russie. La partie atlantique seule peut être comparée à l'Espagne
réunie à la France; la partie entre les Alleghanis et le Mississipi à l'Espagne réunie au Portugal, à la France et à l'Allemagne; la partie
à l'ouest du Mississipi, à l'Espagne réunie à
la France, à l'Allemagne, à l'Italie et aux
royaumes Scandinaves. Le Mississipi divise
par conséquent les États-Unis en deux grandes
portions, dont la première ou l'orientale, qui
avance rapidement en culture et en civilisation, a l'*area* du Mexique; l'autre, l'occidentale, presque entièrement sauvage et dépeuplée, l'*area* de la république de Colombia.

16 *

Dans les recherches statistiques qu'on a faites sur plusieurs pays de l'Europe, on a tiré des conséquences importantes de la comparaison de la *population relative* qu'offrent les provinces maritimes et les provinces de l'intérieur. En Espagne [1], ces rapports de population sont comme 9 à 5; dans les *Provinces-Unies de Venezuela*, surtout dans l'ancienne *Capitania general* de Caracas, ils sont comme 35 : 1. Quelque puissante que soit l'influence du commerce sur la prospérité des états et sur le développement intellectuel des peuples, on auroit tort d'attribuer, en Amérique comme en Europe, à cette seule cause, les différences que nous venons d'indiquer. En Espagne et en Italie, si l'on en excepte les plaines fertiles de la Lombardie, les régions de l'intérieur sont arides, remplies de montagnes ou élevées en forme de plateaux : les circonstances météorologiques dont dépend la fécondité du sol ne sont pas identiques dans la zone littorale et dans les provinces du centre. En Amérique, la colonisation a commencé généralement par

[1] *Antillon, Geografia astronomica, natural y politica*, 1815, p. 145.

les côtes, et n'avance que lentement vers l'intérieur : telle est sa marche progressive au
Brésil et dans le Venezuela. Ce n'est que lorsque les côtes sont malsaines comme au Mexique et dans la Nouvelle-Grenade, ou sablonneuses et sans pluie comme au Pérou,
que la population s'est concentrée sur les
montagnes et sur les plateaux de l'intérieur.
Ces circonstances locales et bien d'autres encore ont été trop souvent négligées dans les
discussions sur le sort futur des colonies espagnoles ; elles donnent un caractère particulier à quelques-uns de ces pays dont les analogies de l'état physique et moral sont moins
frappantes qu'on ne le croit communément.
Considérés sous le rapport de la *distribution
de la population*, les deux territoires que l'on
a réunis dans un seul corps politique, la Nouvelle-Grenade et le Venezuela, offrent l'oppo-
sition la plus complète. Leurs capitales (et là
position des capitales annonce toujours dans
quelle zone la population s'est le plus concentrée) sont placées à des distances tellement inégales des côtes commerçantes de la Mer des
Antilles, que, pour se trouver sous le même
parallèle avec Santa-Fe de Bogota, la ville de

Caracas devroit être transplantée vers le sud,
au confluent de l'Orénoque avec le Guaviare,
là où est située la mission de San Fernando
de Atabapo.

La république de Colombia est, avec le
Mexique et le Guatimala, le seul État de l'Amérique espagnole [1] qui occupe à la fois les côtes
opposées à l'Europe et à l'Asie. Du cap Paria
à l'extrémité occidentale de la province de
Veragua, il y a 400 lieues marines ; du cap
Burica à l'embouchure du Rio Tumbez, il y
en a 260. Le littoral que possède la république
de Colombia sur la mer des Antilles et sur
l'Océan-Pacifique, égale par conséquent en
longueur le développement des côtes depuis
Cadix jusqu'à Dantzick ou depuis Ceuta jusqu'à Jaffa. A cette inappréciable ressource
pour l'industrie nationale se joint une autre
dont l'importance n'a pas été suffisamment reconnue jusqu'ici. L'isthme de Panama fait
partie du territoire de Colombia : si cette
langue de terre étoit traversée par de belles

---

[1] L'ancienne vice-royauté de Buénos-Ayres s'éten-
doit aussi, il est vrai, sur une petite portion des côtes
de la Mer du Sud ; mais nous avons vu plus haut (p. 229
et 230) combien cette portion est déserte.

routes et peuplée de chameaux, elle pourroit servir de *portage* au commerce du monde, lors même que ni les plaines de Cupica, ni la baie de Mandinga, ni le Rio Chagre n'offriroient la possibilité d'un canal propre à faire passer des navires qui vont d'Europe en Chine, ou des États-Unis à la côte nord-ouest de l'Amérique.

En examinant dans le cours de cet ouvrage l'influence qu'exerce, sous toutes les zones, la configuration des pays (c'est-à-dire leur relief et la forme de leurs côtes) sur les progrès de la civilisation et les destinées des peuples, j'ai souvent exposé les désavantages que présentent ces grandes masses de continens triangulaires qui, comme l'Afrique et la majeure partie de l'Amérique du Sud, sont dépourvus de golfes et de mers intérieures. On ne sauroit révoquer en doute que l'existence de la Méditerranée a été intimement liée à la première lueur de la culture humaine chez les peuples de l'occident, et que la *forme articulée* des terres, la fréquence de leurs étranglemens, l'enchaînement des péninsules, ont favorisé la culture de la Grèce, de l'Italie, et peut-être de l'Europe entière, à l'ouest du

méridien de la Propontide. Dans le Nouveau-
Monde, la non interruption des côtes et la
monotonie de leur prolongement rectiligne
sont surtout frappantes au Chili et au Pérou.
Le littoral de Colombia offre quelques formes
plus variées, des golfes spacieux qui, comme
ceux de Paria, de Cariaco, de Maracaybo et du
Darien, étoient déjà, à l'époque de la première
découverte, mieux peuplés que le reste, et vi-
vifioient l'échange des productions. Ce même
littoral (et c'est là un avantage incalculable)
est baigné par la mer des Antilles, espèce de
mer intérieure à plusieurs issues, la seule
qu'offre le Nouveau-Continent. Ce bassin,
dont les rivages opposés appartiennent aux
États-Unis et à la république de Colombia, au
Mexique et à quelques puissances maritimes
de l'Europe, donne lieu à un système de commerce particulier et entièrement américain.
Le sud-est de l'Asie avec son archipel voisin,
le golfe arabique et l'état de la Méditerranée,
du temps des colonies phéniciennes et grec-
ques, ont prouvé de quelle heureuse influence
pour l'industrie commerciale et pour la culture intellectuelle des peuples est ce rappro-
chement de côtes opposées qui n'ont pas les

mêmes productions, et qui sont habitées par des nations de races diverses. L'importance de la mer intérieure des Antilles, que le Venezuela borde vers le sud, sera augmentée encore par l'accroissement progressif de la population sur les rives du Mississipi : car ce fleuve, le Rio del Norte et le Magdalena sont les seuls grands fleuves navigables que reçoit le bassin des Antilles. La profondeur des rivières de l'Amérique, leurs merveilleux embranchémens et l'emploi des bateaux à vapeur facilité par la proximité des forêts, compenseront jusqu'à un certain point les obstacles que la direction uniforme des côtes et la configuration générale du continent opposent au développement de la civilisation.

En comparant, d'après les tableaux que nous avons présentés plus haut, l'étendue du sol et la population absolue, nous obtiendrions le rapport de ces deux élémens de la prospérité publique, rapport qui constitue la *population relative* de chaque État du Nouveau-Monde. Nous trouverions, par lieue marine carrée, au Mexique, 90 ; aux États-Unis, 58 ; dans la république de Colombia, 30 ; au Brésil, 15 habitans, quand la Russie asiatique en offre 11 ;

tout l'empire russe, 87 ; la Suède avec la Norwège, 90 ; la Russie ¹ européenne, 320; l'Espagne, 763, et la France, 1778. Mais ces éva-

¹ L'*area* de la Russie européenne, sans la Finlande
et le grand-duché de Varsovie, étoit, en 1805, d'après
les tables statistiques de M. Hassel (*Umriss der Europ.
Staaten*, Tom. I, p. 10), de 138,000 l. c. de 20 au degré, avec 36,400,000 ames de population; l'*area* de
toute la monarchie russe étoit, en 1805, d'après les
mêmes tables, de 603,160 l. c., avec 40 millions de population. Ces évaluations ne donneroient que 264 et
66 habitans par lieue carrée. En supposant, avec
M. Balbi (*voyez* ses intéressantes recherches sur la population de la Russie, dans le *Compendio di Geografia universale*, p. 143 et 163, et *Essai statistique sur
le Portugal*, Tom. II, p. 253), l'*area* de la Russie européenne avec la Finlande et le royaume de Pologne, de
169,400 l. c.; l'*area* de toute la monarchie russe en
Europe et en Asie, de 686,000 l. c., et les populations
absolues, en 1822, de 48 et de 54 millions, on trouve
283 et 78 habitans par lieue carrée. D'après les recherches que j'ai faites récemment sur l'*area* de la Russie,
je m'arrête, pour l'empire entier, y compris la Finlande et la Pologne, à 616,000 l. c.; pour la partie européenne, y compris les anciens royaumes de Kasan et
d'Astrakhan, à l'exception du gouvernement de Perme,
à 150,400 l. c., ce qui donne les *populations relatives*
de 320 et 87 énoncées dans le texte. *Voyez* aussi *Gas-
pari, Vollst. Handb. der Erdb.* B. XII, p. 210.

luations de population relative appliquées à des pays d'une étendue immense et dont une grande partie est entièrement dépeuplée, n'offrent que des abstractions mathématiques peu instructives. Dans des pays uniformément cultivés, en France [1], par exemple, le nombre des habitans, sur une lieue carrée, calculé par département, n'est généralement que du tiers plus grand ou plus petit que la popula-

---

[1] L'*area* de la France (non compris la Corse) a été évaluée, en 1817, par la Direction du Cadastre, à 51,910,062 hectares, ou 5190 myriamètres carrés, ou 26,278 lieues communes carrées de 25 au degré. M. Coquebert de Monbret compte, pour la Corse, 442 l. c. communes; la France avec la Corse a par conséquent aujourd'hui 26,720 lieues carrées communes, ou 17,101 l. c. marines (de 20 au degré). La population ayant été, en 1820, de 30,407,907, on trouve 1778 habitans par lieue carrée marine. La grandeur moyenne d'un département de la France est de 198 l. c. marines; la population moyenne est de 353,600. Le nombre des habitans par lieue carrée est, pour la majeure partie des départemens, 1000, 1200, 2400 et 2600. En prenant des moyennes pour les 5 départemens et gouvernemens les plus peuplés et les moins peuplés de la France et de la Russie, on obtient la proportion des *minima* et des *maxima* de population relative dans le premier de ces pays = 1 : 3,7; dans le second = 1 : 11,2.

tion relative de la somme de tous les départemens. Même en Espagne, les oscillations autour de la moyenne ne s'élèvent, à peu d'exceptions près, que de la moitié au double [1]. En Amérique, au contraire, il n'y a que les seuls États atlantiques (de la Caroline du Sud à New-Hampshire) dont la population commence à se répandre avec quelque uniformité. Dans cette partie, la plus civilisée du Nouveau-Monde, on compte, par lieue carrée, de 130 à 900 habitans, tandis que la population relative de tous les États atlantiques, considérés en masse, est de 240. Les extrêmes (la Caroline du Nord et le Massachusets) ne sont que dans le rapport de 1 : 7, presque comme en France [2] où les extrêmes (dans les départemens des

[1] *Antillon*, *Geografía*, p. 141.

[2] Dans la France continentale, en en exceptant la Corse; car l'ancien département du Liamone est encore moins peuplé que celui des Hautes-Alpes. Le département du Nord avoit, sur 178 lieues carrées (de 20 au degré), en 1804, une population de 774,500; en 1820, de 904,500. Le département des Hautes-Alpes avoit, sur 160 lieues carrées, en 1804, une population de 118,322; en 1820, de 121,400. Il y a donc dans ces deux départemens, par lieue carrée marine, 5082 et 758 habitans.

Hautes-Alpes et du Nord) sont aussi dans le rapport de 1 : 6,7. Les oscillations autour de la moyenne que, dans les pays civilisés d'Europe [1], on trouve généralement restreintes à des limites assez étroites, dépassent pour ainsi dire toute espèce de mesure au Brésil,

---

[1] *L'Europe*, limitée par le Jaik, les montagnes de l'Oural et le Kara, a 304,700 lieues carrées marines. En supposant 195 millions d'habitans, on trouve une population relative de 639 par lieue carrée, un peu moindre que celle du département des Hautes-Alpes, et un peu plus grande que celles des provinces intérieures de l'Espagne. En comparant cette *moyenne totale* de 639 aux *moyennes partielles* des pays européens qui n'ont pas moins de 600 lieues carrées, on obtient, en excluant seulement la Laponie et quatre gouvernemens de la Russie (Archangel, Olonez, Wologda et Astrakhan), pour les régions les plus désertes de l'Europe, 160; pour les plus peuplées, 2400 ames par lieue carrée. Ces nombres donnent le rapport des extrêmes = 1 : 15. *L'Amérique* a, d'après mes derniers calculs, depuis le Cap Horn jusqu'au 68° de lat. bor. (y compris les îles Antilles), 1,184,800 lieues carrées marines ; et, en évaluant sa population, comme nous l'avons fait plus haut, à 34,284,000, on obtient à peine 29 habitans par lieue carrée. Or, pour trouver une surface continue de 600 l. c., qui en même temps soit la plus peuplée de toute l'Amérique, il faut avoir recours soit au plateau du Mexique, soit à une partie de la Nouvelle-Angleterre, où trois États contigus, le

dans les colonies espagnoles, et même dans la
confédération des États-Unis, si on considère
cette dernière dans son étendue totale. Au
Mexique, nous trouvons quelques intendances
(la Sonora et Durango) qui ont 9 à 15 habitans

Massachusets, Rhode-Island et Connecticut, offroient,
en 1820, sur 12,504 milles carrés anglois, une population absolue de 881,594, par conséquent près de 840
ames par lieue carrée marine. Parmi les îles Antilles
dont la population est très-concentrée, on ne pourroit
choisir que les Grandes-Antilles; car les Petites-Antilles (ou îles Caribes de l'est), depuis Culebra et Saint-
Thomas jusqu'à la Trinité, n'ont toutes ensemble que
387 l. c. La Jamaïque a presque la même population
relative que les trois États de la Nouvelle-Angleterre
que nous venons de citer, mais son *area* n'atteint pas
500 l. c. Saint-Domingue (Haïti), qui est cinq fois plus
grand que la Jamaïque, n'a que 266 habitans par lieue
carrée. Sa population relative atteint à peine celle de
l'État de New-Hampshire. Je ne hasarderai pas d'indiquer la fraction que l'on peut supposer comme *minimum* de la population relative du Nouveau-Monde, par
exemple dans les savanes entre le Meta et le Guaviare,
ou dans la Guyane espagnole, entre l'Esmeralda, le Rio
Erevato et le Rio Caura, ou enfin dans l'Amérique septentrionale, entre les sources du Missoury et le lac des
Esclaves. Il est probable que le rapport des extrêmes
trouvé en Europe, comme 1 : 15, est dans le Nouveau-
Monde, même en excluant les Llanos ou Pampas, pour
le moins comme 1 : 8000.

par lieue carrée, tandis que d'autres, sur le
plateau central, en ont plus de 500. La population relative des pays situés entre la rive
orientale du Mississipi et les États atlantiques
est à peine de 47, quand celle du Connecticut, de Rhode-Island et du Massachusets est
de plus de 800. A l'ouest du Mississipi, comme
dans l'intérieur de la Guyane espagnole, il n'y
a pas deux habitans par lieue carrée sur des
espaces plus grands que la Suisse ou la Bel-
gique. Il en est de ces contrées comme de
l'empire russe dans lequel la population relative de quelques gouvernemens asiatiques
(Irkutzk et Tobolsk) est à celle des parties
européennes les mieux cultivées, dans le
rapport de 1 : 500.

Les différences énormes que présente, dans
des pays de nouvelle culture, le rapport entre
l'étendue territoriale et le nombre des habitans, rendent nécessaires les évaluations partielles. Lorsqu'on apprend que la Nouvelle-
Espagne et les États-Unis, en considérant l'ensemble de leur étendue de 75,000 et 174,000
lieues carrées marines, offrent 90 et 58 habitans par lieue carrée, on ne se fait point une
idée précise de la distribution de la population

dont dépend la force politique des peuples,
pas plus qu'on ne se feroit une notion claire
du climat d'un pays, c'est-à-dire de la répartition de la chaleur entre les différentes saisons,
par la seule connoissance de la température
moyenne de l'année entière [1]. Si l'on dé-

---

[1] Je m'éloignerois trop de mon sujet si je poussois
cette comparaison assez loin pour discuter jusqu'à quel
point les *moyennes totales* peuvent nous éclairer sur le
mode de répartition, soit de la température, soit de la
population d'un pays. J'ai tâché de prouver, dans un
autre endroit (*Des lignes isothermes*, p. 62 et 71) que,
dans le *système des climats européens*, la température
moyenne des hivers ne commence à être au-dessous du
point de la congélation, que là où la température
moyenne de l'année entière s'abaisse à moins de 10°
du thermomètre centigrade. Plus les températures
moyennes annuelles sont petites, plus est grande la
différence entre les températures de l'hiver et de l'été.
De même la très-foible population relative d'un pays,
qui est d'une étendue très-considérable, indique assez
généralement cet état de culture naissante qui est la
cause d'une grande inégalité dans la répartition de la
population. Les climats que Buffon, avec la propriété
d'expression qui caractérise son style, a nommé des
climats excessifs (les climats de l'intérieur des continens où des hivers très-rudes succèdent à des étés très-
chauds), correspondent, pour ainsi dire, aux populations inégalement accumulées; et deux phénomènes

pouilloit les États-Unis de toutes leurs possessions à l'ouest du Mississipi, leur population
seroit, au lieu de 58, de 121 par liéue carrée,
par conséquent beaucoup plus grande que celle
de la Nouvelle-Espagne : en ôtant à ce dernier
pays les *Provincias internas* (au nord et au
nord-est de la Nueva-Galicia, on trouveroit,
au lieu de 90 ames, 190 par lieue carrée.

Voici les données partielles pour le Venezuela et la Nouvelle-Grenade, d'après les
nombres que nous avons lieu de croire les
plus exacts :

RÉPUBLIQUE DE COLOMBIA . . . . 30 par l. mar. car.
   Six fois plus grande que l'Espagne,
     à peu près d'une égale étendue que
     les États-Unis à l'ouest du Missis-
     sipi. *Area* : 91,950 l. c. Popula-
     tion absolue : 2,785,000.

A. *Nouvelle-Grenade* (avec la province de Quito. 34
   Pas tout-à-fait quatre fois grande
   comme l'Espagne. *Area:* 58,250 l.c.
   Population absolue : 2 millions.

d'une nature entièrement différente offrent, en les
considérant comme de simples valeurs quantitatives,
des analogies très-remarquables.

Relat. hist., *Tom.* 9.

B. *Le Venezuela* ou ancienne *Capitania general* de Caracas...,.. 23
Plus de deux fois grande comme
l'Espagne, d'une étendue presque
égale aux *États atlantiques* de l'A-
mérique du Nord. *Area* : 33,700

l. c. Population absolue : 785,000.

α. *Cumana et Barcelone*....... 37
Area : 3,515 l. c. Population
absolue : 128,000.

β. *Caracas* (avec Coro)........ 81
Area : 5,140 l. c. Population
absolue : 420,000.

γ. *Maracaybo* (avec Merida et
Truxillo)............... 40
Area : 3,548 l. c. Population
absolue : 140,000.

δ. *Varinas*.................. 28
Area : 2,678 l. c. Population
absolue : 75,000.

ε. *Guayana* (Guyane espagnole). 2
Area : 18,793. Population absolue : 40,000.

Il résulte de cet aperçu que les provinces de
Caracas, Maracaybo, Cumana et Barcelone,
c'est-à-dire les provinces maritimes du nord,

sont les mieux peuplées de l'ancienne *Capitania general*, mais, en comparant cette population relative à celle de la Nouvelle-Espagne
où les deux seules intendances de Mexico et
de Puebla, sur une étendue à peine égale à
l'*area* de la province de Caracas, offrent une
population absolue qui excède celle de toute
la république de Colombia, nous voyons que
des intendances mexicaines qui, sous le rapport de la concentration de la culture, n'oc-
cupent que le 7ᵉ ou 8ᵉ rang (Zacatecas et Gua-
dalaxara), comptent plus d'habitans par l. c.
que la province de Caracas. La moyenne de
la population relative de Cumana, Barcelone,
Caracas et Maracaybo, est 56; or, comme
6200 lieues carrées, c'est-à-dire la moitié
de l'étendue de ces quatre provinces, sont
des steppes [1] *(Llanos)* presque désertes, on

[1] L'*area* des steppes de ces quatre provinces est de
6219 lieues carrées de 20 au degré. Voici des données
propres à faire juger de l'état agricole de ces régions
dans lesquelles les steppes opposent de grands obstacles
aux progrès rapides de la population (Chap. xxv,
p. 72-80.)

Province de *Cumana* :

17 *

trouve, en décomptant l'*area* et la foible population des steppes, 102 habitans par l. c.

Partie montueuse de Caripe et Cordillères du
    littoral...................... 393 l. c.
Llanos ou savanes.............. 1558
    dont le delta marécageux de l'Oré-
    noqué 652 l. c.

                         ——————
                         1951

Province de *Barcelone* :
Partie un peu montueuse et forêts
    vers le nord.................. 223
Llanos 1341
                         ——————
                         1564

Province de *Caracas* :
Partie montueuse.............. 1820
Llanos, en y comprenant Carora et
    Monai...................... 3320
                         ——————
                         5140

Ces calculs me donnent 6219 l. c. de steppes ou savanes,
dont 130 à l'ouest du Rio Portuguesa. Or les *Llanos*
de Varinas, entre cette rivière, l'Apure et les montagnes de Pamplona, de Merida et du Paramo de las Rosas, ont 1664 l. c.; il en résulte que l'immense bassin
des *Llanos* compris entre la Sierra Nevada de Merida,
le delta des *bocas chicas* habité par les Indiens Gua-

Une modification analogue donne à la seule province de Caracas une population relative de 208, c'est-à-dire seulement de $\frac{1}{7}$ moindre que celle des *États atlantiques* de l'Amérique du Nord.

Comme dans toutes les matières d'économie politique, les données numériques ne deviennent instructives que par la comparaison avec des faits analogues, j'ai examiné avec soin ce que, dans l'état actuel des deux continens, on peut considérer, comme une population relative petite ou très-médiocre en Europe, et comme une population relative très-grande en Amérique. Je n'ai encore choisi des exemples que parmi des provinces qui ont au-delà de 600 lieues carrées de surface continue, pour exclure les *accumulations accidentelles* de population que l'on trouve autour des grandes villes, par exemple sur les côtes du Brésil, dans la vallée de Mexico, sur les

raons, et les rives septentrionales de l'Apure et de l'Orénoque, présente un *area* de 7753 lieues carrées égale à la moitié de l'étendue de l'Espagne. La population actuelle des savanes de Caracas, de Barcelone et de Cumana paroît s'élever, à cause de quelques villes populeuses qui s'y trouvent éparses, à plus de 70,000

plateaux de Santa-Fe de Bogota et du Cuzco,
ou enfin dans l'archipel des Petites Antilles
(la Barbade, la Martinique et Saint-Thomas),
dont la population relative est de 3000 à 4700
habitans par lieue carrée, et égale par conséquent celles des parties les plus fertiles de la
Hollande, de la France et de la Lombardie.

Minimum d'Europe.	Maximum d'Amérique.
Les 4 gouverne-mens les moins peuplés de la Russie europ. :	La partie cen-trale des inten-dances de Me-xico et Puebla[1],

[1] Y a-t-il une partie des États-Unis de 600 à 1000 l. c.,
dont la population relative excède le *maximum* de la
Nouvelle-Espagne, qui est de 1300 habitans par lieue
marine carrée, ou de 109 par mille carré, de 69,2 au
degré? La population relative du Massachusets, qui
est de 75,5 par mille carré et que l'on regarde comme
très-grande, m'en a fait douter jusqu'ici. Pour examiner cette question, il faudroit pouvoir comparer
l'*area* d'un certain nombre de comtés limitrophes aux
registres de population publiés par le Congrès de Washington. La population relative des États de New-York,
de Pensylvanie et de Virginie ne paroissent si petites
(de 240, de 204 et de 168 par lieue carrée marine) que,
parce qu'en répartissant uniformément la population
sur toute l'étendue du territoire, il faut tenir compte
des régions en partie désertes que chaque État pos-

Archangel. . .   10 par l. c.

Olonez.   42

Wologda et As-
trakhan. . . .   52

La Finlande. .   106

La province la
moins peuplée
de l'*Espagne*,
celle de Cuen-
ca.   311

Le duché de *Lu-
nebourg* (à cau-
se des bruyè-
res).   550

Le département
de la *France*
continentale le
moins peuplé
(Haut.-Alpes).   758

Départemens de
la *France* médio-
crement peu-
plés (ceux de
la Creuse, du
Var et de l'Au-
de)   1300

au-dessus de. . 1,300 par l. c

Dans les *États-
Unis*, le Massa-
chusets , mais
n'ayant que 522
l. c. de surface.   900

Massachusets,
Rhode-Island et
Connecticut en-
semble.   840

Toute l'inten-
dance de la *Pue-
bla*.   540

Toute l'inten-
dance de *Me-
xico*   460

Ces deux inten-
dances mexi-
caines ont en-
semble près du
tiers de l'éten-
due de la Fran-
ce , et assez de
population (en
1823 près de
2,800,000 am.)
pour que les vil-
les de Mexico
et de Puebla
ne puissent in-

sède, à l'ouest des Alleghanis, régions qui influent sur
la moyenne totale presque à la manière des *Llanos* de
Caracas et de Cumana. Des 11,000 l. c. que renferme
l'Égypte, il n'y en a, d'après M. Jomard, que 1408
d'habitées.

fluer sensible-ment sur les populations relatives.	
Partie septentrionale de la province de *Caracas* (sans les Llanos)	208

Ce tableau nous apprend que les parties,
que l'on regarde aujourd'hui comme les plus
peuplées de l'Amérique, excèdent la population relative du royaume de Navare, de la
Galice et des Asturies [1] qui, de toute l'Espagne, après le Guipuscoa et le royaume de
Valence, comptent le plus d'habitans par lieue
carrée : cependant ce *maximum* de l'Amérique est au-dessous de la population relative
de la France entière (1778 par l. c.), et ne
seroit regardée, dans ce dernier pays, que

[1] Par lieue marine carrée, on trouve : au royaume
de Valencia, 1860; dans le Guipuscoa, 2009; mais
cette dernière province, n'ayant que 52 l. c., doit être
exclue, d'après les principes que j'ai adoptés dans ce
genre de recherches. La Galice a une population absolue de 1,400,000; le royaume de Valence qui n'a que
la moitié de l'*area* de la Galice, 1,200,000 habitans.

comme une population très-médiocre. Si de
toute la surface de l'Amérique nous reportons
notre vue sur l'objet qui nous occupe spé-
cialement dans ce chapitre, sur la *Capitania
general* de Venezuela, nous trouvons que la
plus peuplée de ses divisions, la province de
Caracas, considérée dans son ensemble, sans
en exclure les *Llanos*, n'a encore que la population relative du Tennesée, et que cette
même province, en en excluant les *Llanos*,
offre dans sa partie septentrionale, sur plus
de 1800 lieues carrées, la population relative
de la Caroline du Sud. Ces 1800 lieues carrées, centre de l'industrie agricole, sont deux
fois plus habitées que la Finlande; mais elles
le sont encore d'un tiers de moins que la province de Cuenca, la plus dépeuplée de toute
l'Espagne. On ne peut s'arrêter à ce résultat
sans se livrer à des sentimens pénibles. Tel
est l'état dans lequel la politique coloniale et
la déraison de l'administration publique ont
laissé, depuis trois siècles, un pays dont les
richesses naturelles rivalisent avec tout ce
qu'il y a de merveilleux sur la terre, que,
pour en trouver un qui soit également désert,

il faut porter ses regards soit vers les régions
glacées du nord, soit à l'ouest des Monts-Alle-
ghanis, vers les forêts du Tennesée, où les
premiers défrichemens n'ont commencé que
depuis un demi-siècle !

La partie la plus cultivée de la province de
Caracas, le bassin du lac de Valencia, appelé
vulgairement *los Valles de Aragua*[1], comp-
toient, en 1810, près de 2000 habitans par
lieue carrée; or, en ne supposant qu'une population relative quatre fois plus petite, et en décomptant de la surface de la *Capitania generale*
près de 24,000 l. c. comme occupées par les
Llanos et par les forêts de la Guyane et comme
opposant de grands obstacles aux travaux
agricoles, on obtiendroit encore, pour les
9700 l. c. restantes, une population de 6 millions. Ceux qui, comme moi, ont vécu long-
temps sous le beau ciel des tropiques, ne
trouveront rien d'exagéré dans ces calculs :
car je ne suppose, pour la portion la plus facile
à soumettre à la culture, qu'une population

---

[1] Ces vallées n'ont pas 30 l. c. de surface. *Voyez*
Tom. V, p. 142, 143.

relative égale à celle qui existe dans les intendances de Puebla et de Mexico [1], intendances
remplies de montagnes arides et s'étendant
vers les côtes de la mer du Sud sur des régions presque entièrement désertes. Si un jour
les territoires de Cumana, de Barcelone, de
Caracas, de Maracaybo, de Varinas et de la
Guyane ont le bonheur de jouir, comme états
confédérés, de bonnes institutions provinciales
et municipales, il ne faudra pas un siècle et
demi pour qu'ils atteignent une population de
6 millions d'habitans. Même avec 9 millions,
le Venezuela ou la partie orientale de la *République de Colombia* n'auroit pas encore une
population plus considérable que la Vieille-
Espagne; et comment douter que la partie de
ce pays, la plus fertile et la plus facile à cul-
tiver, c'est-à-dire les 10,000 lieues carrées
qui restent lorsqu'on décompte les savanes
(Llanos) et les forêts presque impénétrables
entre l'Orénoque et le Cassiquiare, ne puissent,
sous le beau ciel des tropiques, nourrir autant
d'habitans que 10,000 l. c. de l'Estramadure,

---

[1] Ces deux intendances ont cependant ensemble
aussi 5520 l. c. d'étendue, et une population relative de
508 d'habitans par lieue carrée marine.

des Castilles et d'autres provinces du plateau
de l'Espagne ! Ces prédictions n'ont rien de
hasardé, en tant qu'elles se fondent sur des
analogies physiques, sur les forces produc-
trices du sol; mais, pour se livrer à l'espoir
qu'elles soient réellement accomplies, il faut
pouvoir compter sur un autre élément moins
aisé à soumettre au calcul, sur cette sagesse
des peuples qui calment les passions haineuses,
étouffe le germe de la discorde civile et donne
de la durée à des institutions libres et fortes.

Productions. — Lorsqu'on embrasse d'un
coup d'œil le sol du Venezuela et de la Nouvelle-Grenade, on reconnoît qu'aucun autre
pays de l'Amérique espagnole ne fournit au
commerce une telle variété et une telle richesse
de productions du règne végétal. En ajoutant
les récoltes de la province de Caracas à celles
de Guayaquil, on trouve que la République
de Colombia offre à elle seule presque tout le
cacao dont l'Europe a besoin annuellement.
C'est cette même union du Venezuela et de la
Nouvelle-Grenade qui a placé entre les mains
d'un seul peuple la majeure partie du quinquina
qu'exporte le Nouveau-Continent. Les monta-

gnes tempérées de Merida, de Santa-Fe, de Popayan, de Quito et de Loxa produisent les plus belles qualités de l'écorce fébrifuge que l'on connoisse jusqu'à ce jour. Je pourrois agrandir la liste de ces productions précieuses par le café et l'indigo de Caracas, qui sont depuis long-temps célèbres dans le commerce, par le sucre, le coton, les farines de Bogota, l'ipécacuanha des rives de la Madeleine, le tabac de Varinas, le *Cortex Angosturæ* de Carony, le baume des plaines de Tolu, les cuirs et les viandes sèches des *Llanos*, les perles de Panama, du Rio Hacha et de la Marguerite, enfin par l'or de Popayan et par le platine qui ne se trouve en abondance nulle autre part qu'au Choco et à Barbacoas : mais, d'après le plan que j'ai adopté, je dois me restreindre à l'ancienne *Capitania general* de Caracas. J'ai traité, dans les chapitres précédens, de chaque culture en particulier; il ne me reste donc qu'à rappeler ici succinctement les données statistiques qui se rapportent à l'époque paisible qui a précédé immédiatement les agitations politiques de ce pays.

Cacao. Production totale, 193,000 *fanega*

à 110 livres espagnoles, dont tout le Venezuela exporte (en y comprenant la voie du commerce illicite) 145,000 *fanegas*. Valeur totale, plus de 5 millions de piastres fortes. Nombre des arbres en 1814, près de 16 millions. C'est le cacao qui a donné jadis le plus de célébrité à cette partie de la Terre-Ferme; la culture en diminue à mesure que celles du café, du coton et du sucre augmentent; elle marche progressivement de l'ouest à l'est. Le cacao n'est pas seulement important comme objet de commerce extérieur, il l'est aussi comme nourriture du peuple. La consommation intérieure augmentera par conséquent avec la population, et il faut espérer que les propriétaires des cacaoyères trouveront bientôt de nouveaux encouragemens dans l'accroissement de la prospérité nationale. (*Voyez*, Vol. III, p. 240-244; Vol. V, p. 281-302.) Le cacao des provinces de Caracas, de Barcelone et de Cumana, dont les plus célèbres qualités sont celles d'Uritucu (près San Sébastian), de Capiriqual et de San-Bonifacio, est de beaucoup supérieur au cacao de Guayaquil : il ne le cède qu'à celui de Soconusco (*Juarros*, *Compendio de la hist. de Guatemala*, 1818, Tom. II, p. 77)

et de Gualan, près d'Omoa, qui n'entre presque pas dans le commerce d'Europe.

Café. Les petits plateaux de 250 à 400 toises
de hauteur qu'offrent fréquemment les provinces de Caracas et de Cumana (dans les Cordillères du littoral et de Caripe), offrent des
sites tempérés et extrêmement favorables à
cette culture. Lorsqu'elle ne datoit encore
que de 28 ans, en 1812, la production s'élevoit déjà à près de 60,000 quintaux. (*Voyez*,
sur la consommation du café en Europe,
Tom. V, p. 79 et siuv.

Coton. Celui des vallées d'Aragua, de Maracaybo et du golfe de Cariaco est d'une très-
belle qualité; mais l'exportation moyenne
n'étoit encore, en 1809, que de $2\frac{1}{2}$ millions de
livres. (Vol. III, p. 86, 127, 128, 240; Vol. V,
p. 149-152, et *Urquinaona, Relacion doc. de
la Rev. de Venezuela*, 1820, p. 31.)

Sucre. On en trouvoit, au commencement
de ce siècle, de belles plantations dans les
vallées d'Aragua et du Tuy, près de Guatire
et du Caurimare; mais l'exportation étoit à peu

près nulle. (Vol. V, p. 100-104, et 215-221.)
J'ai, dans le cours de cet ouvrage, souvent
fixé l'attention du lecteur sur la prépondérance que la culture des productions coloniales dans le continent de l'Amérique espagnole va acquérir progressivement sur les
cultures des îles Antilles de peu d'étendue.

Indigo. Cette culture, extrêmement importante, de 1787 à 1798, a diminué bien plus
que celle du cacao. Elle ne se soutient avan-
tageusement que dans la province de Vàrinas
(par exemple, entre Mijagual et Vega de
Flores) et sur les bords du Tachira. La caleur
de l'indigo de Caracas s'élevoit, dans les temps
les plus prospères, à 1,200,000 piastres. L'exportation étoit, en 1794, à la Guayra, de
900,000 livres; en 1809, de 7000 *zurrones.*
(Vol. III, p. 78-82; V, p. 144, 145, 228.)

Tabac. Le tabac du Venezuela est non-seulement de beaucoup supérieur à celui de Virginie, il ne le cède en qualité qu'au tabac de
l'île de Cuba et du Rio Negro. L'établissement
de la *ferme royale*, en 1777, a empêché le
développement de cette branche qui pourroit

être si importante pour le commerce de Varinas, des vallées d'Aragua et de Cumanacoa.
Produit total de la vente du tabac au commencement du 19° siècle, 600,000 piastres. (Vol.
III, p. 71-77; V, p. 201; VII, p. 450.) Lorsque,
sous le ministère de Don Diego Gardoqui,
le roi d'Espagne déclara, par sa cédule
du 31 septembre 1792, qu'il consentiroit à
délivrer le pays de la ferme (estanco), on proposa d'y substituer une capitation générale, le
monopole de la fabrication des eaux-de-vie de
canne à sucre (aguardiente de caña), ou d'autres
impôts non moins vexatoires. Ces projets
échouèrent, et la ferme du tabac fut continuée.

Céréales. D'après des notions de localités
bien vagues et bien imparfaites, on se plaît
souvent à chercher des contrastes entre les
parties orientales et occidentales de Colombia;
on affirme que la Nouvelle-Grenade est un
pays à mines et à froment, et le Venezuela un
pays à productions coloniales. En faisant ces dis-
tinctions un peu arbitraires, on ne considère
dans la Nouvelle-Grenade que la tierra fria y
templada, c'est-à-dire les contrées dont la tem-

pérature moyenne [1] de l'année est de 13° et
18°,5 centésimaux (les grands plateaux montueux de Quito, de Los Pastos, de Bogota, de
nTnja, de Velez et de Leyva), et l'on oublie
que toute la partie septentrionale et occidentale de la Nouvelle-Grenade est un pays
bas et humide, jouissant d'une température

---

[1] Entre 800 et 1600 toises de hauteur au-dessus du
niveau de la mer. On peut être surpris de voir que,
dans l'Amérique équinoxiale, on appelle *pays froids*
des régions dont la température de l'année est encore
supérieure à celle de Milan et de Montpellier ; mais il
ne faut pas oublier que, dans ces deux villes, la température moyenne des étés est de 22°,8 et 24°,3 ; tandis
qu'à Quito, par exemple, les jours sont généralement
toute l'année entre 15°,6 et 19°,3, et les nuits entre 9°
et 11°. La chaleur n'y dépasse jamais 22° ; le froid + 6°
du thermomètre centigrade. Les *tierras frias*, à la
hauteur de Santa-Fe (1365 t.), et de Quito (1492 t.),
ont, pendant toute l'année, la température du mois de
mai à Paris. Comme la répartition de la chaleur entre les
diverses parties de l'année est si différente sous la zone
torride et sous la zone tempérée, il est beaucoup plus
sûr, pour donner une idée exacte du climat d'un lieu
situé dans le voisinage de l'équateur, de comparer ce
climat à la température d'un seul mois de la région
tempérée de l'Europe.

moyenne de 26° à 28°, et par conséquent propre à la culture des productions que l'on est
convenu en Europe d'appeler exclusivement
productions coloniales. Le Venezuela (et je
désigne toujours sous ce nom [1] le territoire de

---

[1] C'est dans ce sens aussi que l'on s'est servi du mot
Venezuela lors de l'installation du congrès à l'Angostura, le 15 février 1819, pour lequel se réunirent des
députés de Caracas, de Barcelone, de Cumana, de Varinas et de la Guyane. Les cartes de La Cruz et de
Lopez donnent comme synonymes les mots: provinces
de Caracas et de Venezuela. Le capitaine général, résidant à Caracas et gouvernant le pays depuis les bouches de l'Orénoque jusqu'au Rio Tachira, s'appeloit
*Capitan general de la provincia de Venezuela y Ciudad
de Caracas.* M. Depons, dans sa Statistique, distingue
la *Capitainerie générale de Caracas* du *gouvernement de
Venezuela* qui, selon lui, ne comprend que la province
de Caracas. La *République de Venezuela*, fondée le 5
juillet 1811, et restaurée le 16 août 1813, a été unie
à la République de Cundinamarca (le 17 déc. 1819),
sous le nom de *Colombia*, et, depuis cette réunion, le
nom de Venezuela a été restreint de nouveau officiellement (février 1822) à un *département* qui comprend
les provinces de Caracas et de Varinas. Au milieu de
ces fluctuations, on risque de confondre un pays deux
fois grand comme l'Espagne avec un autre qui n'a pas
la grandeur de l'état de Virginie, si l'on ne détermine

18 *

l'ancienne *Capitania general* de Caracas) a
aussi à la fois des climats froids et tempérés ;
c'est un *pays de bananes et de froment*. On cultive déjà les céréales d'Europe dans les montagnes de Merida et de Truxillo (à la Puerta et
près S. Ana, au sud de Carachi), dans les vallées d'Aragua, près de la Victoria et de San
Matheo, et dans le pays un peu montueux entre
le Tocuyo, Quibor et Barquesimeto, qui forme
l'*arête de partage* entre les affluens de l'Apure
ou de l'Orénoque, et ceux de la Mer des Antilles. Dans plusieurs de ces lieux, et ce fait
est bien digne d'attention, le froment est cultivé à des hauteurs qui n'excèdent pas 270 à
300 toises au-dessus du niveau de la mer, au
milieu des cultures de cafiers et de cannes à
sucre, dans des sites dont la température
moyenne de l'année est au moins de 25°. Dans
la région équinoxiale du Mexique et de la
Nouvelle-Grenade, nos céréales ne viennent

pas le sens précis dans lequel on emploie le mot de *Venezuela*. En regardant ce mot comme identique avec
celui de *Capitania general de Caracas*, on obtient un
nom collectif pour toute la partie orientale de Colombia, et l'on dira *le Venezuela*, comme on dit le Mexique, le Chili ou le Pérou.

abondamment qu'à une hauteur où leur culture cesse [1] en Europe par les 42° et 46° de
latitude : au contraire, dans le Venezuela et à
l'île de Cuba, la *limite inférieure du froment*, descend, de la manière la plus inattendue, vers
les plaines brûlantes des côtes. Jusqu'à ce
jour, la production des céréales du Venezuela
est peu importante : elle ne s'élève pas, à Barquesimeto et à la Victoria, à plus de 12,000
quintaux par an; et, comme ces mêmes sites
généralement peu élevés sont aussi propres à
la culture de la canne à sucre, du cafier et du
cotonnier, la culture du froment n'a pu prendre un accroissement considérable.

Ce n'est pas d'ailleurs la province de Caracas
seule qui, dans le Venezuela, offre des *régions
à climats tempérés*, c'est-à-dire des contrèes
où le thermomètre centigrade baisse de nuit
au-dessous de 16° à 14° et même à 12°,5. La
province de Cumana a aussi sa partie mon-

---

[1] A 900 et 1100 toises de hauteur, on voit disparoître
les champs de froment et de seigle dans les Alpes
maritimes et en Provence. *Voyez* les recherches sur la
température que requièrent les plantes cultivées,
dans mon ouvrage *de Distributione geogr. plant.*, 1817,
p. 161.

tueuse qui, peu visitée jusqu'à ce jour, pourra
devenir assez importante pour quelques branches nouvelles de l'agriculture équinoxiale.
Comme j'ai parcouru, le baromètre à la main,
une grande partie du Venezuela, je crois
devoir indiquer ici succinctement les contrées
qui méritent le nom de *tierras templadas* [1], et
dont plusieurs, très-propres à la production
des céreales, sont même déjà trop froides pour
la culture du cafier. Cette énumération ayant
un but purement agricole, nous ne nous arrê-
terons qu'à de hautes vallées ou à des plateaux
d'une étendue assez considérable. Le Paramo
de Mucuchies, qui appartient à la *Sierra Nevada* de Merida, la *Silla* de Caracas, dans les
Cordillères du littoral, et le Duida, dans les
missions du Haut-Orénoque, ont 2100, 1340
et 1280 toises d'élévation ; mais ces montagnes
n'offrent presque pas, sur leurs pentes, des

---

[1] Je dois rappeler ici qu'en adoptant les dénominations un peu vagues de *tierras calientes templadas* et
frias, je fixe les premières entre les côtes et 300 toises ;
les secondes, entre 300 et 1100 toises ; les troisièmes,
entre 1100 et 2460 toises. Le dernier nombre, celui de
la limite des neiges perpétuelles dans la région équinoxiale, indique le terme de la vie végétale.

sites susceptibles de labour. Il en est de même
de toute la rangée de hautes montagnes de
calcaire secondaire, de micaschiste et de granite-gneis qui s'étend le long de la côte du
Venezuela, depuis le Cap Paria jusque vers le
lac de Maracaybo. Cette chaîne côtière n'a pas
assez de masse pour offrir, sur son dos, de ces
plateaux étendus qui, dans le Quito et au
Mexique, réunissent toutes les cultures de
l'Europe. Les *terrains à climats tempérés* (par
conséquent au-dessus de 3oo toises) qu'offre
l'ancienne *Capitania general* de Caracas sont :
1° la partie montagneuse des missions Chaymas [1] dans la Nouvelle-Andalousie, savoir le
Cerro del Impossible (297 t.), les savanes du
Coçollar et du Tumiriquiri (400-700), les
vallées de Caripe (412 t.) et de la Guardia de
San Augustin (533 t.); 2° les pentes (*faldas*)
du Bergantin [2], entre Cumana et Barcelone
dont la hauteur, pas exactement connue, paroît
excéder 800 toises; 3° le petit plateau de la
Venta grande, entre La Guayra et Caracas

[1] Tom. III, p. 108-122, 85, 118-134, 139-152,
199 et 200.

[2] Tom. II, p. 258-381 ; III, 1-18, 120 et 121.

(755 t.); 4° la vallée de Caracas ¹ (460 t.) ;
5° le pays montueux et inculte entre Antimano
et la Hacienda del Tuy où l'Higuerote et Las
Cocuyzas ² s'élevant presque à 850 toises de
hauteur; 6° les plateaux granitiques ³ de Yusma
(320 t.) du Guacimo, de Guiripa, d'Ocumare
et de Panaquire, entre les *Llanos* et la rangée
méridionale des montagnes du littoral de
Venezuela ; 7° l'arête de partage entre les
affluens de la mer des Antilles et l'Apure, ou le
groupe de plateaux et de collines de 350 à
550 toises de hauteur qui lie 4 la chaîne
du littoral à la Sierra de Merida et de
Truxillo ; savoir : Montaña de Santa Maria,
à l'ouest du Torito, el Picacho de Nirgua,
el Altar et les environs de Quibor, de Barquesimeto et du Tocuyo; 8° le plateau de
Truxillo (au-dessus de 420 t.) et les *tierras*
frias des Paramos de Las Rosas , de Bocono
et de Niquitao, entre les sources du Rio
Motatan et celles de la Portuguesa et du Guanare ; 9° tout le terrain montueux qui entoure

¹ Tom. IV, 135, 192, 193.
² Tom. V, p. 94–98.
³ Tom. VI, p. 8.
⁴ Tom. V, p. 304 et 305.

la *Sierra Nevada* de Merida, entre Pedraza, Lavellaca, Santo Domingo, Mucuchies, le Paramo de los Conejos, Bayladores et La Grita
(700-1600 t.); 10° peut-être quelques sites de
la Cordillère de la Parime qui sépare le bassin
du Bas-Orénoque de celui de l'Amazone, par
exemple le groupe des montagnes granitiques
du Sipapo et de la Sierra Maraguaca [1]. Comme
je n'ai point visité avec M. Bonpland la région
froide de la province de Varinas, les pentes de
la *Sierra Nevada* de Merida et les *Paramos* au
nord de Truxillo qui, d'après l'analogie des
observations que j'ai faites dans les Andes de
Pasto et de Quito, doivent avoir 1700 et 2100
toises de hauteur, je ne puis juger de l'étendue
des vallées et des plateaux que les régions occidentales du Venezuela présenteront un jour à
la culture de nos céréales d'Europe. Ce n'est
pas, comme nous l'avons déjà fait observer,
la connoissance de la hauteur absolue des pics
qui peut nous éclairer sur des problêmes
d'agriculture. Lorsque, dans le Venezuela, les
sites, soumis à l'influence bienfaisante d'un
climat froid ou tempéré, offrent des pentes

---

[1] Tom. VIII, p. 197, 198 et 250.

trop abruptes pour être labourés facilement,
le prix des farines indigènes devient trop élevé
pour rivaliser avec les farines des États-Unis,
du Mexique et de Cundinamarca. De même
que, dans notre Méditerranée, l'Italie et la
Grèce ont tiré long-temps leurs blés des côtes
opposées de la Mauritanie et de l'Égypte; de
même aussi, dans la Mediterranée des Antilles,
le Venezuela et le littoral de la Nouvelle-Grenade reçoivent aujourd'hui leurs provisions de
farines des côtes opposées des États-Unis. Don
Manuel Torres évalue, dans une lettre officielle adressée au secrétaire d'état à Washington, l'exportation des farines de l'Amérique
septentrionale pour Colombia à 20,000 barils
par an. (*Message from the President of the United States*, 1822, p. 48. *Voyez* aussi plus haut,
Tom. V, p. 127-129, 134 et 135.) Dans un
état de commerce libre, les progrès immenses
de l'art de la navigation exposent les cultures
indigènes à des concurrences dangereuses avec
les pays les plus éloignés. Les champs de la
Crimé approvisionnent de farines les marchés
de Livourne et de Marseille : les États-Unis en
fournissent à l'Europe; le plateau du Mexique
en enverra, dans des temps de disette, en

Espagne, en Portugal et en Angleterre. Des régions, dont les unes produisent à peine le 6° ou le 7°, les autres le 20° ou le 25° grain, sont mises en contact, et le problême de l'utilité d'une culture se complique par les effets variables de la fertilité du sol et du prix de la journée. La partie occidentale de Colombia (la Nouvelle-Grenade) aura toujours, par la masse de ses montagnes et l'étendue de ses plateaux, de grands avantages, sous le rapport de la production des céréales, sur la partie orientale de Colombia (le Venezuela); de sorte que la concurrence des farines du Socorro et de Bogota qui descendent par le Meta sera à redouter pour les régions situées au nord de l'Orénoque. Là où les régions tempérées avoisinent les régions chaudes, entre 300 et 500 toises de hauteur (comme dans les sites tempérés des provinces de Cumana et de Caracas), les cultures du sucre, du café et des céréales sont à la fois possibles, et l'expérience prouve assez généralement qu'on préfère les deux premières comme plus lucratives.

Quinquina. Le Cuspare ou *Cortex Angosturæ* de Carony, faussement appelé quinquina de l'Orénoque, a été rendu célèbre par l'industrie des moines Capucins-Catalans. Ce n'est pas une Rubiacée comme le Cinchona, mais une plante de la famille des Diosmées ou Rutacées. Jusqu'à présent ce végétal précieux n'est exporté que de la Guyane espagnole, quoiqu'il se trouve aussi à Cayenne. Nous ignorons encore à quel genre appartient le Cuspa ou *quinquina de Cumana*, mais ses propriétés éminemment fébrifuges pourront en faire un objet de commerce important. (Vol. III, p. 33.) De belles espèces de vrai quinquina (*Cinchonæ, corollis hirsutis*), communes dans la Nouvelle-Grenade, ont été découvertes dans la partie occcidentale du Venezuela. On recueille l'écorce fébrifuge du quinquina (*buenas quinas* ou *cascarillas*) sur l'une et l'autre pente de la *Sierra Nevada* de Merida, dans le chemin de Varinas viejas au Paramo de Mucuchies, appelé chemin de Los Callejones, un peu au-dessus du ravin de Lavellaca, comme aussi entre Viscucuy et la ville de Merida [1]. Ce sont jusqu'ici de tous les véritables quinquinas (Cichonæ) ceux que l'on a trouvés le plus à l'est dans l'Amérique méri-

---

[1] *Itinéraires manuscrits* de M. Palacio-Faxardo.

dionale. On ne connoît encore aucune espèce de Cinchona, pas même du genre voisin Exostema, ni dans les montagnes de la Silla de Caracas, où végètent des Befaria, des Aralia, des Thibaudia et d'autres arbustes alpins des Cordillères de la Nouvelle-Grenade, ni dans les montagnes du Tumiriquiri, de Caripe et de la Guyane françoise [1]. Cette absence totale des genres Cinchona et Exostema sur le plateau du Mexique et dans les régions orientales de l'Amérique du Sud, au nord de l'équateur (si toutefois elle est aussi absolue qu'elle le paroît jusqu'à ce jour), surprend d'autant plus, que les îles Antilles ne manquent pas de quinquina à corolles lisses et à étamines saillantes. Dans l'hémisphère austral, les parties tempérées du Brésil n'ont aussi offert jusqu'ici aux botanistes voyageurs que très-peu d'espèces de véritable Cinchona, genre que son fruit

---

[1] *Voyez* plus haut, Tom. III, p. 35–42; V, p. 3o1–3o4; VIII, p. 425–427. *Lambert, Illustration of the genus Cinchona*, 1821, p. 57. Le prétendu Cinchona brasiliensis de l'herbier de Willdenow, à calices de la longueur des corolles, et végétant dans les régions chaudes du Grand-Parà, n'est peut-être qu'un Machaonia.

sépare d'une manière tranchée des Màcrocne-
mum. D'après la belle découverte de M. Auguste de Saint-Hilaire, le Cinchona ferruginea
se trouve dans les régions tempérées de la
Capitainerie de Minas-Geraes où on l'emploie
sous la dénomination de *quina da serra*.

En terminant cette notice des productions
végétales du Venezuela, susceptibles un jour
de devenir des objets de commerce, je nom-
merai encore succintement le Quassia Simaru-
ba de la vallée du Rio Caura; l'Unona febri-
fuga de Maypures, connu sous le nom de *Frutta
de Burro*; la *Zarza* ou salsepareille du Rio
Negro; l'huile du cocotier, arbre que l'on peut
regarder comme l'olivier de la province de
Cumana; les amandes huileuses du Juvia (Ber-
tholletia; les résines et les gommes précieuses
du Haut-Orénoque (*Mani* et *Caraña*); le
caoutchouc semblable à celui de Cayenne [1],
ou souterrain (*dapiche*); les aromes de la
Guyane, comme la *fève de Tonga*, ou fruit du
Coumarouma; le *Pucheri* (Laurus Pichurim);
le *Varinacu* ou la fausse cannelle (*L. cinnama-
moides*), la vanille de Turiamo et des grandes
Cataractes de l'Orénoque; les belles substances
colorantes que les Indiens du Cassiquiare ré-

[1] *Voyez* la note G à la fin du 9ᵉ Livre.

duisent en pâte (*Chica* ou *Puruma*); le brésillet ; le sang de Dragon ; l'*aceyte de Maria;* les
raquettes nourrissant la cochenille de Carora ;
les bois précieux pour l'ébénisterie , comme
l'acajou (*cahoba*), le cedrela odorata (*cedro*), le
Sickingia Erxthroxylon (*Aguatire roxo*), etc.;
de superbes bois de construction de la famille
des Laurinées et des Amyris; les cordages du
palmier *Chiquichiqui*, si remarquables par leur
légèreté. (*Voyez*, Tom. III, p. 93, 251, 344-
346; V, p. 95, 302, 312; VI, p. 317, 370,
371; VII, p. 201, 316, 348-351; VIII, p. 58,
178-187.

Nous avons exposé plus haut [1] comment,
dans le Venezuela, par une disposition toute
particulière des terrains , les trois zones de la
vie agricole, de la vie pastorale et de la vie des
peuples chasseurs, se succèdent du nord au
sud des côtes vers l'équateur. En avançant
dans cette direction, on traverse , pour ainsi
dire, dans l'espace, les différentes stations que
le genre humain a parcourues dans la suite des
siècles, en avançant vers la culture et en jetant
les fondemens de la société civile. La région
littorale est le centre de l'industrie agricole;

_____

[1] Tom. IV, p. 147-150.

la région des *Llanos* ne sert qu'aux pâturages
des animaux que l'Europe a donnés à l'Amérique, et qui y vivent dans un état à demi-sauvage. Chacune de ces régions a sept à huit mille
lieues carrées ; plus au sud, entre le delta de
l'Orénoque, le Cassiquiare et le Rio Negro,
s'étend une vaste étendue de terrains grande
comme la France, habitée par des peuples chasseurs, *horrida sylvis, paludibus foeda.* Les productions du règne végétal que nous venons
d'énumérer appartiennent aux zones extrêmes ;
les savanes intermédiaires dans lesquelles les
bœufs, les chevaux et les mulets ont été introduits depuis l'année 1548, nourrissent quelques
millions de ces animaux. Lors de mon voyage,
l'exportation annuelle du Venezuela, pour les
seules îles Antilles, s'élevoit à 30,000 mulets,
à 174,000 cuirs de bœufs et 140,000 arobes
(à 25 livres) de *tasajo* [1] ou viande séchée et

---

[1] La viande du dos est coupée par bandes de peu
d'épaisseur. Un bœuf ou une vache adulte, d'un poids
de 25 arobes, ne donne que 4 à 5 arobes de *tasajo* ou
tasso. En 1792, le port de Barcelone seul exporta
98,017 arobes à l'île de Cuba. Le prix moyen est 14
reales de plata, et varie de 10 à 18. (La piastre forte a
8 de ces réaux.) M. Urquinaona évalue, pour 1809,
l'exportation totale du Venezuela à 200,000 arobes.

foiblement salée. Ce n'est point par les progrès
de l'agriculture ou par l'envahissement progressif des terrains à pâturages, c'est plutôt
par des désordres de tout genre et par le manque de sûreté dans les propriétés, que les *hâtes*
ont diminué si considérablement depuis vingt
ans. L'impunité du vol des cuirs et l'accumu-
lation des vagabonds dans les savanes ont pré-
ludé à cette destruction des bestiaux, que les
besoins successifs des armées et les ravages
qui sont inévitables dans les guerres civiles ont
augmenté d'une manière si effrayante. Le
nombre des chèvres dont on exporte les peaux
est très-considérable à la Marguerite, à Araya
et à Coro ; les brebis n'abondent qu'entre Carora et Tocuyo (Tom. I, p. 375, 376; IV,
p. 71-77; V, p. 255-259; VI, p. 96, 97, 160
et 161; VII, p. 94; VIII, p. 326-328, 417-420).
Comme la consommation de la viande est immense dans ce pays, la diminution des animaux influe plus que partout ailleurs sur le
bien-être des habitans. La ville de Caracas,
dont la population étoit, de mon temps, $\frac{1}{5}$ de
celle de Paris, consommoit plus que la moitié
de la viande de bœuf que l'on consomme

annuellement dans la capitale de la France [1].

Je pourrois ajouter aux productious des règnes végétal et animal du Venezuela l'énu-

---

[1] Le tableau suivant prouve combien la consommation de la viande est grande dans les villes de l'Amérique du Sud qui sont voisines des *Llanos* :

Villes.	Années.	Population.	Bœufs.
Caracas.	1799	45,000	40,000
Nueva Barcelona. . .	1800	16,000	11,000
Portocabello	1800	9,000	7,500
(Paris.	1819	714,000	70,800).

A Mexico, dont la population est quatre ou cinq fois plus petite que celle de Paris, la consommation n'excède pas 16,3oo bœufs : elle ne paroît par conséquent pas beaucoup plus grande qu'à Paris ; mais il ne faut pas oublier 1° que Mexico est situé sur un plateau cultivé en céréales et éloigné des pâturages ; 2° que cette ville compte parmi ses habitans presque $\frac{1}{4}$ d'Indiens cuivrés qui mangent très-peu de viande; et 3° que la consommation de Mexico, en moutons et en porcs, est de 273,000 et 30,000, quand, à Paris, malgré l'énorme différence de population, elle n'a été, en 1819, que de 329,000 et 65,000. *Voyez* plus haut, Tom. IV, p. 196-198; IX, p. 93 et 94, et mon *Essai politique sur la Nouvelle-Espagne*, Tom. I, p. 199. *Recherches statistiques sur la ville de Paris, par M. le comte de Chabrol*, 1823, *tableau* 72.

mération des gîtes de minéraux dont l'exploitation est digne de fixer l'attention du gouvernement; mais ayant été voué, dès ma jeunesse,
aux travaux pratiques des mines, dont la
direction m'avoit été confiée, je sais combien
sont vagues et incertains les jugemens que l'on
porte sur la richesse métallique d'une contrée,
d'après le simple aspect des roches et celui des
filons dans leurs *affleuremens*. On ne peut pro-
noncer sur l'utilité des travaux qu'après des
essais bien dirigés au moyen de puits et de
galeries : tout ce que l'on a fait dans ce genre
de recherches, sous la domination de la métropole, laisse la question entièrement indécise,
et c'est avec une légèreté bien blâmable que
l'on a répandu récemment en Europe les idées
les plus exagérées sur la richesse des mines de
Caracas. La dénomination commune de Colombia donnée au Venezuela et à la Nouvelle-
Grenade a contribué sans doute à faciliter ces
illusions. On ne sauroit révoquer en doute que
les *lavages* de la Nouvelle-Grenade ont fourni,
dans les dernières années de tranquillité publique, plus de 18,000 marcs d'or; que le Choco
et Barbacoas offrent en abondance le platine;
la vallée de Santa Rosa, dans la province

d'Antioquia, les Andes de Quindiù et de Gua-
zum, près de Cuenca, du mercure sulfuré; le
plateau de Bogota (près de Zipaquira et de
Canoas), du sel gemme et de la houille; mais,
dans la Nouvelle-Grenade même, de véritables
travaux souterrains sur des filons argentifères
et orifères ont été jusqu'ici assez rares [1]. Je
suis loin de vouloir décourager les mineurs de
ces pays : je pense seulement que, pour prouver à l'ancien monde l'importance politique
du Venezuela, dont la prodigieuse richesse
territoriale est fondée sur l'agriculture et les
produits de la vie pastorale, on n'a pas besoin
de présenter, comme des réalités ou comme
des conquêtes de l'industrie, ce qui n'est fondé
encore que sur des espérances et des proba-
bilités plus ou moins incertaines. La république
de Colombia possède aussi sur ses côtes, à l'île
de la Marguerite, au Rio Hacha et dans le
golfe de Panama, des pêcheries de perles anciennement célèbres : cependant, dans l'état
actuel des choses, ces perles sont un objet
tout aussi insignifiant que l'exportation des
métaux du Venezuela.

[1] *Essai politique*, Tom. II, p. 586 et 625.

On ne sauroit révoquer en doute l'existence de filons métallifères sur plusieurs points de la chaîne du littoral. Des mines d'or et d'argent ont été travaillées, au commencement de la conquête, à Buria, près de la ville de Barguesimeto, dans la province de Los Mariches, à Baruta, au sud de Caracas et au Réal de Santa Barbara, près de la Villa de Cura. Des grains d'or se trouvent dans tout le terrain montagneux entre le Rio Yaracuy, la Villa de San Felipe et Nirgua, comme entre Guigue et les Moros de San Juan. Pendant le long voyage que nous avons fait, M. Bonpland et moi, dans le terrain de granite-gneis que parcourt l'Orénoque, nous n'avons rien vu qui puisse affermir l'ancienne croyance de la richesse métallique de cette région : cependant plusieurs indices historiques rendent presque certain qu'il existe deux groupes de terrains d'attérissemens orifères, l'un entre les sources du Rio Negro, de l'Uaupès et de l'Iquiare, l'autre entre les sources de l'Essequebo, du Caroni et du Rupunuri. J'ose me flatter que, si le gouvernement du Venezuela veut s'occuper d'un examen approfondi des principaux *gîtes métalliques* de son sol, les per-

sonnes chargées de ce travail trouveront,
dans les Chapitres XIII, XVI, XVII, XXIV et
XXVII de cet ouvrage, des notions géognostiques qui pourront leur être de quelque secours, parce qu'elles se fondent sur une connoissance détaillée des localités [1]. Jusqu'à ce
jour il n'y a en activité, dans le Venezuela,
qu'une seule exploitation, celle d'Aroa; elle
fournissoit, en 1800, près de 1500 quintaux
de cuivre d'une excellente qualité. Les roches
de *grünstein* des montagnes de transition de
Tucutunemo (entre Villa de Cura et Parapara) renferment des filons de malachite et
de pyrite cuivreuse. Des indices de fer soit
ochracé, soit magnétique de la chaîne du
littoral, l'alun natif de Chuparipari, le sel
d'Araya, le kaolin de la Silia, le jade du Haut-
Orénoque, le pétrole de Buen-Pastor et le
soufre de la partie orientale de la Nouvelle-
Andalousie méritent également l'intérêt de
l'administration [2].

[1] Tom. IV, p. 269, 270, 281, 282; V, p. 305-308;
VI, 8, 9, 15-17; VII, p. 264, 265, 383, 418-421;
VIII, p. 32, 33, 144, 145, 201, 469, 487, 514 et 524.

[2] Tom. II, p. 323-329, 337-346; III, p. 129-131,
230, 256 et 257; V, p. 62; IX, p. 126-132.

Il est facile de constater l'existence de quelques substances minérales qui présentent l'espoir d'une exploitation lucrative, mais il faut beaucoup de circonspection pour décider si l'abondance des minérais et la facilité de les atteindre sont assez grandes pour couvrir les frais [1]. Même dans la partie orientale de l'Amérique du Sud, l'or et l'argent se trouvent si abondamment disséminés que le géognoste européen est frappé d'étonnement; mais cette

[1] En 1800, la main-d'œuvre d'un simple journalier (*peon*), travaillant la terre, étoit, dans la province de Caracas, de 15 sols, en lui fournissant en outre la nourriture. (Tom. V, p. 154.) Un homme qui, dans les forêts de la côte de Paria, coupoit du bois de construction, étoit payé, à Cumana, 45 à 50 sols le jour, sans qu'on lui donnât la nourriture. Un charpentier gagnoit journellement, dans la Nouvelle-Andalousie, 5 à 6 francs. Trois tourtes de cassave (le pain du pays), ayant chacune 21 pouces de diamètre 1 $\frac{1}{2}$ ligne d'épaisseur et un poids de 2 $\frac{1}{4}$ livres, coûtoit, à Caracas, un demi-*réal de plata* ou 6 $\frac{1}{2}$ sols. Un homme adulte ne mange journellement que pour 2 sols de cassave, cette nourriture étant constamment mêlée aux bananes, à la viande sèche (*tassajo*) et aux *papelon* ou sucre brut. Comparez, pour le prix des denrées, Tom. V, p. 296; VI, p. 161; VII, p. 187.

dissémination, ces filons qui se divisent et s'étranglent, ces métaux qui ne paroissent que par rognons, rendent l'exploitation très-coûteuse. L'exemple du Mexique prouve d'ailleurs que l'intérêt attaché aux travaux des mines ne nuit point à la culture agricole, et que ces deux genres d'industrie peuvent exciter simultanément. L'inutilité des essais tentés sous l'intendance de Don Jose Avalo ne doit être attribuée qu'à l'ignorance des personnes qui étoient employées par le gouvernement espagnol, et qui prenoient gravement du mica et de l'amphibole pour des substances métalliques. Si le gouvernement a la constance de faire examiner l'ancienne *Capitania general* de Caracas pendant une longue série d'années, s'il est assez heureux pour choisir des hommes aussi distingués que MM. Boussingault et Rivero, qui établissent dans ce moment une école des mines à Bogota, et qui réunissent à des connoissances profondes en géognosie et en chimie l'habitude pratique des exploitations, on doit s'attendre aux résultats les plus satisfaisans.

COMMERCE ET REVENU PUBLIC. — La descrip-

tion que nous venons de donner [1] des productions du Venezuela et du développement de ses
côtes suffit pour faire sentir l'importance du
commerce de cette riche contrée. Même au
milieu des entraves du système colonial, la
valeur de l'exportation des produits de l'agriculture et des lavages d'or s'élevoient, dans
les pays qui sont réunis dans ce moment sous
la dénomination de République de Colombia,
à 11 ou 12 millions de piastres. L'exportation
de la seule *Capitania general* de Caracas, dépourvue de métaux précieux, qui sont l'objet
d'une exploitation régulière, étoit (y compris
la valeur du commerce illicite), au commencement du 19ᵉ siècle, de 5 à 6 millions de
piastres. Cumana, Barcelona, La Guayra,
Portocabello et Maracaybo sont les ports les
plus importans de la côte; ceux qui se trouvent
les plus situés à l'est ont l'avantage d'une communication plus facile avec les îles Vierges,
la Guadeloupe, la Martinique et Saint-Vincent.
L'Angostura, dont le véritable nom est Santo
Tomè de la Nueva Guayana, peut être considéré comme le port de la riche province de

[1] Tom. IX, p. 244-247, 268 et 269.

Varinas. Le fleuve majestueux sur les bords
duquel la ville est bâtie, offre, par ses communications avec l'Apure, le Meta et le Rio Negro,
les plus grands avantages pour le commerce
d'Europe [1].

Si l'on veut se former une idée précise de l'importance du Venezuela, sous le rapport de l'exportation
et de la consommation des productions de l'ancien
monde, il faut remonter à une époque de paix extérieure,
qui précède de douze à quinze ans la révolution de
l'Amérique espagnole. C'est alors que le commerce de
La Guayra étoit dans sa plus grande splendeur. Voici
les résultats officiels des registres de la douane qui ré-
pandent quelque jour sur l'état commercial de ces régions, et qui n'ont pas été publiés par MM. Depons et
Dauxion-Lavaysse, dans leurs *Voyages à la Terre-
Ferme* et *à l'île de la Trinité*.

I. COMMERCE DE LA GUAYRA, en 1789.

Import., val. 1,525,905 piast., dont dr. pay. 160,504 pia.
Exportation. 2,232,013 167,458

A. Importation :
    Effets espagnols .... 777,555 piastres.
          étrangers 748,350
B. Exportation :
    Or et argent monnoyés ..... 103,177 piastres.
    Productions 2,128,836

[1] Tom. VI, p. 384-389; VIII, p. 151-153, 252-
254, 336-338, 370-372.

Parmi lesquelles :

Coton...............	170,427 livres.
Indigo...............	718,393
Tabac..............	202,152
Cacao.	103,855 fanegas.
Café...............	23,371 livres.
Cuirs..............	12,347 pièces.
Peaux de daim......	2,905
Maroquins..........	1,388

II. COMMERCE DE LA GUAYRA, en 1792.

Importation..............	3,582,311
Exportation, valeur........	2,315,692 piastres.

A. Importation :

des ports de l'Amérique.	60,348 piastres.
de l'Espagne..........	1,855,278
d'autres parties d'Europe.	1,666,685

B. Exportation :

	INDIGO, livres.	COTON, livres.	CACAO, fanegas.	CAFÉ, livres.	CUIRS, pièces.
Pour l'Espagne.	669,827	225,503	100,592	138,968	15,332
Pour les colonies étrangères. ..	10,402	33,000	......	9,932	70,896
	680,229	258,503	100,592	148,900	86,228

III. Commerce de la Guayra, en 1794.

A. Exportation :

	INDIGO, livres.	COTON, livres.	CACAO, fanegas.	CAFÉ, livres.	CUIRS, pièces.
Pour l'Espagne.	875,907	431,658	111,133	307,032	5,305
Pour les colonies étrangères. ..	22,446	......	......	57,606	49,308
	898,353	431,658	111,133	364,638	54,613

B. Importation :

   a Marchandises et denrées:

      Espagnoles............ 1,111,709 piastres.

      Étrangères d'Europe... 868,812

      des États-Unis. 75,993

      des Antilles.... 13,415

                      2,069,929

   β Argent monnoyé....... 60,000

      Total de l'importation. 2,129,929

IV. COMMERCE DE LA GUAYRA, en 1794.

A. Exportation, valeur..... 2,403,254 piastres.

SAVOIR :

	INDIGO, livres.	COTON, livres.	CACAO, fanegas.	CAFÉ, livres.	TABAC, livres.	CUIRS, pièces.	CUIVRE, livres.
Pour l'Espagne..........	709,135	483,250	70,280	482,000	454,723	1,531	31,12
Pour les États-Unis.......	132	....	5,258	162	....	....	....
Pour les colonies étrangères des Antilles...........	28,699	53,928	....	2,500	....	79,777	....
	737,966	537,178	75,538	484,662	454,723	81,308	31,142

B. Importation :

α d'Espagne,

en produits nationaux.. 1,871,571 piastres.

étrangers... 1,429,487

β des colonies étrangères de

l'Amérique........... 179,002

Total de l'importation. 3,480,060

Droits d'entrée et de sortie

payés à la douane....... 587,317 piastres.

V. Commerce de la Guayra, en 1797.

A. Exportation, valeur...... 1,113,695 piastres.

savoir :

	INDIGO, livres.	COTON, livres.	CACAO, fanegas.	CAFÉ, livres.	TABAC, livres.	SUCRE, caisses.	CUIRS, pièces.	CUIVRE, livres.
Pour l'Espagne.	61,785	50,285	46,075	153,699	......	......	671	2,000
Pour les États-Unis.	2,256	......	4,024	......	......	738	......	......
Pour les colonies étrangères des Antilles.	56,894	57,711	20,733	155,813	175,719	638	286	400
	120,935	107,996	70,832	309,512	175,719	1,376	957	2,400

A. Importation, valeur

    a de l'Espagne............   98,388 piastres.

    β de l'étranger,

        des États-Unis.......   76,568

        des Antilles.........   389,844

        Total de l'importation.   564,800 piastres.

Droits d'entrée et de sortie

    payés à la douane........   242,160 piastres.

En comparant ces données tirées des registres de la douane de la Guayra à celles que je possède des ports d'Espagne (Tom. V, p. 294.), on voit que d'après les déclarations des navires il est toujours entré en Espagne moins de cacao de Caracas qu'on n'en a embarqué pour ce pays à la Guayra. La diminution des importations et des exportations, en 1797, n'indique pas une décadence de l'industrie jusqu'au moment de la révolution [1];

Voici les époques principales de cette révolution. La *Junte suprême* du Venezuela, qui déclara maintenir les droits du roi Ferdinand VII, et qui déporta le capitaine général et les membres de l'*Audiencia*, s'assembla le 19 avril 1810. Le *congrès* qui succéda à la *Junte suprême*, le 2 mars 1811, déclara l'indépendance du Venezuela le 5 juillet 1811. Le congrès tint

c'est l'effet du renouvellement de la guerre
maritime, l'Espagne ayant joui jusque-là d'une
heureuse neutralité. Les états de la douane
que je viens de donner des quatre années 1789,
1792, 1794, 1796 offrent, pour la moyenne
des importations de la Guayra, qui est le port
principal du Venezuela, 2,678,000 piastres
fortes; pour la moyenne des exportations,
2,317,000 piastres. Si l'on s'arrête aux seules

ses séances à Valencia, dans les vallées d'Aragua, en
mars 1812. Le tremblement de terre qui détruisit la
majeure partie de la ville de Caracas, le 26 mars 1812
(Tom. V, p. 13), rendit les Espagnols de nouveau maîtres du pays en août 1812. Le général Simon Bolivar
reprit Caracas et y entra victorieux le 16 août 1813.
Les royalistes devinrent maîtres du Venezuela en juillet 1814, et de Bogota en juin 1816. Dans la même
année, le général Bolivar débarqua à l'île de la Marguerite, à Carupano et à Ocumare. Le second congrès
du Venezuela fût installé à l'Angostura le 15 février
1819. *La loi fondamentale* qui réunit le Venezuela à la
Nouvelle-Grenade, sous le nom de république de Colombia, fut proclamée le 17 décembre 1819. L'armis-
tice conclue entre les généraux Bolivar et Morillo est
du 25 novembre 1820. La constitution de la république de Colombia date du 30 août 1821. Le gouvernement des États-Unis a reconnu cette république le
8 mars 1822.

années 1793-1796, on trouve pour l'exportation 3,060,000 piastres, tandis que les années de guerre comprises entre 1796 et 1800
n'offrent qu'une moyenne de 1,610,000 piastres. (*Depons*, Tom. II, p. 439). En 1809, par
conséquent peu de temps avant la révolution
de Caracas, la balance du commerce de la
Guayra paroît avoir été de nouveau peu
différente de ce qu'elle étoit en 1796. J'ai
trouvé dans un journal de Santa-Fe de Bogota
(*Semanario*, Tom. II, p. 324.) un extrait offi-
ciel des registres de la douane, pour les premiers six mois de l'année 1809; pendant ce
sémestre, l'importation étoit, d'Espagne, de
274,205 piastres; de l'étranger, 768,705 p. :
valeur totale de l'importation, 1,042,910 p.
L'exportation étoit, pour l'Espagne, 778,802 p.;
pour l'étranger, 623,805 : valeur totale de
l'exportation, 1,402,607 p. On peut par conséquent regarder 2,700,000 piastres comme
le terme moyen de l'exportation du port de la
Guayra, au commencement du 19e siècle,
dans une année où le pays a joui d'une paix
intérieure et extérieure [1].

[1] J'ai communiqué des notions exactes et détaillées
sur les marchandises enregistrées dans les douanes d'Es-

Les deux ports de Cumana et de Nueva
Barcelona, au moment de la révolution, ex-
portoient annuellement (y compris le produit
du commerce illicite) pour la valeur de
1,200,000 piastres, dont 22,000 quintaux de
cacao, un million de livres de coton et 24,000
quintaux de viande salée. Si l'on ajoute aux
exportations de la Guayra, de Cumana et
de Nueva Barcelona, un million de piastres
comme produit du commerce de l'Angostura
et de Maracaybo, et 800,000 piastres comme
valeur des mulets et des bœufs embarqués à
Portocabello, à Carupano et dans d'autres
petits ports de la mer des Antilles, on trouve,
pour la valeur totale des produits exportés
dans l'ancienne *Capitania general* de Caracas,
près de six millions de piastres. Il est assez
probable que la consommation des denrées

pagne, pour les ports de la Terre-Ferme, en 1795, à
M. Dauxion-Lavaysse qui les a consignées dans son
Voyage à la Trinité, Tom. II, p. 464. J'avois tiré ces
notions d'un mémoire très-instructif du comte de
Casa Valencia, sur les moyens de vivifier le commerce
de Caracas. M. Urquinaona (*Rel. docum.*, p. 31) évalue
l'exportation de Venezuela, en 1809, à 8 millions de
piastres.

20 *

d'Europe et d'autres parties de l'Amérique atteignoit à peu près la même somme dans les temps paisibles qui ont immédiatement précédé la révolution. Comme rien n'est plus vague que les prétendues balances du commerce fondées sur les registres des douanes, et que l'on ignore si la contrebande avec les Antilles augmente les valeurs des effets enregistrés du quart, du tiers ou de la moitié, il n'est pas sans intérêt de vérifier les résultats que nous venons d'obtenir par l'évaluation partielle des besoins de la population. Or, on a trouvé, par des calculs minutieux faits sur les lieux, qu'en 1800 la consommation des productions étrangères [1] n'étoit, dans le *Govierno* de Cumana, pour chaque individu adulte de la classe la plus riche des habitans des villes, que de 102 piastres par an; pour un esclave adulte, 8 p.; pour des enfans non indiens au-dessous de douze ans, ¾ p.; pour

---

[1] *Informe de Don Manuel Navarete, Tesorero de la Real Hacienda en Cumana, sobre el estanco de tabaco y los medioz de su abolicion total* (manuscrit). Dans ce raisonnement sur la consommation, les mots *effets étrangers* indiquent toute marchandise qui n'est pas originaire du Venezuela.

chaque Indien adulte dans les communes les
plus civilisées·(*de doctrina*)͵ 10 p.; pour une
famille d'Indiens composée de 4 personnes entièrement nues, tels qu'on les trouve dans les
missions Chaymas, 7 piastres. D'après ces données, en ne supposant, dans les deux provinces de Cumana et Barcelona, que 86,000 habitans, dont 42,000 Indiens, et en ajoutant les
dépenses nécessaires annuellement pour l'orne-
ment et le service des églises, pour l'entretien
des communautés religieuses et pour l'équi-
pement des goëlettes, M. Navarete évalua la
valeur des marchandises tirées de l'étranger
à 853,000 piastres, ce qui fait presque 10 p.
pour un individu de tout âge et d'une caste
quelconque. Il n'est pas douteux que, pendant l'époque des agitations civiles et par le
contact plus fréquent avec les nations de l'Europe, le luxe a prodigieusement augmenté dans
quelques villes populeuses du Venezuela : mais
cette population des villes n'est, dans l'Amérique espagnole, qu'une fraction peu considérable de la population générale ; et, d'après
les habitudes de sobriété qu'a conservées la
grande masse qui habite les campagnes loin
des côtes, je pense que les 785,000 habitans

que nous supposons aujourd'hui dans le Venezuela nécessiteront, lorsque le pays jouira d'une parfaite tranquillité, plus de sept millions de piastres en productions étrangères.

Pour nous élever à des considérations plus générales, il sera utile de nous arrêter un moment à ces résultats numériques. L'Europe, surchargée de manufactures, cherche des débouchés pour faire écouler les produits de son industrie. Tel est le manque de manufactures et l'état des sociétés naissantes dans l'Amérique du Sud, que la population du Venezuela, qui égale tout au plus la population moyenne de deux départemens de la France [1], nécessite annuellement, pour sa consommation intérieure; pour la valeur de 35 millions de francs en marchandises et en denrées étrangères. Plus de quatre cinquièmes de ces effets viennent, par différentes voies, des marchés de l'Europe. Cependant la population du Venezuela est pauvre, frugale et peu avancée en civilisation : si, d'après les états d'importation, elle nous paroît très-consommatrice ; si, par ses besoins, elle ali-

---

[1] *Voyez* plus haut, p. 251, note 1.

mente l'industrie des nations commerçantes, c'est parce qu'elle est entièrement dépourvue de manufactures, et que les arts mécaniques les plus simples commencent à peine à y être exercés. Les maroquins et les peaux corroyés de Carora, les hamacs de l'île de la Marguerite, les couvertures de laines de Tocuyo sont des objets bien peu importans, même pour le commerce intérieur. Tous les tissus fins, toutes les toiles peintes dont a besoin le Venezuela, viennent de l'étranger. Lorsque le commerce de la France avec les colonies de l'Amérique étoit le plus florissant, avant l'année 1789, cette métropole importoit, dans ses colonies, pour 80 millions de francs en produits du sol et de l'industrie françoise. Or cette somme est de très-peu supérieure à celle qui exprime la valeur totale des consommations étrangères de Colombia. J'insiste sur l'importance de ces considérations pour prouver combien les peuples de l'ancien monde sont intéressés à la prospérité des états libres qui se forment dans l'Amérique équinoxiale. Si ces états, harcelés au-dehors, continuent à rester agités, une civilisation qui n'a pas jeté des racines bien profondes sera détruite peu à

peu ; et l'Europe, sans avantage pour la métropole qui n'a pu ni tranquilliser ni recon-
quérir avec durée ses colonies, sera privée,
pour un long espace de temps, d'un marché
propre à vivifier le commerce et l'industrie
manufacturière.

Je vais ajouter à ces considérations des
données statistiques peu connues, qui sont
tirées d'un mémoire très-récent du *Consulado
de la Vera-Cruz.* Ce mémoire fait voir que le
Venezuela, par son manque absolu de fa-
briques, et par le petit nombre d'Indiens qui
l'habitent, offre, proportion gardée des populations respectives, une plus grande consommation d'effets étrangers que la Nouvelle-
Espagne. Dans une période de vingt-cinq ans,
de 1796 à 1820, l'importation [1] du port de la

---

[1] Dans ces états du commerce publiés à la Vera-
Cruz, ne sont pas comprises les importations et les exportations faites *pour le compte du gouvernement.* Par
exemple, pour l'année 1802, le mouvement du commerce (la somme de l'exportation et de l'importation)
est indiqué de 60,445,955 piastres fortes. Si on y avoit
ajouté la valeur de $19\frac{1}{2}$ millions de piastres embarqués pour le compte du Roi et la valeur du mercure
et du papier à cigares, reçus pour le compte de la

Vera-Cruz s'est élevée, d'après les régistres de la douane, à la valeur de 259,105,940 piastres, dont 186,125,113 piastres de la métropole. La consommation de la Nouvelle-Espagne en effets d'Europe a été, pendant la même période, de 224,447,132 piastres ou de 8,977,885 piastres par an; on est frappé de la petitesse de cette somme, en la comparant aux besoins d'une population de 6 millions : aussi le secrétaire du *Consulado de la Vera-Cruz*, M. Quiros, en conclut que l'exportation, par voie de contrebande, s'est élevée, année moyenne, à plus de 12 ou 15 millions de piastres. D'après ces calculs, faits par des personnes qui ont une parfaite connoissance des localités, le Mexique consommeroit, dans son état actuel, tout au plus pour la valeur de 21 à 24 millions de piastres en effets étrangers, c'est-à-dire qu'avec une population octuple,

Real Hacienda, le mouvement total du commerce auroit été, en 1802, de 82,077,000 piastres; en 1803, on auroit trouvé 43,897,000 au lieu de 34,349,634 piastres. (*Voy.* mon *Essai polit. sur la Nouv. Espagne*, Tom. II, p. 702 et 708.) Pendant les 25 ans qui ont précédé l'année 1820, on a monnoyé, à Mexico, en or et en argent, pour la valeur de 429,110,008 piastres.

il consommeroit à peine quatre fois autant que
l'ancienne *Capitania general* de Caracas. Une
telle différence entre deux marchés ouverts
au commerce de l'Europe, sur les côtes du
Mexique et du Venezuela, paroîtra moins
extraordinaire, je pense, si l'on se rappelle que,
parmi les 6,800,000 habitans de la Nouvelle-
Espagne, il y a plus de 3,700,000 Indiens de
race pure [1], et que l'industrie manufacturière
de ce beau pays est déjà tellement avancée
qu'en 1821, la valeur des tissus indigènes en
laine et en coton s'élevoit à 10 millions de
piastres par an [2]. En défalquant de la population totale du Venezuela et du Mexique la
population indienne dont les besoins sont
presque entièrement restreints aux produits du
sol qu'elle habite, on trouve, pour la consommation des productions d'industrie étrangère,
dans le premier de ces pays, 10 piastres; pour
le second, 8 piastres par individu de tout âge
et de tout sexe. Ces résultats, compris dans des

[1] Voyez plus haut, p. 162.
[2] *Balanza del Comercio reciproco hecho por el puerto
de Vera-Cruz con los de España y de America en los
ultimos 25 años.* (*De orden del Consulado de Vera-
Cruz, el 18 de Abril 1821.*)

limites assez rapprochées, font voir que, lorsqu'on ne considère que de grandes masses,
l'état de la société paroît presque le même,
malgré l'influence variée des causes physiques
et morales, dans les parties les plus éloignées
de l'Amérique espagnole.

Les côtes du Venezuela ont, par la beauté
de leurs ports [1], par la tranquillité de la mer

---

[1] Voici la série des mouillages, rades et ports que je
connois, depuis le cap Paria jusqu'au Rio del Hacha :
Ensenada de Mexillones; embouchure du Rio Caribes; *Carupano; Cumana* (Voyez plus haut, Tom. II,
p. 267 et 268); Laguna chica, au sud de Chuparuparu
(T. IX, p. 119-124); *Laguna grande del Obispo* (T. III,
p. 26; T. IX, p. 132 et 133); Cariaco (T. III, p. 248);
Ensenada de Santa-Fe; Puerto Escondido; *Port de
Mochima* (Tom. IV, p. 66 et 67); Tom. IX, p. 133);
Nueva Barcelona (Tom. IV, p. 71 et 72; Tom. IX,
p. 96); embouchure du Rio Unare; Higuerote (T. IV,
p. 81 et 82); Chuspa; Guatire; *La Guayra* (Tom. IV,
p. 95); Catia; Los Arecifes; Puerto-la-Cruz; Choroni;
Sienega de Ocumare; Turiamo; *Burburata;* Patanebo
(Tom. IV, p. 121); *Puerto-Cabello* (Tom. V, p, 245);
Chichiribiche (Tom. V, p. 249-251); Puerto del Man-
zanillo; *Coro; Maracaybo;* Bahia Honda; El Portete et
Puerto Viejo. L'île de la Marguerite a trois bons ports,

qui les baigne et par les superbes bois de construction dont elles sont couvertes, de grands
avantages sur les côtes des États-Unis. Nulle
part dans le monde on ne trouve des mouillages plus rapprochés, des positions plus con-
venables pour l'établissement de ports militaires. La mer de ce littoral est constamment
calme comme celle qui s'étend de Lima à
Guayaquil. Les tempêtes et les ouragans des
Antilles ne se font jamais sentir sur la *Costa
firme* ; et quand, après le passage du soleil
par le méridien, de gros nuages, chargés
d'électricité, s'accumulent sur la chaîne côtière, cet aspect souvent menaçant du ciel
n'annonce au pilote habitué à fréquenter ces
parages, qu'un grain de vent qui oblige à peine
de serrer ou d'amener les voiles. Les forêts
vierges, rapprochées de la mer, dans la partie
orientale de la Nouvelle-Andalousie, présentent des ressources précieuses pour établir
des chantiers de construction. Les bois de la
Montagne de Paria peuvent rivaliser avec ceux

Pampatar, Pueblo de la Mar et Bahia de Juan Griego.
(Le caractère italique désigne les ports les plus fré-
quentés.)

de l'île de Cuba, de Huasacualco, de Guayaquil et de San Blas. A la fin du dernier siècle,
le gouvernement espagnol avoit fixé son
attention sur cet objet important. On faisoit
choisir et marquer par des ingénieurs de la
marine les plus beaux troncs de Brésillet,
d'Acajou, de Cedrela et de Laurinées entre
l'Angostura et les Bouches de l'Orénoque,
comme sur les bords du golfe de Paria appelé
vulgairement *Golfo triste*. On ne voulut pas
établir les chantiers et les calles sur les lieux
mêmes, mais donner aux pièces de bois,
comme par ébauche, la forme nécessaire pour
la construction des navires, et les faire trans-
porter, par les vaisseaux du Roi, à la Caraque,
près de Cadiz. Quoique les arbres propres à
la mâture manquent dans cette région, on
se flattoit cependant de pouvoir diminuer
très-considérablement, par l'exécution de ce
projet, l'importation des bois de construction
de la Suède et de la Norwège. L'établissement
fut tenté dans un endroit extrêmement malsain [1], dans la Vallée de Quebranta, près de

---

[1] Tom. III, p. 108.

Guirie. J'ai parlé, dans un autre endroit, des
causes de sa destruction. L'insalubrité du lieu
auroit sans doute diminué à mesure que la
forêt (*el monte virgen*) se seroit trouvée plus
éloignée des habitations. Il aurait fallu employer à la coupe des bois non des blancs,
mais des gens de couleur, et se rappeler que
les frais n'auroient plus été les mêmes si les
routes (*arastraderos*), pour le transport des
troncs, eussent été une fois tracées, et que,
par l'accroissement de la population, le prix
de la journée eût diminué progressivement. Il
n'appartient qu'aux constructeurs de marine
qui connoissent les localités, de juger si, dans
l'état actuel des choses, le fret des bâtimens
marchands n'est pas de beaucoup trop cher
pour qu'on envoie en Europe, en grande
quantité, des pièces de bois, à demi ébauchées:
mais ce qui ne peut être douteux, c'est que le
Venezuela possède sur ses côtes, comme sur les
bords de l'Orénoque, d'immenses ressources
pour les constructions navales. Les superbes
vaisseaux sortis des chantiers de la Havane,
de Guayaquil et de San Blas sont plus chers
sans doute que les vaisseaux des chantiers

d'Europe; mais ils ont sur ces derniers, par la nature des bois des tropiques, l'avantage d'une longue durée.

Nous venons d'analyser les objets de l'industrie commerciale du Venezuela et de leur valeur numéraire; il nous reste à jeter un coup d'œil sur les *moyens du commerce*, qui, dans un pays dépourvu de grandes routes et de roulage, se trouvent restreints à la navigation intérieure et extérieure. L'uniformité de température qui règne dans la majeure partie de ces provinces, cause une telle égalité dans les productions agricoles indispensables à la vie, que le besoin des échanges s'y fait moins sentir qu'au Pérou, à Quito et dans la Nouvelle-Grenade, où les climats les plus opposés se trouvent réunis sur un petit espace de terrain. La farine des céréales est presque un objet de luxe pour la grande masse de la population; et chaque province participant à la possession des *Llanos*, c'est-à-dire à celle des pâturages, tire sa nourriture de son propre sol. L'inégalité des récoltes de maïs, variables selon la fréquence plus ou moins grande des pluies, le transport du sel et la prodigieuse consommation des viandes dans les districts

les plus peuplés, donne lieu sans doute à des
échanges entre les *Llanos* et les côtes; mais
le grand et véritable objet du mouvement
commercial dans l'intérieur du Venezuela est
le transport des produits destinés à être exportés aux îles Antilles et en Europe, tels que
le cacao, le coton, le café, l'indigo, la viande
sèche et les cuirs. On est surpris de voir
que, malgré les nombreux troupeaux de chevaux et de mulets qui errent dans les *Llanos,*
on ne se serve point encore de ces grands cha-
riots qui, depuis des siècles, traversent les
Pampas; entre Cordova et Buenos-Ayres. Je
n'en ai pas vu un seul à la Terre-Ferme; tous
les transports se font à dos de mulets ou par
eau; il seroit très-aisé cependant de tracer une
route propre au roulage de Caracas à Valencia,
dans les vallées d'Aragua, et, delà, par la
Villa de Cura aux *Llanos* de Calabozo, comme
de Valencia à Portocabello et de Caracas à La
Guayra. Les *Consulados* de Mexixo et de
Vera-Cruz ont su vaincre des difficultés bien
plus grandes, en construisant les belles routes
de Perote au littoral, et de la capitale à Toluca.

Quant à la navigation intérieure du Venezuela, il seroit inutile de répéter ici ce que

nous avons exposé plus haut sur les embranchemens et les communications des grandes
rivières ; nous nous bornons à fixer l'attention
des lecteurs sur les deux grandes *lignes navigables* qui existent de l'ouest à l'est (par
l'Apure, le Meta et le Bas-Orénoque), et du
sud au nord (par le Rio Negro, le Cassiquiare,
le Haut et le Bas-Orénoque). La première de
ces lignes fait refluer, vers l'Angostura, par
la Portuguesa, le Masparro, le Rio de Santo-
Domingo et l'Orivante, les productions de la
province de Varinas [1] ; par le Rio Casanare,
le Crabo et le Pachaquiaro, les productions de
la Province de *Los Llanos* et du plateau de Bogota [2]. La seconde ligne de navigation, fondée
sur la bifurcation de l'Orénoque, conduit à
l'extrémité la plus méridionale de Colombia,
à San Carlos del Rio Negro et à l'Amazone.
Dans l'état actuel de la Guyane, la navigation
au sud des Grandes Cataractes [3] de l'Orénoque est presque nulle, et l'utilité des communications intérieures, tant avec le Parà ou

[1] Tom. VI, p. 165, 243-245.

[2] Tom. VI, p. 383-389.

[3] Atures et Maypures.

les bouches de l'Amazone qu'avec les Provinces
espagnoles de Jaen et de Maynas, n'est fondée
que sur de vagues espérances. Ces communications sont pour le Venezuela ce que sont
pour les habitans des États-Unis celles de Boston et de New-York avec les côtes de l'Océan-
Pacifique, à travers les Montagnes Rocheuses.
En substituant au portage du Guaporè [1] un
canal de 6000 toises, une ligne de navigation
intérieure seroit ouverte de Buenos-Ayres à
l'Angostura. De deux autres canaux, encore
plus aisés à construire, l'un pourroit réunir
l'Atabapo au Rio Negro [2] par le Pimichin, en
dispensant les bateaux de faire le détour par
le Cassiquiare; l'autre rendroit nuls les dangers
des rapides de Maypures [3]. Mais, je le répète,
toutes les vues de commerce qui se portent
au sud des Grandes Cataractes appartiennent
à un état de civilisation qui paroît bien éloigné
encore et dans lequel les quatre grands affluens
de l'Orénoque (le Carony, le Caura, le Pa-
damo et le Ventuari [4]) deviendront célèbres

[1] Tom. VI, p. 55.
[2] Tom. VII, p. 207-209.
[3] Tom. VII, p. 318-320.
[4] Tom. VIII, p. 151-153, 252, 254. Voyez aussi,

comme le sont, à l'ouest des Alleghanis,
l'Ohio et le Missouri. La grande, la ligne de
navigation de l'ouest à l'est, fixe seule aujour-
d'hui l'attention des habitans, et même le
Meta n'a point encore l'importance de l'Apure
et du Rio Santo Domingo. Sur cette ligne [1] de

sur l'importance du Guaviare, Tom. VII, p. 264-266;
sur l'isthme du Rupunuri et les portages entre le Rio
Branco, l'Essequebo et le Caroni, Tom. VIII, p. 114-
118; sur le chemin de terre qui conduit du Haut au
Bas-Orénoque, de l'Esmeralda à l'Erevato, T. VIII,
p. 215-217.

[1] Le titre d'un livre qui a récemment paru (*Journal of an Expedition* 1400 *miles up the Orinoco, and*
300 *up the Arauca by H. Robinson*, 1822) exagère singulièrement la longueur du Bas-Orénoque et de ses
affluens de l'ouest. Dix-sept cents milles anglois de
voyage auroient conduit l'auteur bien en avant dans la
Mer du Sud. Une erreur géographique, plus extraordinaire encore, se trouve dans un ouvrage composé
presque entièrement de morceaux extraits de ma *Réla-
tion historique*, et accompagné d'une carte qui porte
mon nom, quoique j'y cherche en vain la ville de Popayan. Il est dit, dans le *Geographical, statistical, agri-
cultural, commercial and political Account of Colombia* (1822); Tom. II, p. 28) « que le Cassiquiare,
que l'on a cru long-temps être un bras de l'Orénoque,
a été récemment trouvé par M. de Humboldt être un

5oo lieues de long, l'usage des bateaux à
vapeur sera de la plus grande utilité pour remonter de l'Angostura à Torunos, qui est le
port de la province de Varinas. On a de la
peine à se faire une idée de la force musculaire employée par les bateliers, soit qu'ils
touent leurs embarcations, soit qu'ils appuient
la rame (*palanca*) contre le rivage [1], en remontant, à l'époque des grandes crues, l'A-
pure, la Portuguesa ou le Rio de Santo Domingo. Les *Llanos* offrent une arête de
partage si peu élevée qu'entre le Rio Pao et le
lac de Valencia, comme entre le Rio Mamo et
le Guarapiche, on pourroit ouvrir des communications par des canaux, et réunir, pour
la facilité du commerce intérieur, le bassin du

bras du Rio Negro. «La même assertion est répétée dans
le *Vollständige Handbuch der neueren Erdbeschreibung,*
Tom. XVI, p. 48, rédigé par un homme d'un grand
mérite, M. Hassel. Il y a cependant déjà près de 25 ans
que j'ai remonté le Cassiquiare dans la direction du sud
au nord.

[1] Il y a dans la Portuguesa et l'Apure des sinuosités
(*vueltas*) et des contre-forts (*barancrs y laderas*) qui re-
tiennent quelquefois les bateaux une journée entière.
Le Tuy et le Yaracuy sont en partie navigables,

Bas-Orénoque au littoral de la Mer des Antilles et du golfe de Paria [1].

A côté de cet intérêt purement local, celui
de la navigation intérieure du Venezuela se
place un autre intérêt qui est intimement lié à
la prospérité de tous les peuples commerçans
des deux hémisphères. Parmi les cinq points
qui paroissent offrir la possibilité d'ouvrir une
navigation directe entre l'Océan atlantique et
la Mer du Sud, il y en a trois qui se trouvent
dans le territoire de Colombia. Je ne répéterai
point ici ce que j'ai exposé sur cet objet important, dans le premier volume de l'*Essai
politique sur la Nouvelle-Espagne* [2]; j'y ai fait
voir qu'avant d'entreprendre des travaux sur
un seul de ces points, il faudroit les avoir examinés tous. Ce n'est qu'en envisageant un
problême de construction hydraulique dans
sa plus grande généralité, que l'on parvient à
le résoudre d'une manière avantageuse. Depuis que j'ai quitté le Nouveau-Continent,
aucune mesure barométrique, aucun nivel-

[1] Tom. V, p. 180-184; IX, p. 62-64.

[2] Tom. I, p. LX et 11; Tom. VII, p. 462-464. *Voyez*
aussi mon *Atlas géogr. et physique de la Nouvelle-Espagne*, Pl. IV.

lement géodésique n'ont été exécutés pour
déterminer les *lignes de faîtes* que doivent traverser les canaux projetés. Les différens ouvrages qui ont paru pendant la guerre de
l'indépendance des colonies espagnoles, se
bornent aux mêmes notions [1] que j'ai publiées

[1] J'en excepte les renseignemens utiles que M. Davis Robinson a donnés sur les mouillages de Huasacualco, de Rio San Juan et de Panama. *Memoirs on
the Mexican Revolution*, 1821, p. 263. *Voyez* aussi
Edimb. Rev., 1810, janv. *Walton* dans *Colonial Journal*, 1817 (mars et juin), *Bibl. Universelle de Genève*,
1823, janv., p. 47. *Biblioteca Americana*, Tom. I,
p. 115-129. « La barre à l'embouchure du Rio Huasacualco a 23 pieds d'eau. Il y a bon ancrage, et le port
peut admettre les plus grands navires. La barre du Rio
San Juan, à la côte orientale de Nicaragua, a 12 pieds
d'eau; sur un seul point il y a une passe étroite de 25
pieds de profondeur. On compte dans le Rio San Juan
4 à 6 brasses; dans le lac de Nicaragua, 3 à 8 brasses
(mesure angloise). Le Rio San Juan est navigable pour
des brigantins et des goëlettes. » M. Davis Robinson
ajoute que les côtes occidentales du Nicaragua ne sont
pas aussi orageuses qu'on me les a dépeintes pendant
ma navigation dans la Mer du Sud, et qu'un canal qui
aboutiroit à Panama auroit le grand désavantage de devoir être continué à deux lieues de distance *dans la
mer*, parce qu'il n'y a que quelques pieds d'eau jusqu'aux îlots Flamengo et Perico.

dès l'année 1808. C'est seulement par les rapports que j'ai entretenus avec les habitans des régions qui sont les moins visitées, que j'ai pu acquérir quelques nouveaux renseignemens : je m'arrêterai ici aux considérations les plus importantes pour la politique et le commerce des peuples.

Les cinq points qui offrent la possibilité d'une communication de mer à mer se trouvent réunis entre les 5 et les 18 degrés de latitude boréale. Tous appartiennent par conséquent aux états baignés par la Mer des Antilles, aux territoires des deux confédérations mexicaine et colombienne, ou, pour employer les anciennes dénominations géographiques, aux intendances d'Oaxaca et de Vera-Cruz, aux provinces de Nicaragua, de Panama et du Choco. Ce sont :

L'ISTHME DE TEHUANTEPEC (lat. 16°-18°), entre les sources du Rio Chimalapa et du Rio del Passo qui se jette dans le Rio Huasacualco ou Goazacoalcos ;

L'ISTHME de NICARAGUA (lat. 10°-12°), entre le port de San Juan de Nicaragua à l'embouchure du Rio San Juan, le lac de Ni-

caragua et la côte du golfe de Papagayo, près des volcans de Granada et de
Bombacho.

L'ISTHME DE PANAMA (lat. 8° 15′-9° 36′);

L'ISTHME DU DARIEN ou de Cupica (lat. 6°
40-7° 12′);

LE CANAL DE LA RASPADURA, entre le Rio
Atrato et le Rio San Juan du Choco (lat.
4° 58′-5° 20′).

Telle est la position heureuse de ces cinq
points, dont le dernier sera vraisemblablement
toujours restreint au *système de petite navigation* (aux communications intérieures par
des bateaux de peu de capacité), qu'ils sont
placés au centre du Nouveau-Continent, à
égale distance du cap de Horn et de la côte
nord-ouest, célèbre par le commerce des
fourrures. Tous se trouvent opposés (entre
les mêmes parallèles) aux mers de la Chine et
de l'Inde, circonstance importante dans des
parages où règnent les vents alisés : tous sont
facilement abordables pour les bâtimens qui
viennent de l'Europe et des États-Unis, depuis
que l'on connoît bien les positions du Baxo
nuevo, du Roncador et de la Serrana.

L'isthme le plus septentrional, celui de Te-huantepec, que déjà Hernan Cortez, dans une de ses lettres à l'empereur Charles-Quint (du 30 octobre 1520) appelle le *secret du détroit*, a d'autant plus fixé, dans ces dernières années, l'attention des navigateurs, que, pendant les troubles politiques de la Nouvelle Espagne, le commerce de la Vera-Cruz a été réparti entre les petits ports de Tampico, de Tuxpan, et de Huasacualco [1]. On a calculé que la navigation de Philadelphie à Noutka et à l'embouchure du Rio Colombia, qui est à peu près de 5000 lieues marines, en prenant la route ordinaire autour du cap de Horn, sera au moins diminuée de 3000 lieues, si le passage de Huasacualco à Tehuantepec pouvoit être effectué par un canal. Comme j'ai eu à ma disposition, dans les archives de la vice-royauté de Mexico, les mémoires de deux ingénieurs [2] qui ont été chargés de faire la reconnoissance de l'isthme, j'ai pu me former une idée assez précise des circonstances locales. Il ne paroît

[1] *Balanza del comercio maritimo de la Vera-Cruz correspondiente al año de* 1811, p. 19, n° 10.

[2] Don Agustin Cramer et Don Miguel del Corral.

pas douteux que la *ligne de faîtes* qui forme le
partage d'eaux entre les deux mers, est interrompue par une vallée transversale dans laquelle un canal de navigation pourroit être
creusé. On a prétendu récemment que, dans
le temps des grandes crues, cette vallée se
remplissoit d'une quantité d'eau suffisante
pour permettre un passage naturel aux bateaux des indigènes; mais je n'ai trouvé aucune indication de ce fait intéressant dans les
différens rapports officiels adressés au vice-roi
Don Antonio Bucareli. Des communications
semblables existent, à l'époque de fortes inondations, entre les bassins des rivières Saint-
Laurent et Mississipi, c'est-à-dire entre le lac
Érie et le Wabash, entre le lac Michigan et la
rivière des Illinois [1]. Le canal de Huasacualco,
projeté sous la sage administration du comte
de Revillagigedo, réuniroit le Rio Chimalapa et
le Rio del Passo, qui est un affluent du Huasacualco. Il n'auroit que près de 16,000 toises de
long; et, d'après la description qu'en donne
l'ingenieur Cramer, qui jouissoit d'une grande
réputation, on pourroit croire qu'il n'exi-
geroit ni des écluses, ni des galeries souter-

[1] Tom. II, p. V, p. 182 et 183; VIII, p. 108-110.

raines, ni l'emploi de plans inclinés. Il ne faut
point oublier cependant qu'aucun nivellement
barométrique ou géodésique n'a été exécuté
jusqu'ici dans le terrain compris entre les ports
de Tehuantepec et de San Francisco de Chimalapa, entre les sources du Rio del Passo et
les Cerros de Los Mixes. Un coup d'œil jeté
sur la carte, que j'ai esquissée de ces contrées,
fait concevoir que la difficulté de cette entre-
treprise, dont le Gouvernement du Mexique
va s'occuper incessamment, consiste moins
dans le tracé du canal que dans les travaux
nécessaires pour rendre navigables pour de
grandes embarcations le Rio Chimalapa et les
sept rapides qu'offre le Rio del Passo, depuis
l'ancien *embarcadère*, au nord des forêts de
Tarifa, jusqu'à l'embouchure du Rio Saravia,
près du nouvel *embarcadère* de la Cruz. On
peut craindre, à cause de la largeur totale de
l'isthme (de plus de 38 lieues), que les sinuosités et l'état du lit des rivières ne s'opposent
au projet d'ouvrir un canal de navigation océanique approprié aux bâtimens qui font le commerce de la Chine et de la côte nord-ouest de
l'Amérique : toutefois il sera de la plus haute
importance, soit d'établir une ligne de petite

navigation, soit de perfectionner le chemin
de terre qui passe par Chihuitan et Petapa.
Ce chemin a été ouvert en 1798 et 1801, et
les indigos de Guatimala, la cochenille et les
viandes salées ont long-temps reflué, par cette
voie, au port de la Vera-Cruz et à l'île de
Cuba.

L'isthme de Nicaragua et celui de Cupica
m'ont toujours paru les plus favorables pour
établir des *canaux de grande dimension*, semblables au canal Calédonien qui a 103 pieds
(mesure françoise) de large à la ligne d'eau,
sans les banquettes qui arrêtent les éboule-
lemens, 47 pieds de large à la ligne de fond et
18 $\frac{1}{2}$ pieds de profondeur. Lorsqu'il s'agit d'une
communication océanique capable de causer
une révolution dans le monde commercial, il
peut être question des moyens qui établissent
un système de navigation intérieure par des
écluses de 16 à 20 pieds de largeur entre les
bajoyers, comme dans les canaux de Languedoc, de Briare, de la Grande Jonction ou
de Clyde. Quelques-uns de ces canaux ont
paru pendant long-temps des entreprises gigantesques : elles le sont effectivement lorsqu'on les compare à des canaux en petite sec-

tion, mais leur profondeur moyenne [1] ne dépassant pas 6 à 7 ½ pieds de France; ils ne peuvent donner passage, comme le canal Calédonien, aux bâtimens de commerce du plus fort tonnage et à des frégates de 32 canons. C'est cependant la possibilité de ce passage que l'on discute, lorsqu'on parle de la coupure d'un isthme en Amérique. La prétendue *jonction des deux mers*, par le canal de Languedoc, n'a pas fait éviter à la navigation un circuit de plus de 600 lieues autour de la Péninsule espagnole; et, quelque admirable que soit cet ouvrage hydraulique, qui reçoit annuellement 1900 barques plates du port de 100 à 120 tonneaux, on ne doit le considérer que comme un moyen de *roulage intérieur* : car il diminue de bien peu le nombre des bâtimens qui passent le détroit de Gibraltar. On ne sauroit révoquer en doute que, sur un point quelconque de l'Amérique équinoxiale,

---

[1] *Andreossy, Hist. du canal de Languedoc*, p. 364. *Huerne de Pommeuse, des canaux navigables*, 1822, p. 64, 264, 309. *Dupin, Mém. sur la marine et les ponts et chaussées de France et d'Angleterre*, p. 65 et 72. *Dutens, Mém. sur les travaux publics d'Angleterre*, p. 295.

soit dans l'isthme de Cupica, soit dans ceux de
Panama, de Nicaragua et de Huasacualco ou
Tehuantepec, la réunion de deux ports voisins
par un *canal en petite section* (de 4 à 7 pieds de
fond) feroit naître un grand mouvement de
commerce. Ce canal agiroit comme un *chemin
en fer :* quelque petit qu'il fût, il vivifieroit
et abrégeroit les communications entre les
côtes américaines occidentales et celles des
États-Unis et de l'Europe. Si l'on a préféré généralement, et même en temps de guerre,
pour l'exportation des cuivres du Chili, du
quinquina et de la laine de vigogne du Pérou,
et du cacao de Guayaquil, le long et dangereux trajet autour du cap de Horn, au commerce d'entrepôt de Panama et de Portobelo,
ce n'est qu'à cause du manque de moyens de
transport et de la misère extrême qui règnent
autour de deux villes qui étoient si florissantes
au commencement de la conquête. Les difficultés que je rappelle ici augmentent encore
lorsqu'il s'agit de faire parvenir des marchandises de Carthagène des Indes ou des îles Antilles, à Quito ou à Lima : dans la direction
du nord au sud, il faut remonter le Rio Chagre
et vaincre la force de son courant comme celle

des vents et des courans de l'Océan-Pacifique.

En *canalisant le Chagre*, en employant de longs bateaux à vapeur, en établissant des *chémins en fer* (*rail-ways*), en introduisant les chameaux des Canaries, qui avoient commencé, lors de mon voyage, à se multiplier dans le Venezuela[1], en creusant des canaux en petite section dans l'isthme de Gupica, ou sur la langue de terre qui sépare le lac de Nicaragua de la Mer du Sud, on contribuera à la prospérité de l'industrie américaine, mais on n'influera que très-indirectement sur les intérêts généraux des peuples civilisés. La direction du commerce de l'Europe et des États-Unis avec la *côte des fourrures* (entre l'embouchure du Colombia et la Rivière de Cook), avec les îles Sandwich, riches en bois de Sandal, avec l'Inde et la Chine, ne sera pas changée. Des communications lointaines exigent l'emploi de navires d'un fort tonnage pour pouvoir charger beaucoup de marchandises à la fois, des passes naturelles ou artificielles d'une profondeur moyenne de 15 à 17 pieds, une navigation non

---

[1] *Voyez* Tom. I, p. 165, 221-223; V, p. 221-225, et *Essai politique*, Tom. II, p. 689.

interrompue, c'est-à-dire qui ne donne lieu à
aucun déchargement des vaisseaux. Toutes
ces conditions sont de rigueur, et c'est vouloir
déplacer la question que de confondre les canaux qui, par leurs dimensions, ne servent
qu'à faciliter soit les communications intérieures, soit le cabotage le long des côtes
(comme les canaux de Languedoc et de Clyde,
entre la Méditerranée et l'Océan Atlantique,
entre la mer d'Irlande et la mer du Nord),
avec des bassins d'écluse qui peuvent recevoir
des navires employés pour le commerce de
Canton. Dans une affaire qui intéresse tous
les peuples qui ont fait quelques pas dans la
carrière de la civilisation, il faut préciser mieux
qu'on ne l'a fait jusqu'ici un problême dont la
solution heureuse dépend du choix des localités. Il seroit imprudent (je le répète ici)
de commencer sur un point, sans avoir exa--
miné et nivelé les autres; il seroit surtout à
regretter que les travaux fussent entrepris sur
une échelle trop petite ; car, dans ce genre
d'ouvrages, les dépenses n'augmentent pas
dans la même proportion que la section des
canaux et que la largeur des sas.

L'idée erronée que les géographes, ou,

pour mieux dire, les dessinateurs de cartes
ont propagée depuis des siècles, soit de la
hauteur uniforme des Cordillères de l'Amérique, soit de leur prolongement en arêtes
continues, soit enfin de l'absence [1] de toute
vallée transversale franchissant les prétendues
chaînes centrales, a fait croire assez généralement que la jonction des mers étoit d'une
difficulté beaucoup plus grande qu'on n'a droit
de le supposer jusqu'à ce jour. Il paroît qu'il
n'y a pas de chaînes de montagnes, pas même
une arête de partage ou ligne de faîtes sensibles [2] entre la baie de Cupica, sur les côtes

[1] J'ai traité de la source de ces erreurs, plus haut,
Tom. VI, p. 49-52; VII, p. 47-51; VIII, p. 92-95,
108-110, 166-198.

[2] Ces expressions n'ont rapport qu'à la facilité avec
laquelle on traceroit le canal. Je n'ignore pas qu'une
montée très-lente de 40 à 50 toises peut, par sa lenteur même, devenir insensible. J'ai trouvé la grande
place de Lima élevée de 88 toises au-dessus des eaux
de la Mer du Sud; cependant, en allant du Callao à
Lima, on ne s'aperçoit presque pas de cette différence
de niveau, répartie sur une distance moitié moins
grande que celle de Cupica, à l'embarcadère du Rio
Naipi. La position géographique de Cupica est tout
aussi incertaine que la position du confluent du Naipi

de la Mer du Sud, et le Rio Naipi, qui se jette
dans l'Atrato, une quinzaine de lieues au-

avec l'Atrato; et cette incertitude paroîtra moins
étrange si l'on se rappelle qu'elle s'étend sur toute la
côte méridionale de l'isthme de Panama, et que le littoral entre les Caps de Charambira et de San Francisco
Solano n'est jamais longé, à vue de terre, par des marins munis d'instrumens précis. Cupica est un port de
la province peu connue de Biruquete, que les cartes du
Deposito hydrografico de Madrid placent entre le Darien et le Choco de Norte. Elle a pris son nom de celui
d'un Cacique, nommé Birù ou Biruquete, qui régnoit
dans les terres voisines du golfe de San Miguel, et qui
guerroya comme allié des Espagnols, en 1515. (*Herera,
Dec.*, Tom. II, p. 8.) Je n'ai trouvé sur une aucune
carte espagnole de Cupica, mais bien *Puerto Quemado
ó Tupica*, par 7° 15′ de lat. (*Carta del Mar de las Antillas*, 1815. *Carta de la costa occidental de la America*, 1810). Un croquis manuscrit, que je possède de
la province du Choco, confond Cupica et Rio Sabaleta,
lat. 6° 3o′; cependant Rio Sabaleta, d'après les cartes
du *Deposito*, est placé au sud et non au nord du Cap
San Francisco Solano, par conséquent de 45′ au sud
de Puerto Quemado. D'après la carte de la province
de Carthagène, par don Vicente Talledo (Londres
1816), le confluent du Rio Napipi (Naipi?) est par les
6° 4o′ de latitude. Il faut espérer que ces incertitudes
de position seront bientôt levées par des observations
faites sur les lieux.

dessus de son embouchure. C'est un pilote bis-
caïen, M. Gogueneche, qui, dès l'année 1799,
a fixé l'attention du gouvernement sur ce
point. Des personnes très-dignes de foi et qui
ont fait avec lui le trajet des côtes de la Mer
Pacifique à l'embarcadère du Naipi, m'ont
assuré n'avoir vu aucune colline dans cet
isthme d'atterrissement. Ils ont mis 10 heures à
traverser cet espace. Un négociant de Carthagène des Indes, vivement intéressé à tout ce
qui regarde la Statistique de la Nouvelle-Grenade, Don Ignacio Pombo [1], m'écrivit au mois
de février 1803 : « Depuis que vous avez remonté le Rio Magdalena pour passer à Santa-
Fe et à Quito, je ne cesse de prendre des in-
formations sur l'isthme de Cupica ; il n'y a que
5 à 6 lieues de ce port à l'embarcadère du Rio
Naipi : tout ce terrain est en plaine *(tereno en-
teramente llano)*. » D'après les faits que je viens
de rapporter, on ne peut douter que cette
partie du Choco septentrional ne soit de la plus
haute importance pour la solution du pro-

---

[1] Ami du célèbre Mutis, et auteur d'un petit ouvrage sur le commerce du quinquina (*Noticias va-
rias sobre las quinas oficinales, Carth. de Indias*, 1817),
que j'ai eu occasion de citer plusieurs fois.

blême qui nous occupe : mais pour se former
une idée précise de cette absence des montagnes à l'extrémité méridionale de l'isthme de
Panama, il faut se rappeler la charpente générale des Cordillères. La chaîne des Andes est
divisée sous les 2° et 5° de latitude en trois chaînons [1]. Les deux vallées longitudinales qui séparent ces chaînons, forment les bassins de la
Magdalena et du Rio Cauca. La branche orientale des Cordillères incline vers le nord-est,
et se lie par les montagnes de Pamplune et de
la Grita à la *Sierra Nevada de Merida* et à la
chaîne côtière de Venezuela. Les branches intermédiaires et occidentales, celles de Quindiò

---

[1] Chaînon oriental, celui de la Suma-Paz, de Chin-
gasa et de Guachaneque, entre Neiva et le bassin du
Guaviare, entre Santa-Fe de Bogota et le bassin du
Meta; chaînon intermédiaire, celui de Guanacas, de
Quindiò et d'Erve (Herveo), entre le Rio Magdalena
et le Rio Cauca, entre la Plata et Popayan, entre Iba-
guè et Carthago; chaînon occidental entre le Rio Cauca
et le Rio San Juan, entre Cali et Novita, entre Carthago et le Tadò. (Voyez mon Atl. géogr. Pl. xxiv). Ce
dernier chaînon qui sépare les provinces de Popayan
et du Choço, est généralement très-bas; on assure cependant qu'il s'élève beaucoup dans la montagne de
Torà, à l'ouest de Calima. *Pombo, de las Quinas*, p. 67.

et du Choco, se confondent dans la province d'Antioquia, entre les 5° et 7° de latitude, et forment un groupe de montagnes d'une largeur très-considérable ; groupe qui se prolonge par le *Valle de Osos* et l'*Alto del Viento* vers Cazeres et les hautes savanes de Tolù. Plus à l'ouest, dans le *Choco del Norte*, sur la rive gauche de l'Atrato, les montagnes s'abaissent à tel point qu'elles disparoissent entièrement entre le golfe de Cupica et le Rio Naipi. C'est la position astronomique de cet isthme, et la distance de l'embouchure de l'Atrato à son confluent avec le Rio Naipi [1], qu'il faudroit

[1] La géographie de cette partie de l'Amérique, entre les bouches de l'Atrato, le Cap Corientes, le Cerro del Torà et la Vega de Supia, est dans l'état le plus déplorable. Ce n'est que plus à l'est, dans la province d'Antioquia, que les travaux de Don Jose Manuel Restrepo offrent un certain nombre de points dont la position a été fixée astronomiquement. On compte de Cupica au Cap Corientes, par terre, de 12 à 14 (?) lieues marines. De Quibdo (Zitara), où réside le *Teniente Gobernador* (car le corrégidor habite Novita), il y a 7 à 8 jours de navigation pour descendre jusqu'aux bouches de l'Atrato. C'est une erreur commune à toutes les cartes modernes (à l'exception de celle de M. Talledo), de placer Zitara 1° trop au nord, tantôt à

constater avec précision. Nous ignorons si des
goëlettes peuvent remonter jusque-là.

Après le lac de Nicaragua, après Cupica et
Huasacualco, c'est l'isthme de Panama qui mérite la plus sérieuse attention. Dans cet isthme,
la possibilité de former un canal de navigation
océanique dépend à la fois de la hauteur du
point de partage, et de la configuration des
côtes, c'est-à-dire du *maximum* de leur rappro-
chement. Une langue de terre si étroite a pu,
par sa direction, échapper à l'influence destructive du courant de rotation ; et la supposition
que la plus grande hauteur des montagnes doit
correspondre au *minimum* de distance entre les
côtes, ne seroit de nos jours pas même justifiée
par les principes d'une géologie purement sys-
tématique. Depuis que j'ai publié mon premier
travail sur la jonction des mers, notre ignorance est malheureusement restée la même à
l'égard de l'élévation de l'arête que le canal doit
franchir. Deux savans voyageurs, MM. Boussingault et Rivero, ont nivelé les Cordillères

la bouche de l'Atrato même, tantôt à son confluent
avec le Naipi. De San Pablo situé quelques lieues au-
dessous du Tadó, sur la rive droite de Rio San Juan,
à Quibdó ou Zitarà, il n'y a qu'un seul jour de chemin.

de Caracas à Pamplona, et de là à Santa-Fe de Bogota, avec une précision supérieure à tout ce que j'ai pu tenter dans ce genre de recherches; mais au nord-ouest de Bogota depuis les Andes de Quindiò et d'Antioquia, nivelés par M. Restrepo et par moi, jusqu'au plateau du Mexique, sur 12° de latitude de l'*Amérique centrale*, pas une seule mesure de hauteur n'a été faite depuis mon retour en Europe. On doit vivement regretter que, vers le milieu du dernier siècle, des académiciens françois aient traversé l'isthme de Panama sans songer à ouvrir leur baromètre au point de partage des eaux. Quelques observations barométriques rapportées, comme au hasard, par Ulloa, m'ont appris cependant que de l'embouchure du Rio Chagre à l'embarcadère de Cruces il y a une différence de niveau ou de 210 ou de 240 pieds. De la Venta de Cruces à Panama, on monte d'abord, et puis on descend par des ravins vers la Mer du Sud. C'est donc entre ce port et Cruces que se trouve le seuil ou point de partage, que le canal doit franchir, si l'on persistoit dans l'idée de le diriger par-là. Je rappellerai que, pour jouir à la fois de la vue des deux Océans, il suffiroit que les montagnes de la ligne de faîtes dans l'isthme eussent 580 pieds d'élévation, c'est-à-dire seulement un tiers de plus que la hauteur de Naurouse, dans la chaîne des Corbières, qui est le point de partage du canal de Languedoc. Or cette vue simultanée des deux mers est citée comme une chose très-extraordinaire dans quelques parties de l'isthme; d'où l'on peut conclure, je pense, que les montagnes ne sont généralement pas élevées de 100 toises. D'après quelques foibles indications sur la température de ces lieux et sur la géographie des plantes indigènes, je serois disposé à croire que l'arête dans le chemin de Cruces à Panama n'atteint pas 500 pieds de hauteur [1]; M. Robinson [2] la suppose au plus de 400 pieds. D'après l'assertion d'un autre voyageur [3], qui décrit ce qu'il

[1] Par exemple, près de Chepo et du village de Penomene (*Mss. du curé Don Juan Pablo Robles*). Les montagnes semblent s'élever vers la province de Veragua, où l'on cultive même du froment dans le district de Chiriqui del Guami, près du village de la Palma, mission des Franciscains, dépendante du collège de la Propagande de Panama.

[2] *Memoirs on the Mexican Revolution*, p. 269.

[3] *Lionel Wafer, Description of the Isthmus of America*, 1729, p. 297.

a vu avec la plus naïve candeur, les collines dont se compose la chaîne centrale de l'isthme sont séparées les unes des autres par des vallées «qui laissent un libre cours au passage des eaux.» Or c'est principalement sur la découverte de ces vallées transversales que doivent être dirigées les recherches des ingénieurs. Dans tous les pays on trouve des exemples d'ouvertures naturelles, à travers les arêtes. Les montagnes entre les bassins de la Saône et de la Loire, que le canal du Centre auroit eues à franchir, avoient huit à neuf cents pieds d'élévation; mais une gorge, ou interruption de la chaîne près de l'étang de Long-Pendu, a offert un seuil qui est de 350 pieds plus bas.

Si l'on n'est aucunement avancé dans la connoissance des hauteurs de l'isthme de Panama, les derniers travaux de M. Fidalgo et de quelques autres navigateurs espagnols nous ont du moins fourni des données plus exactes sur sa configuration et le *minimum* de sa largeur. Ce *minimum* n'est pas, comme l'indiquoient les premières cartes du *Depósito hydrografico*[1], de 15

---

[1] Voyez mon Essai polit. Tom. II, p. 862. En comparant les deux cartes du *Deposito hydrografico de*

milles, mais de 25 ¾ milles (de 60 au degré),
c'est-à-dire de 8 ⅔ lieues marines, ou 24,500 t.;

Madrid, portant le titre *Carta esferica del Mar de las
Antillas y de las Costas de Tierra Firme desde la isla
de la Trinidad hasta el golfo de Honduras*, 1606, et
la *Quarta Hoja que comprehende la provincia de Cartagena*, 1819, on voit combien étoient fondés les doutes
que j'avois énoncés, il y a quinze ans, sur l'orientation
relative des points les plus importans des côtes méridionales et septentrionales de l'isthme. Anciennement
(*Don Jorge Juan*, *Voyages dans l'Amérique mérid.*,
Tom. I, 99) on avoit cru Panama de 31' en arc à
l'*ouest* de Portobelo. La Cruz (1775) et Lopez (1785)
ont suivi cette supposition, qui ne se fondoit que sur
un relevé des directions de la route, fait à la boussole.
Déjà, en 1802, Lopez (*Mapa del Reyno de Tierra
Firme y sus provincias de Veragua y Darien*) commençoit à placer Panama 17' à l'*est* de Portobelo. Dans
la carte du *Deposito* de 1805, cette différence de méridiens fut réduite à 7'; enfin, la carte du *Deposito* de
1817 place Panama de 25 à l'*est* de Portobelo. Voici
d'autres différences de latitudes dont dépend la largeur
de l'isthme :

	Carte de 1819.	Carte de 1817
Côte méridionale entre les embouchures du Rio Juan Diaz et du Rio Jucume à l'est de Panama, dans le méridien de la Punta San Blas. . . .	8° 54'	9° 2' ⅚
Côte septentrionale formant le		

car les dimensions du golfe de San-Blas, appelé aussi Ensenada de Mandinga, à cause de la petite rivière de ce nom qui y débouche, ont donné

fond du golfe Mandinga, ou de Sans Blas, au sud des *Islas Mulatas*.	9° 9′	9° 27′ ⅛
Il résulte de cette différence de latitudes pour le *minimum* de la largeur de l'isthme, d'après la carte de 1805, près de 14,250 toises; d'après la carte de 1817, près de 24,463 toises.		
Punta San Blas, partie N. O. du golfe de Mandinga.. . .	9° 33′	9° 34′ ½

Ce Cap n'ayant point été porté au nord de la même quantité que le fond du golfe, près de l'embouchure du Rio Mandinga, il en résulte que le golfe rentre, d'après la première carte, de 24′; d'après la seconde, de 7′. Il est probable que les changemens de latitudes qui résultent de la dernière expédition de M. Fidalgo, doivent être attribués au manque d'*horizons artificiels*, et à la difficulté d'observer le soleil par des instrumens de réflexion au milieu d'un groupe d'îles et au-dessus d'une mer dont l'horizon n'est pas libre. Plus à l'ouest, la largeur moyenne de l'isthme, entre le Castillo de Chagres, Panama et Portobelo, est de 14 lieues marines; le *minimum* de largeur (8 lieues) est deux à trois fois moindre que la largeur de l'isthme de Suez, que M. Le Pere trouve de 59,000 toises.

'lieu à de graves erreurs. Ce golfe entre de 17
milles de moins dans les terres qu'on ne l'avoit
supposé en 1805 en relevant l'archipel des
Islas Mulatas. Quelque confiance que paroissent mériter les dernières opérations astronomiques sur lesquelles se fonde la carte de
l'isthme publiée par le Dépôt royal de la marine de Madrid, en 1817, il ne faut pas oublier
cependant que ces opérations n'embrassent
que les côtes septentrionales, et que celles-ci
paroissent n'avoir jamais encore été liées, soit
par une chaîne de triangles, soit chronométriquement (par le transport du temps), aux côtes
méridionales. Or le problème de la largeur de
l'isthme ne dépend pas de la seule détermination des latitudes.

Le gouvernement de Colombia ayant reçu
depuis peu d'excellens baromètres de la construction de M. Fortin, il pourra faire pré-
céder les nivellemens géodésiques, toujours
lents et coûteux, par des nivellemens barométriques dont la précision est extrême sous
la zone torride. Je me suis assuré qu'on peut
se passer, dans ces contrées, d'observations
correspondantes, à cause de la merveilleuse
régularité des variations horaires, sans craindre

des erreurs de 4 à 5 toises. Les points qui méritent d'être soigneusement examinés sont les suivans : l'*isthme de Huasacualco* , entre les sources du Rio Chimalapa et du Rio del Passo; l'*isthme de Nicaragua* [1], entre le lac de ce nom

[1] S'il ne s'agissoit ici que de *canaux de grande et de petite navigation* propres à vivifier le commerce intérieur, j'aurois dû nommer également les côtes de Verapaz et de Honduras. Dans le méridien de Sonsonate, le *Golfo Dulce*, entre plus de 20 lieues dans les terres, de sorte que la distance du village de Zacapa (dans la province de Chiquimala, près de l'extrémité méridionale du *Golfo dulce*), des côtes de l'Océan-Pacifique, n'est que de 21 lieues. Les rivières du nord s'approchent des eaux que les Cordillères d'Izalco et de Sacatepeques versent dans la Mer du Sud. A l'est du *Golfo Dulce*, dans le *partido* de Comayagua, on trouve le Rio Grande de Motagua ou *Rio de las bodegas de Gualan*, le Rio le Camalecon, l'Ulua et le Lean, qui sont navigables pour de grandes pirogues, 30 ou 40 lieues dans l'intérieur des terres. Il est très-probable que la Cordillère qui forme ici l'arête de partage entre les deux mers, est divisée par quelques vallées transversales. L'ouvrage intéressant que M. Juarros a publié à Guatimala, nous apprend que la belle vallée de Chimaltenango donne à la fois ses eaux aux côtes méridionales et septentrionales. Des bateaux à vapeur ranimeront

et les volcans isolés de Granada et de Bombacho ; l'*isthme de Panama*, entre la Venta de Cruces, ou plutôt entre le village indien de la Gorgona, 3 lieues au-dessous de Cruces, et le port de Panama, entre le Rio Trinidad et le Rio Caymito, entre la baie de Mandinga et le Rio Juan Diaz, entre l'Ensenada de Anachacuna (à l'ouest du cap Tiburon) et le golfe de San Miguel, dans lequel se perd le Rio Chuchunque ou Tuyra ; l'*isthme de Cupica*, entre la côte de la mer du Sud et le confluent du Rio Naipi avec le Rio Atrato ; enfin l'*isthme du Choco*, entre le Rio Quibdo, affluent supérieur de l'Atrato et le Rio San Juan de Charambirà. Des personnes exercées aux observations précises, et simplement munies de baromètres, d'instrumens à réflexion et de garde-temps, pourroient, en peu de mois, résoudre des problêmes qui intéressent depuis des siècles tous les peuples commerçans des deux mondes. Si, dans l'énumération des contrées qui offrent des avantages pour la jonction des deux mers, je n'ai pas passé sous silence l'isthme du

un jour le commerce sur les rivières Motagua et Polochic.

Choco, c'est-à-dire le terrain d'*atterrissement platinifère* qui s'étend depuis le fleuve San Juan de Charambirà jusqu'au Rio Quibdò, c'est parce que ce point est le seul dans lequel il existe, depuis l'année 1788, une communication entre l'Océan-Atlantique et la Mer du Sud. Le petit canal de la Raspadura, qu'un moine, curé de Novita, a fait creuser par les Indiens de sa paroisse dans un ravin périodiquement rempli par des inondations naturelles, facilite la navigation intérieure sur 75 lieues de longueur entre l'embouchure du Rio San Juan, au-dessous de Noanama et celle de l'Atrato, qui porte aussi les noms de Rio Grande del Darien, Rio Dabeiba et Rio del Choco [1]. C'est

[1] Je pourrois ajouter le synonyme de San Juan (del Norte), si je ne craignois de faire confondre l'Atrato avec le Rio San Juan (de Nicaragua) et le Rio San Juan (de Charambira). Le Rio Dabeiba vient du nom d'une femme guerrière qui régna, selon les premiers écrivains de la conquête, dans les contrées montagneuses entre l'Atrato et les sources du Rio Sinù (Zenu), au nord de la ville d'Antioquia. D'après l'ouvrage de Petrus Martyr d'Anghiera (*Oceanica*, p. 52), cette femme étoit confondue dans un mythe local avec une divinité des hautes montagnes qui lançoit les éclairs. On reconnoît de nos jours le nom de Dabeiba

par cette voie que, dans les guerres qui ont
précédé la révolution de l'Amérique espagnole, des quantités considérables de cacao
de Guayaquil sont venues à Carthagène des
Indes. Le canal de la Raspadura, dont je crois
avoir donné les premières notions en Europe,
n'offre de passage qu'à de petits bateaux, mais
il pourroit être facilement agrandi [1] si l'on y

dans celui des Monts Abibe ou Avidi, donné aux *Altos
del Viento*, par le 7° 15′ de latitude à l'ouest de la
Boca del Espiritu Santo ou des rives du Cauca. Qu'est-
ce que le Volcan d'Ebojito que La Cruz et Lopez
placent dans des contrées presque désertes entre le Rio
San Jorge, affluent du Cauca, et les sources du Rio
Murry, affluent du Cauca, et les sources du Rio Murry,
affluent de l'Atrato? L'existence de ce volcan me paroît bien douteuse.

[1] *Relacion del estado del Nuevo Reyno de Granada
que hace et Arzobispo Obispo de Cordova a su sucesor
el Exc. Sr. Fray Don Francisco Gil y Lemos* 1789,
fol. 68. (manuscrit rédigé par le secrétaire de l'arche-
vêque-vice-roi, Don Ignacio Cavero). *Representacion
que dirigió Don Jose Ignacio Pombo al Consulado de
Cartagena en* 14 *de Mayo* 1807 *sobre el reconocimiento
del Atrato, Zinù y San Juan*, fol. 38 (manuscrit). Le
ravin de la Raspadura (ou de Bocachica) ne reçoit aujourd'hui que les eaux de Quebradas de Quiadocito, de
Platinita et de Quiadò. D'après les notions que j'ai ac-

joignoit les ruisseaux connus sous les noms de
Caño de las Animas, del Caliche et d'Aguas

quises (à Honda et à Vilela, près de Cali), de personnes employées dans le commerce (*rescate*) de la
poudre d'or du Choco, le Rio Quibdò qui communique
avec le canal de la Mina de Raspadura se réunit près du
village de Quibdò (vulgairement appelé Zitara), avec
le Rio de Zitara et le Rio Andagueda ; mais, selon une
carte manuscrite que je viens de recevoir du Choco, et
sur laquelle le canal de la Raspadura (lat. 5° 20'?) joint
également le Rio San Juan et le Rio Quibdò, un peu au-
dessus de la Mina de las Animas, le village de Quibdò
est placé au confluent de la petite rivière de ce nom
avec le Rio Atrato qui, 3 lieues plus haut, a reçu, près
de Lloro, le Rio Andagueda. Depuis son embouchure
(lat. 4° 6') au Sud de la Punta de Charambirà, le grand
Rio San Juan reçoit successivement, en remontant vers
le N. N. E., le Rio Calima, le Rio del Nò (au-dessus du
village de Noanama), le Rio Tamana, qui passe près de
Novita, le Rio Irò, la Quebrada de San Pablo, et enfin,
près du village de Tadò, le Rio de la Platina. La province du Choco n'est habitée que dans les vallées de
ces rivières : elle a trois communications de commerce,
au nord avec Carthagène, par l'Atrato, dont les rives
sont entièrement désertes depuis les 6° 45' de latitude ;
au sud avec Guayaquil, et, avant 1786, avec Valparaiso, par le Rio San Juan ; à l'est, avec la province de
Popayan, par le Tambo de Calima et par Cali. Il y a,

claras. Des réservoirs et des *rigoles nourricières* sont facilement établies dans un pays
comme le Choco, où il pleut pendant toute
l'année, et où le tonnerre se fait entendre tous
les jours. Les observations barométriques de
M. Caldas n'ayant pas été publiées, nous ignorons la hauteur du point de partage entre San
Pablo et le Rio Quibdò. Nous savons seu-

du Tadò à Noanama, en descendant le Rio San Juan,
1 jour; de Noanama on met 4 jours au Tambo de Calima (lat. 4° 12′), et de ce Tambo à Cali (lat. 3° 25′),
dans la vallée de Cauca, 5 jours, pendant lesquels on
traverse le Rio Dagua ou de San Buenaventura, et la
cordillère occidentale des Andes de Popayan. Je suis
entré dans ces détails de localité, parce que les cartes
confondent le ravin de la Raspadura, qui sert de canal,
avec les *portages* de Calima et de San Pablo. *L'arastradero* de San Pablo conduit aussi au Rio Quibdò,
mais plusieurs lieues au-dessus de l'embouchure du
canal de la Raspadura. C'est le chemin de cet *arastradero* de San Pablo que prennent communément les
marchandises (*generos*) que l'on envoie de Popayan
par Cali, Tambo de Calima, et Novita au *Choco del
Norte*, c'est-à-dire à Quibdò (*Restrepo, Est. de Colombia* en 1823, p. 24). Le géographe La Cruz appelle
tout l'isthme entre les sources du Rio Atrato et du Rio
San Juan : *Arastradero del Torò.* (Sur la hauteur de la
zone de l'or, voyez *Semanario de S. Fe*, Tom. I, p. 19.)

lement que quelques *lavages d'or* s'élèvent dans ces contrées, jusqu'à 360 à 400 toises au-dessus du niveau de l'Océan, et que jamais ils ne se trouvent au-dessous de 50 toises. La position du canal, dans l'intérieur du continent, son éloignement considérable des côtes, et les chutes fréquentes (*raudalitos y choreras*) des rivières qu'il faut remonter et descendre pour arriver d'une mer à l'autre, depuis le port de Charambirà jusqu'au golfe du Darien, sont des obstacles trop difficiles à vaincre pour établir à travers le Choco une *ligne de navigation océanique.* Cette ligne, sans donner lieu au passage de goëlettes de fort tonnage, n'en sera pas moins digne de l'attention d'une sage administration : elle vivifiera le commerce intérieur entre Carthagène et la province de Quito, entre le port de Santa Marta et le Pérou. Nous ferons remarquer, à la fin de cette discussion, que le ministère de Madrid n'a jamais enjoint au vice-roi de la Nouvelle-Grenade de boucher le ravin de la Raspadura, ni de punir de mort ceux qui rétabliroient un canal au Choco, comme on l'affirme dans un ouvrage qui a paru récemment [1]. Cette politique ombra-

---

[1] *Robinson*, Vol. II, p. 266.

geuse rappeleroit, il est vrai, l'ordre donné au
vice-roi de la Nouvelle-Espagne, pendant mon
séjour en Amérique, de faire arracher les ceps
de vigne dans les *provincias internas ;* mais la
haine portée à la culture de la vigne dans les
colonies étoit due à l'influence de quelques né-
gocians de Cadix, jaloux de ce qu'ils appeloient leur ancien monopole, tandis qu'un petit
ravin, qui traverse les forêts du Choco, a
échappé plus facilement à la vigilance du ministère et à l'envie de la métropole.

Après avoir examiné les localités de différens points de partage, d'après les renseignemens imparfaits que j'ai pu réunir jusqu'ici, il
reste à prouver, par l'analogie de ce que les
hommes ont exécuté, dans l'état de notre civilisation moderne, la possibilité de réaliser une
jonction océanique dans le Nouveau-Monde.
A mesure que les problêmes deviennent compliqués, et qu'ils dépendent d'un grand nombre
d'élémens variables par leur nature, il est plus
difficile de fixer le *maximum* des efforts que
l'intelligence et la puissance physique des peuples sont en état d'exercer. Pendant des milliers d'années, depuis l'époque inconnue de la
construction des pyramides de Gizeh jusqu'à

la construction de nos flèches gothiques et de
la coupole de Saint-Pierre, les hommes n'ont
pas élevé d'édifice au-dessus de 450 pieds;
mais oseroit-on conclure de ce fait que l'ar-
chitecture moderne ne peut dépasser une hauteur qui égale à peine quarante fois celle des
édifices que construisent les fourmis blanches?
S'il n'étoit question que de canaux en section
moyenne, n'ayant que 3 à 6 pieds de profondeur et ne servant qu'à la navigation intérieure, je pourrois citer des canaux, exécutés
depuis long-temps, qui franchissent des arêtes
de montagnes de 300 à 580 pieds de hauteur [1]

[1] Voici les données partielles pour dix canaux ran-
gés d'après l'ordre de hauteur de leurs points de partage :

NOMS DES CANAUX.	ÉLÉVATION DES POINTS DE PARTAGE EN PIEDS DE ROI.
Canal de Languedoc ou *du Midi*. (Longueur, 122,480 toises ; profondeur moyenne, 6 pieds 2 pouces; nombre des écluses, 62; frais de construction , du temps de Louis XIV, près de 16,280,000 francs; au cours actuel de la monnoie, 33 millions de francs). G. N.	582
Canal de Leominster. (Long^r., 37,745 toises; frais, 14 millions de francs). P. N. . . .	465
Canal de Huddersfield. (Long^r, 15,900 toises; frais, 6 ½ millions de francs). P. N. . .	409

L'Angleterre seule, dont les canaux ont une longueur de 584 lieues marines, en a dix-neuf

Canal de Leeds et Liverpool. (Longueur, 106,700 toises; nombre des écluses, 91; frais, 14,400,000 francs). G. N. 404

Canal du Centre, entre la Saône et la Loire. (Longueur, 58,300 toises; profondeur, 5 pieds; nombre des écluses, 80; frais, 11 millions de francs). G. N. 403

Canal du Grand Trunck, ou de Trente et Mersey. (Longueur, 272,000 toises; profondeur, 4 à 5 pieds; nombre des écluses, 75; frais, $9\frac{8}{2}$ millions de francs). G. N. . . 38?

Canal de Grande - Jonction. (Longueur, 74,400 toises; profondeur, 4 pieds 3 pouces ; nombre des écluses, 101; frais, 48 millions de francs). G. N. 370

Canal de Briare, construit en 1642, le plus anciens des canaux à point de partage. (Longueur, 14,500 toises; profondeur, 4 pieds; nombre des écluses, 40; frais, 10 millions de francs). G. N. 243

Canal de Forth et Clyde. (Longueur, 34,000 toises; profondeur $7\frac{1}{2}$ pieds; nombre des écluses, 39; frais, 10 millions de francs). G. N.. 155

Canal Calédonien. (Longueur, 18,500 toises; nombre des écluses, 23; profondeur, 18 pieds 9 pouces; frais, 19 millions de francs). G. N. 88

On a ajouté les initiales des mots *Grande* et *Petite navigation,* pour distinguer les canaux que, d'après l'usage anglois, on classifie ainsi. Les écluses de la pre-

qui traversent les points de partage entre les
rivières des côtes occidentales et orientales.
Depuis long-temps les ingénieurs ont si peu
regardé 582 pieds, c'est-à-dire la hauteur du
bief de distribution de Naurouse au canal du
Midi, comme le *maximum*, qu'on puisse rai-
sonnablement atteindre dans ce genre de construction hydraulique, qu'un homme célèbre,
M. Perronet, avoit considéré comme très-pra-
ticable le projet du canal de Bourgogne, entre
l'Yonne et la Saône, qui devoit franchir (près
de Pouilly) une hauteur de 621 pieds au-dessus
des basses eaux de l'Yonne. En combinant des
plans inclinés et des chemins en fer (*rail-
ways*) avec des lignes de navigation, on est
parvenu à conduire dans le canal de Mon-
mouthshire des bateaux à une élévation de
mille pieds; mais de semblables ouvrages, importans pour la prospérité du commerce intérieur d'un pays, ne constituent guère ce que

mière classe ont au moins 64 pieds de long et 14 pieds
de large; les écluses de la seconde classe ont aussi 64
pieds de long, mais seulement 7 pieds de large. Le point
de partage du *Canal de Monsieur* aura 590 pieds au-
dessus du niveau du Rhin.

l'on pourroit appeler des *canaux de navigation océanique.*

Dans la discussion qui nous occupe en ce moment, il s'agit de communications de mer à mer par des bâtimens que leur forme et leur tonnage rendent propres au commerce de l'Inde et de la Chine. Or l'industrie des peuples de l'Europe nous offre déjà deux exemples de ces communications océaniques, exécutées sur une très-grande échelle, l'une dans le canal de l'Eyder ou du Holstein, l'autre dans le canal Calédonien. Le premier de ces ouvrages, construit de 1777 à 1784, réunit la Baltique à la mer du Nord, entre Kiel et Tonningen, n'ayant que 6 sas d'écluses et franchissant un seuil de 28 pieds. Il sépare de l'Allemagne la partie continentale du Danemarck et rend inutile, pour des navires d'un port moyen, les passages souvent dangereux du Cattegat et du Sund. Il reçoit des bâtimens de 140 à 160 tonneaux [1], qui viennent des

---

[1] De 75 à 90 *Last.* La capacité des bateaux plats qui naviguent sur les canaux de grande navigation en Angleterre, n'est généralement que de 40 à 60 tonneaux :

ports de la Russie et de la Prusse, et qui vont en Angleterre, dans la Méditerranée, à Philadelphie, à la Havane, et même à la côte occidentale de l'Afrique. Le *tirant d'eau* de ces bâtimens n'est que de huit à dix pieds [1]. Construits généralement en Hollande ou dans la Baltique, ils ont les varangues très-plates, et par conséquent une grande capacité sans tirer beaucoup d'eau. Le canal Calédonien, non le plus utile, mais certes le plus magnifique ouvrage hydraulique entrepris jusqu'à nos jours, est un *canal océanique* dans toute la force du terme. Il réunit, entre Inverness et le fort Williams, la mer orientale de l'Écosse à la mer occidentale, dans une gorge à travers laquelle la nature même semble avoir tracé la ligne de jonction. La partie navigable a 17 l.

sur le canal de Languedoc, les plus grands bateaux ont 120 tonneaux. La plupart des marchandises qu'on transporte en Angleterre peuvent se réduire sous un petit volume et prendre toutes les formes, comme la houille, le fer et la brique; il n'en est pas de même en France des barriques de vin et d'huile.

[1] Les pieds sont toujours de l'ancienne mesure de France, pieds *de roi*, dont 6 font $1^m,949$ si le contraire n'est pas indiqué expressément.

(de 20 au degré) de long, dont 6 ½ seulement
sont en excavation artificielle ; le reste forme
une navigation naturelle sur les lacs Oich et
Lochy, séparés jadis par un seuil rocheux. Ce
canal a été terminé dans l'espace de 16 ans ; il
peut donner passage à des frégates de 32 canons et à de forts navires employés par le
commerce sur des mers lointaines. Sa profondeur moyenne est de 18 pieds 8 pouces
($6^m,09$), et sa largeur, à la ligne de fond, de
47 pieds ($15^m,2$). Les écluses, au nombre de
23, ont 160 pieds de long sur 37 pieds de large.

.Comme dans les vues pratiques exposées à
la fin de ce Chapitre je ne me laisse guider que
par l'analogie des travaux que les hommes ont
déjà exécutés, je ferai observer d'abord que
la largeur des isthmes de Cupica et de Nicaragua, dans lesquels l'arête de partage est
d'une hauteur très-peu considérable, est à
peu près la même que la largeur du terrain
que traverse la partie artificielle du canal Calédonien. L'isthme de Nicaragua, par la position de son lac intérieur et la communication de ce lac avec la mer des Antilles au
moyen du Rio San Juan, présente plusieurs
traits de ressemblance avec cette gorge de la

Haute-Écosse, où la rivière de Ness forme une communication naturelle entre les lacs des montagnes et le golfe de Murray. A Nicaragua comme dans la Haute-Écosse, il n'y auroit qu'un seuil étroit à franchir; car, si le Rio San Juan [1], dans une grande partie de son cours,

---

[1] Ce point, rapproché des coupes de bois de Campêche (*cortes de madera*), avoit attiré l'attention du monde commerçant long-temps avant la publication de l'excellent ouvrage sur la Jamaïque, de M. Bryan Edwards (Tom. V, p. 213). Voyez *La Bastide, Mém. sur le passage de la Mer du Sud à la Mer du Nord*, p. 7. La possibilité du canal de Nicaragua est triple (comme je l'ai exposé dans l'*Essai politique*), soit du lac de Nicaragua au golfe du Papagayo, soit de ce même lac au golfe de Nicoya, soit du lac de Léon, ou Managua, à l'embouchure du Rio de Tosta (et non du lac de Léon au golfe de Nicoya, comme le dit le rédacteur d'ailleurs très-instruit de la *Biblioteca americana*, 1823, *Agosto*, p. 120). Existe-t-il une rivière qui va du lac de Léon à l'Océan-Pacifique? J'en doute, quoique d'anciennes cartes marquent des communications entre les lacs et la mer. (*Nouv. Esp.*, Tom. I, p. 15). La distance de l'extrémité sud-est du lac de Nicaragua au golfe de Nicoya, et très-différemment indiquée (de 25 à 48 milles) dans la carte de l'Amérique méridionale d'Arowsmith, et dans la belle carte du Dépôt de Madrid, qui porte le titre : *Mar de las Antillas*,

a, comme on l'assure, 3o à 4o pieds de profondeur, on n'auroit besoin de le *canaliser* que partiellement par des barrages ou des tranchées latérales.

Quant à la profondeur du canal océanique projeté dans l'Amérique centrale, je pense qu'elle pourroit même être moindre que la profondeur du canal Calédonien. Tel est le changement que de nouveaux systèmes de commerce et de navigation ont produit depuis quinze ans dans la capacité ou le port des vaisseaux employés le plus communément dans les échanges avec Calcutta et Canton, qu'en examinant avec attention la liste officielle des bâtimens qui, pendant deux ans (de juillet 1821 à juin 1823), ont fait le commerce de Londres et de Liverpool avec l'Inde et la Chine, on trouve, sur un total de 216 bâtimens, *deux tiers* au-dessous de 6oo tonneaux, un quart entre 9oo et 14oo tonneaux, et un septième au-

1809. La largeur de l'isthme entre le rivage oriental du lac de Nicaragua et le golfe du Papagayo est de 4 à 5 lieues marines. Le Rio San Juan a trois embouchures dont les deux plus petites s'appellent *Taure*, et *Caño Colorado*. Une des îles du lac Nicaragua, celle d'Ometep, a un volcan qu'on dit encore enflammé.

dessous de 400 tonneaux [1]. En France, dans
les ports de Bordeaux, de Nantes et du Havre,
le *tonnage moyen* des bâtimens faisant le commerce de l'Inde est de 350 tonneaux. La nature des opérations entreprises avec les parages les plus éloignés détermine la capacité
des navires qu'on emploie. Ainsi, lorsque l'on
veut rapporter des indigos du Bengale, il peut
paroître suffisant et quelquefois même préfé-
rable d'envoyer un bâtiment de 150 à 200
tonneaux. Le système des petites expéditions
est surtout suivi aux États-Unis, où l'on sent
tous les avantages d'un chargement prompt
des navires et d'une circulation rapide des capitaux. Le port moyen des vaisseaux américains qui vont dans l'Inde autour du cap de
Bonne-Espérance, ou au Pérou autour du cap
de Horn, est de 400 tonneaux. Les baleiniers
de la Mer du Sud n'en ont que deux ou trois
cents. Dans l'Amérique espagnole on emploie,
d'après une ancienne habitude, en temps de
paix, des navires d'un plus fort tonnage. A la

---

[1] *East India shipping, a return to the Order of the
House of Commons*, Lond. 1823. J'ai réduit le tonnage anglois an tonnage françois, le dernier étant de
10 p. c. plus foible.

Vera-Cruz, par exemple, où pendant mon séjour au Mexique entroient 120 à 130 bâtimens
venant d'Espagne, la capacité de ces bâtimens
étoit généralement de 500 tonneaux. Ce n'est
qu'en temps de guerre qu'on y fait des expéditions, pour Cadix, de 300 tonneaux.

Ces données prouvent suffisamment que,
dans l'état actuel du commerce du monde, un
canal de jonction, tel qu'on le projette entre
l'Océan atlantique et la Mer du Sud, est suffisamment grand, si, par l'aire de sa *section* et
la capacité de ses sas d'écluses, il peut donner
passage à des navires de 300 à 400 tonneaux.
C'est le *minimum* de la limite des dimensions
que la construction du canal doit atteindre.
Cette limite suppose, d'après ce que nous
avons indiqué plus haut, une capacité presque
double de celle du canal du Holstein, mais
une capacité moindre que celle du canal Calédonien ; le premier recevant des bâtimens
de 150 à 180 tonneaux ; le second, des frégates
de 32 canons, et des bâtimens de commerce
de plus de 500 tonneaux. Il est vrai que le
tonnage ne détermine que d'une manière
approximative le *tirant d'eau* d'un navire ; car
une construction plus ou moins fine altère à la

fois la marche et le port. On peut admettre [1]
cependant qu'une profondeur moyenne de
15 ½ à 17 ½ pieds suffira pour un canal de jonction destiné à des bâtimens de 300 à 400 tonneaux ; c'est une profondeur moindre de
quinze pouces de celle que les grands constructeurs, MM Rennie, Jessop et Telford ont

---

[1] Je suppose qu'un pied et demi d'eau peut suffire
sous la quille d'un bâtiment qui navigue dans un canal dont les eaux sont parfaitement tranquilles, et
dont le curage est soigneusement entretenu. Malgré
les grandes différences de constructions qui influent, à
égale capacité, sur le *tirant d'eau* d'un bâtiment, on
peut admettre aproximativement les rapports suivans:

Port.		Tirant d'eau.	
1200 à 1300 tonneaux......		19	à 20 pieds.
750	800	17	18
500	600	15¼	17
300	400	14	16
200	250	11	12

Dans une matière qui intéresse tous les hommes ca-
pables de réfléchir sur les destinées futures des peuples
et les progrès de la civilisation générale, j'ai cru devoir
rappeler les données principales dont dépend la solution pratique du problème. Le canal de Criuan, en
Écosse, a aussi de 11 à 14 pieds de profondeur sur 3
lieues de long.

donnée au canal Calédonien : elle est double
de celle du canal de Forth et Clyde.

Les ouvrages gigantesques de l'Europe, que
nous citons comme exemple, et dont la construction n'a pas coûté au-delà de 4 millions de
piastres, ont eu tous de petites hauteurs à
franchir, moins de 90 à 100 pieds. Les canaux qui traversent des arêtes de partage de
400 à 600 pieds, n'ont jusqu'ici que de 4 à 6
pieds de profondeur. Les difficultés augmentent naturellement avec l'élévation de l'arête
de partage, avec la profondeur des excavations, avec la largeur, et non avec la multi-
plicité des écluses. Il ne s'agit pas seulement
de creuser le canal, il faut être sûr que la
quantité d'eau dérivée des parties supérieures
au point de partage soit toujours suffisante
pour alimenter le canal, et pour remplacer ce
qui se perd par les éclusées, par l'évaporation
et les filtrations. Nous avons vu plus haut que
les circonstances locales dans les isthmes de
Cupica et de Huafacualco sont telles que l'obstacle à vaincre pour la jonction des mers est
bien moins la hauteur du seuil à franchir par
le canal, que l'état du lit des rivières (Naipi et
Rio del Passo) qu'il faut *canaliser*, soit en les

excavant au moyen de machines à chapelets, dont le moteur est une pompe à feu, soit par des barrages ou des dérivations latérales. Dans l'intendance de Nicaragua, la grande profondeur du Rio San Juan, et surtout celle du lac de Nicaragua (*laguna de Granada*) qui est, selon M. Robinson, de 17 à 40, selon M. Juarros de 20 à 55 pieds, rendront de semblables travaux, sinon superflus, du moins peu difficiles. Les montagnes de Panama s'élèvent probablement à la hauteur qu'atteignent les bassins de partage du canal du Centre (entre Châlons et Digoin), et du canal de la Grande Jonction (entre Brendford et Braunston) : il se pourroit même que les montagnes de l'isthme fussent plus élevées encore, et qu'aucune vallée transversale ne les divisât totalement du sud au nord. On n'aura pas sans doute à choisir des sites si peu avantageux, mais nous devons faire remarquer que la hauteur du seuil n'entraveroit irrévocablement la jonction des mers qu'autant qu'il n'y auroit en même temps pas assez d'eaux supérieures propres à être conduites au point de partage. Sept et huit sas accolés dans les canaux de

Briare et de Languedoc [1], rachetant des chûtes
de 64 à 70 pieds, ont paru long-temps des travaux extraordinaires, malgré la petite dimension des écluses et de la profondeur de
ces canaux dont la section ne dépasse pas 5 à
6 pieds. L'*Escalier de Neptune*, dans le canal
Calédonien, nous offre ces mêmes sâs accolés
sur une échelle tellement agrandie, que des
frégates peuvent s'y élever, dans un très-court
espace de temps, à une hauteur de 60 pieds.
Or cet ouvrage n'a coûté que 257,000 piastres,
c'est-à-dire cinq fois moins que trois puits de
la mine de Valenciana au Mexique, et dix *Es-*
caliers de Neptune feroient franchir à des navires de 500 tonneaux une arête de partage
de 600 pieds, arête plus élevée que la chaîne
des Corbières entre la Méditerranée et l'Océan
atlantique. Je ne discute ici que la possibilité
d'exécuter des ouvrages qu'on ne se verra
certainement pas obligé d'entreprendre.

La dépense d'eau pour alimenter un canal
augmente avec les filtrations, avec la fréquence des passages dont dépend la perte des

---

[1] **Près de Rogny et de Fonséranne.**

éclusées [1], et avec la grandeur des chambres d'écluse, mais non avec leur nombre. Sous les tropiques, la facilité de réunir une énorme masse d'eau pluviale dans des réservoirs est au-delà de tout ce que peuvent imaginer les ingénieurs d'Europe. Lorsque Louis XIV voulut embellir les jardins de Versailles, on fit espérer à Colbert que les pluies fourniroient, sur une surface de 12,700 hectares de plaines qui communiquoient avec des étangs et des retenues, 9 millions de toises cubes d'eau [2]. Or les pluies, dans les environs de Paris, ne donnent annuellement que 19 à 20 pouces, tandis que sous la zone torride du Nouveau-Monde, surtout dans la région des forêts, elles donnent, pour le moins, de 100 à 112 pouces [3]. Cette

[1] L'*éclusée* est le volume d'eau qu'il faut introduire dans un sas pour faire monter ou descendre les bateaux dans un canal au point de partage.

[2] On ne put recueillir malheureusement que $\frac{1}{150}$; le reste se perdit par des filtrations, et l'on fut obligé de construire la machine de Marly. *Huerne de Pommeuse, sur les canaux navigables. Supplément*, p. 45.

[3] Voyez plus haut, Tom. VII, p. 305; VIII, p. 423–427, 399–403. Même à Kendal, dans la partie occidentale de l'Anglet. la quantité moyenne d'eau qui tombe

24 *

prodigieuse différence fait voir comment,
par la réunion des sources, par des rigoles

annuellement, est de 57 pouces ; à Bombay, elle est
de 72 à 106 pouces ; à Saint-Domingue, elle est de
113 pouces. M. Antonio Bernardino Pereira Lago,
colonel d'infanterie du corps des ingénieurs, assure
avoir trouvé, dans la seule année 1821, à San Luis do
Maranhao (lat. 2° 29' austr.), 23 pieds 4 pouces et 9,7
lignes, mesure angloise, ce qui fait près de 260 pouces
françois. On est porté à révoquer en doute cette prodigieuse quantité d'eau ; cependant je possède les observations de baromètre, thermomètre et ombromètre
que M. Pereira Lago assure avoir faites, *jour par
jour, à trois différentes époques.* Ces observations brésiliennes sont publiées dans le 16e volume des *Annaes
das Sciencias, das Artes e das Letras,* p. 54-79 ; et
l'observateur, en décrivant les instrumens qu'il a employés, dit tout exprès, dans le *resumo das observaçoes
meteorologicas,* que le plateau sur lequel tomboit l'eau
de pluie avoit exactement le même diamètre que le
cylindre dans lequel se trouvoit l'échelle. Ce diamètre
n'étoit que de 6 pouces (anglois). Je désire que cette
observation importante puisse être vérifiée à Maranhao
et dans d'autres parties des tropiques, où les pluies sont
très-abondantes ; par exemple, au Rio Negro, au Choco,
et dans l'isthme de Panama. La quantité indiquée par
M. Pereira Lago est 2 ½ fois plus grande que celle que
l'on a observée, terme moyen, à l'île Saint-Domingue ;
mais la quantité d'eau qui tombe sur la côte occiden-

nourricières et des réservoirs bien établis, un
ingénieur habile pourra tirer parti, dans l'Amérique centrale, de circonstances purement
climatériques. Malgré la haute température
de l'air, les pertes causées par l'évaporation ne
balanceront guère, dans des bassins très-pro-
fonds, les avantages des pluies tropicales. Les
belles expériences faites aux marais Pontins
par M. de Prony, et au canal du Languedoc
par MM. Pin et Clauzade [1], indiquent, par les
latitudes de 41° et 43°.$\frac{1}{2}$, un produit d'évaporation annuelle de 348 lignes. Les expériences
que j'ai faites sous les tropiques ne sont pas
assez nombreuses pour en tirer un résultat général; mais, en supposant l'atmosphère également calme dans le midi de la France et sous

tale de l'Angleterre excède aussi trois fois celle que
l'on recueille annuellement à Paris. Il existe des différences très-considérables sous des latitudes très-rapprochées. Le capitaine Roussin rapporte qu'à Cayenne
il est tombé, dans le seul mois de février, 151 pouces
d'eau de pluie! (*Arago* dans *l'Ann. du Bur. des Long.*,
1824, p. 165; *Prony*, sur les *Marais Pont.*, p. 33,
110, 116.)

[1] *Ducros*, *Mémoires sur les quantités d'eau qu'exigent les canaux de navigation*, 1800, n° 2, p. 41.

la zone torride, la chaleur moyenne de l'année
de 15° et de 27° cent., et l'humidité apparente
moyenne en degrés de l'hygromètre à cheveux
82° et 86°, je trouve, avec M. Gay-Lussac,
que l'évaporation des deux zones est dans le
rapport de 1 à 1,6, tandis que les quantités d'eau
de pluie qu'y reçoit la terre sont comme 1 : 4.
Il faut d'ailleurs ne pas oublier que les canaux
ne perdent, par l'évaporation, qu'en raison de
leur propre surface, tandis qu'ils recueillent
les eaux qui tombent sur la vaste étendue des
terrains qui les avoisinent. Dans le volume
d'eau qu'exigent les ouvrages hydrauliques,
on doit distinguer entre celui qui dépend de
la capacité du canal entier, c'est-à-dire de sa
longueur et de sa section, et celui qui est déterminé par les éclusées, c'est-à-dire par le
prisme de remplissage [1] d'une seule écluse ou

---

[1] Dans les sas accolés il faut y ajouter le *prisme de
flottaison,* ou le volume d'eau dans lequel le navire
est flottant ou suspendu lors de son passage d'une écluse
à l'autre. La consommation d'eau est plus grande dans
le cas de la montée que de la descente, et la distribution des chutes ou la hauteur des biefs successifs
influe puissamment sur la dépense d'eau d'un canal
(*Ducros, Mémoires sur la dépense des eaux,* p. 39.

par la quantité d'eau qui descend du bief supérieur dans le bief inférieur chaque fois qu'un bâtiment passe par une écluse. Ces deux volumes d'eau éprouvent les pertes de l'évaporation et de la filtration, dont la dernière, très-difficile à évaluer, diminue avec le temps. La longueur et la profondeur qu'il faudroit donner au *canal océanique* dans le Nouveau-Monde, influent par conséquent sur le volume d'eau nécessaire pour le remplir au commencement lorsque les excavations viennent d'être terminées, ou après le chômage lorsque des réparations sont nécessaires : mais la quantité d'eau qui doit alimenter annuellement le canal ne dépend, en faisant abstraction des pertes causées par les filtrations et par l'évaporation, que du volume et du nombre des *éclusées*, c'est-à-dire de la grandeur du *prisme de remplissage* d'une écluse et de l'activité de la navigation. J'insiste sur ces considérations techniques pour éloigner la crainte que l'on pourroit manquer du volume d'eau nécessaire pour alimenter un canal océanique d'une lon-

Prony, dans l'ouvrage de M. *de Pommeuse*, p. 23. *Girard*, dans les *Annales de Physique et de Chimie*, 1823, Tom. XXIV, p. 137).

gueur considérable. Si cet ouvrage devoit servir en même temps pour de petits bateaux destinés au commerce intérieur, on pourroit ajouter, pour l'économie des eaux, aux grands sas, des écluses de moindres dimensions, comme cela a été pratiqué au canal de la Grande - Jonction, et comme on en a eu pendant quelque temps le projet au canal Calédonien[1].

[1] La capacité du canal du Languedoc, ou le volume d'eau nécessaire pour remplir le canal entier, est, d'après les calculs de M. Clauzade, de 7 millions de mètres cubes. La dépense annuelle des éclusées, pour 960 doubles passages de bateaux, est de 14 millions m. c. Cette dépense, causée par des écluses un peu trop grandes et par une navigation très-active en petits bateaux, est à la capacité du canal comme 2 : 1. Il faut annuellement $3\frac{1}{2}$ millions m. c. pour rétablir les eaux après le chômage jusqu'à la prise de Fresquel, et cette quantité d'eau est fournie en 9 jours par le bassin supérieur ou la source artificielle. (*Andreossy*, p. 256. *Pommeuse*, p. 258 et 265.) Le produit de l'évaporation est évalué dans le canal, les réservoirs et les rigoles, pendant les 320 jours de navigation, de 1,900,000 m. c. (*Ducros*, *Mém.*, p. 41). En comparant le canal Calédonien au canal de Languedoc, je trouve les aires des sections comme 5 à 1; les longueurs des parties creusées en canal (en excluant la ligne navigable des lacs

Il paroît assez probable que c'est à la province de Nicaragua qu'on s'arrêtera pour le grand ouvrage de la jonction des deux Océans, et dans ce cas il ne sera pas difficile de former une ligne constamment navigable. L'isthme à franchir n'a que 5 à 6 lieues marines : on l'a trouvé hérissé de quelques collines là où il est le plus étroit entre la rive occidentale du lac de Nicaragua et le golfe du Papagayo ; mais il est formé de savanes et de plaines non interrompues qui offrent un excellent chemin pour des voitures [1] (*camino caretero*) entre la

d'Écosse,) comme 1 : 6 ½. Il résulte de ces données que les capacités des deux canaux, dont l'un porte des bateaux à plates varangues, du port de 100 à 120 tonneaux, l'autre en frégates de 32 canons, sont presque les mêmes ; la différence dans la dépense d'eau en éclusées provient de la grandeur des *primes de remplissage et de flottaison.* Les sas ont, au canal Calédonien, 37 pieds de largeur entre les portes, et 160 pieds de longueur ; dans le canal du Languedoc, 31 pieds de largeur au milieu, 20 pieds entre les portes, et 127 pieds de longueur. Nous avons vu plus haut que les dimensions du canal de jonction en Amérique peuvent être moindres que celle du grand canal d'Écosse.

[1] C'est la grande route par laquelle on envoie les

ville de Léon et la côte de Realexo. Le lac de
Nicaragua est élevé au-dessus de la Mer du
Sud de toute la chute que présente le Rio San
Juan sur une longueur de 30 lieues : aussi
l'élévation de ce bassin est si bien connue dans
le pays, qu'on l'a regardée jadis comme un
obstacle invincible à l'exécution du projet
d'un canal. On craignoit, soit un déversement
impétueux vers l'ouest, soit une diminution
des eaux dans le Rio San Juan qui, dans le
temps des sécheresses, offre, au-dessus de
l'ancien Castillo de San Carlos [1], des rapides

marchandises de Guatimala à Léon en débarquant,
dans le golfe de Fonseca ou Amapala, au port de
Conchagua.

[1] Ce fortin, pris par les Anglois en 1665, est appelé vulgairement El Castillo del Rio San Juan. Il se
trouvoit, selon M. Juarros, à 10 lieues de distance
de l'extrémité orientale de la laguna de Nicaragua. Un
autre fortin a été construit en 1671, sur un rocher
à l'embouchure du fleuve. On le désigne sous le nom
de *Presidio del Rio de San Juan*. Déja, au 16e siècle,
le *Desaguadero de las Lagunas* avoit fixé l'attention
du gouvernement espagnol, qui ordonna à Diego Lopez
Salcedo de fonder, près de la rive gauche du *Desaguadero*, ou Rio San Juan, la ville de Nueva Jaen ;
mais elle fut bientôt abandonnée, de même que la ville

assez dangereux. L'art de l'ingénieur-construc-
teur est assez perfectionné de nos jours pour
ne pas être effrayé de semblables dangers. Le
lac de Nicaragua pourra servir de bassin supérieur comme le lac Oich dans le canal Calédonien, et des écluses régulatrices ne feront
passer dans le canal qu'autant d'eau qu'il en
faut pour l'alimenter. La petite différence de
niveau entre la mer des Antilles et l'Océan-
Pacifique ne tient, comme je l'ai fait voir ailleurs, qu'à la hauteur inégale des marées. Une
différence semblable s'observe entre les deux
mers que réunit le grand canal d'Écosse; et,
fût-elle même de six toises et permanente
comme celle de la Méditerranée et de la Mer
Rouge [1], elle n'en favoriseroit pas moins l'établissement d'une jonction océanique. Les vents
soufflent assez fort sur le lac de Nicaragua

de Bruxelles (*Bruselas*,) près du golfe de Nicoya.
Les bords du Rio San Juan sont très-malsains dans
leur état actuel d'inculture.

[1] Les anciens même ne craignoient pas la différence
de niveau entre la Mer Rouge et la branche pélusiaque
du Nil, quoiqu'ils ne connoissoient pas le système des
écluses, et qu'ils savoient tout au plus boucher leurs
euripes par des poutrelles.

pour n'avoir pas besoin de remorquer, par le moyen des bateaux à vapeur, les navires qui doivent passer d'une mer à l'autre ; mais l'emploi de la force motrice des vapeurs seroit de la plus grande utilité dans les trajets de Realexo et de Panama à Guayaquil, où, pendant les mois d'août, de septembre et d'octobre, les calmes alternent avec des vents qui soufflent dans une direction contraire.

En exposant mes idées sur la jonction des deux mers, je n'ai compté, pour l'exécution d'un si vaste projet, que sur les moyens les plus simples. Des pompes à feu alimentant des bassins de partage, des percemens souterrains (*tonnelles*), comme on les a proposés dans la partie montagneuse de l'isthme de Panama, et comme le canal de Saint-Quentin en offre de plus de 2900 toises de longueur [1], appar-

----

[1] Cette *tonnelle* a 15 pieds de largeur. D'après le projet de M. Laurent, le canal souterrain auroit eu, sans interruption, 7000 toises (presque 3 lieues) de long, 21 pieds de large et 24 pieds de haut. Sa longueur auroit surpassé d'un sixième celle de la fameuse galerie des mines de Clausthal (le Georg-Stollen) au Harz. Pour rappeler ce que les hommes peuvent faire dans ce genre de travaux souterrains, je citerai encore les

tiennent de préférence aux lignes de navigation intérieure. Il m'a suffi de démontrer la
possibilité d'un canal océanique dans l'Amérique centrale ; quant au devis des frais de construction pour les terrassemens (déblais et
remblais) , pour les écluses, les bassins et les
rigoles nourricières, ces objets dépendent du
choix des localités. Le canal Calédonien, l'ouvrage le plus admirable exécuté jusqu'à ce
jour, a coûté près de 3,900,000 piastres : c'est
encore 2,700,000 piastres de moins que le
canal de Languedoc [1], en réduisant le marc
d'argent au cours actuel de la monnoie.
L'aperçu de la dépense générale des travaux
du canal de Suez, projeté par M. Le Père à
l'époque de l'expédition de Bonaparte en
Égypte, s'éleva à 5 ou 6 millions de piastres,

deux grandes galeries d'écoulement du district des
mines de Freiberg en Saxe, dont l'un a 29,504 toises,
l'autre 32,433 toises. Si cette dernière étoit percée dans
une même direction, elle franchiroit un espace presque
double de la largeur du Pas-de-Calais.

[1] *Pommeuse*, p. 308. L'entretien du canal a coûté,
en outre, de 1686 à 1791, la somme de 25,670,000 fr.
(*Voyez* le savant ouvrage du général Andreossy, *Histoire du Canal du Midi*, p. 345.

dont un tiers auroit appartenu aux canaux subsidiaires du Caire et d'Alexandrie. L'isthme de Suez, en comptant la partie qui n'a jamais été atteinte par les marées, a 59,000 toises (plus de 20 lieues marines) de largeur, et le canal projeté avec 4 sas d'écluses [1] auroit pu recevoir, pendant plusieurs mois de l'année (aussi long-temps que durent les crues du Nil), des bâtimens dont le tirant d'eau est de 12 à 15 pieds. Or, en supposant même que le canal de la jonction des mers dans le Nouveau-Monde causât une dépense égale à celle des canaux de Languedoc, de la Haute-Écosse et de Suez, je ne pense pas que cette considération pourroit retarder l'exécution d'un si grand ouvrage. Déjà le Nouveau-Monde offre plusieurs exemples de travaux également con-

---

[1] *Description de l'Égypte* (*État moderne*), 1808, Tom. I, 50, 60, 81, 111. L'ancien canal qui réunissoit la Mer Rouge au Nil (*Canal des Rois*), navigable, sinon sous les Ptolémées, du moins sous les Khalifes, n'étoit qu'une dérivation de la branche pélusiaque, près de Bubaste ; il avoit un développement de 25 lieues. Sa profondeur suffisoit pour des navires d'un grand port et qui pouvoient naviguer sur la mer ; elle paroît avoir été au moins de 12 à 15 pieds.

sidérables. Le seul état de New-York a fait
creuser, dans l'espace de 6 ans, entre le lac
Erié et la rivière de Hudson, un canal de plus
de 100 lieues de long, dont les dépenses ont
été évaluées, dans un rapport adressé à la
législature provinciale, à près de 5 millions de
piastres [1]. Lorsqu'on embrasse d'un coup

---

[1] *Warden. Descript. des États-Unis*, Tom. II,
p. 197. *Morse, Modern. Géogr.*, 1823, p. 122. Ce canal,
d'une longueur de 294,590 toises, n'a que 4 pieds de
profondeur ($\frac{2}{5}$ de celle du canal du Languedoc, dont la
longueur est de la moitié plus petite). Le lac Erié est
élevé de 88 toises au-dessus des eaux moyennes de la
rivière de Hudson. Les bateaux descendent d'abord
uniformément, par 25 écluses, de Buffalo sur le lac Erié
à Montezuma sur la rivière Seneca (en passant par Pal-
myre et Lyon), sur une longueur de 166 milles anglois,
30 toises de chute perpendiculaire; puis ils remontent
8 toises de Montezuma à Rome, sur le Mohawk, pendant 77 milles; enfin, ils descendent de nouveau, sans
discontinuer, 66 toises, au moyen de 46 écluses, par
une longueur de 113 milles, de Rome à Albany, sur la
rivière de Hudson, en passant par Utica. La descente
totale est, par conséquent, de 9 toises moindre que
la descente des bateaux, depuis le bassin de partage
du canal de Languedoc jusqu'à la Méditerranée.
Je rappellerai, à cette occasion, qu'elle est le *maximum*
de la pente que j'ai remontée *sur une ligne navigable*

d'œil les ouvrages gigantesques, mais peu dignes d'éloges, qui ont été exécutés depuis deux siècles pour diminuer l'eau des lacs que renferme la vallée de Mexico, on conçoit qu'avec le même travail on auroit pu couper les isthmes de Nicaragua et de Huasacualco, peut-être même celui de Panama, entre la Gorgona (sur le Rio Chagre) et les côtes de la Mer du Sud. L'année 1607, un canal souterrain de 5400 toises de long et de 12 pieds de hauteur fut creusé au nord de Mexico sur le revers de la colline de Nochistongo. Le vice-roi, marquis de Salinas, en parcourut la moitié à cheval. La tranchée à ciel ouvert (*tajo de Huehuetoca*),

---

naturelle, dans le lit d'une des plus grandes rivières de l'Amérique méridionale, dépourvue de cataractes et de rapides. On arrive à la rame par le Rio Magdalena, de Carthagène des Indes à Honda, après avoir vaincu une chute totale de 135 toises : c'est la moitié de plus que la chute du lac Erié à la rivière de Hudson; mais le Rio Magdalena offre une ligne navigable, qui est d'un tiers plus longue. En réfléchissant sur le peu de pente qu'a le fleuve entre Morales et son embouchure, on conçoit que sans écluses on parviendroit en bateau par une ligne navigable naturelle de 80 lieues de long, sur un plateau de 100 toises, ce qui donne $0^t,43$ de chute par 1000 toises de cours d'eau.

qui conduit aujourd'hui les eaux hors de la vallée, a 10,600 toises de long : une partie considérable en est creusée dans un terrain de transport. La tranchée a 140 et 180 pieds de profondeur perpendiculaire, et, vers le haut, une largeur de 250 à 330 pieds. Les frais de tous ouvrages hydrauliques [1] du *Desague de Mexico* se sont élevés, depuis l'année 1607 jusqu'au moment où je l'ai visité, en janvier 1804, à la somme de 6,200,000 piastres. Comment pourroit-on craindre d'ailleurs qu'on ne réuniroit pas l'argent nécessaire pour ouvrir un canal océanique, si l'on se rappelle que la seule famille du comte de la Valenciana a eu le courage de creuser, à Guanaxuato, quatre puits [2] qui ont coûté ensemble 2,200,000 piastres. En supposant même que, pendant un certain nombre d'années, les dépenses annuelles de la coupure de l'isthme atteignoient sept

---

[1] J'ai donné l'histoire détaillée de ces ouvrages d'après des documens manuscrits officiels dans mon *Essai polit.*, Tom. I, p. 204-235.

[2] *Tiro Viejo, Santo Christo de Burgos, Tiro de Guadalupe, et Tiro general*, dont les profondeurs sont 697, 460; 1461, et 1582 pieds (ancienne mesure de France).

ou huit cent mille piastres, cette somme seroit
facilement supportée, soit par des actionnaires,
soit par les différens états de l'Amérique dont
le commerce retireroit des avantages inappré-
ciables de l'ouverture d'une route nouvelle
vers le nord du Pérou, vers les côtes occidentales de Quito, de Guatimala et du Mexique, vers Nutka, les îles Philippines et la
Chine.

Quant au mode d'exécution sur lequel j'ai
été récemment consulté par des personnes
éclairées qui appartiennent aux nouveaux gou-
vérnemens de l'Amérique équinoxiale, je pense
qu'une association par actions ne devroit être
formée que lorsque la possibilité d'un canal
océanique propre à recevoir des bâtimens de
trois à quatre cents tonneaux aura été prouvée
entre les 7° et 18° de latitude, et que l'on aura
reconnu le terrain dans lequel on veut se fixer.
Je m'abstiendrai de discuter la question de
savoir si ce terrain « doit former une république à part sous le nom de *Jonctiana*, dépen-
dant de la confédération des Etats-Unis, »
comme l'a récemment proposé, en Angleterre,
un homme dont les intentions sont toujours
les plus louables et les plus désintéressées.

Quel que soit le gouvernement qui réclame le sol dans lequel la grande jonction des mers sera établie, la jouissance de cet ouvrage hydraulique doit appartenir à toutes les nations des deux mondes qui auront contribué à son exécution par l'achat des actions. Les gouvernemens locaux de l'Amérique espagnole pourront ordonner la reconnoissance des lieux, le nivellement de l'arête de partage, la mesure des distances, le sondage des lacs et des rivières qu'il faudroit traverser, l'évaluation des eaux de sources et de pluie propres à alimenter le bassin supérieur. Ces travaux préalables n'exigeront que peu de frais, mais il faudroit les exécuter selon un plan uniforme aux isthmes de Tehuantepec ou Goazacoalcos, de Nicaragua, de Panama, de Cupica ou du Darien et de la Raspadura ou du Choco. Quand les plans et les profils des cinq terrains pourront être mis sous les yeux du public, la persuasion de la possibilité d'une jonction océanique deviendra plus générale dans les deux continens; elle facilitera la formation d'une compagnie par actions. Une discussion libre éclaircira les avantages et les désavantages de chaque localité, et bientôt on ne s'arrêtera

25 *

qu'à deux points ou à un seul. La *compagnie de jonction* fera soumettre à un second examen plus rigoureux encore les circonstances locales; on évaluera les frais, et l'exécution de cet important ouvrage sera confié à des ingénieurs qui ont pratiquement concouru à l'exécution de semblables travaux en Europe.

Comme il ne paroît pas douteux que dans le cas de l'impossibilité d'un *canal océanique* on puisse, au plus grand avantage des actionnaires, dans quelques-uns des cinq points que nous venons de nommer, creuser des *canaux en petite section* pour faciliter le commerce intérieur, il seroit utile peut-être que la première reconnoissance même se fît aux frais d'une association. Un vaisseau transporteroit successivement les ingénieurs et les instrumens aux bouches de l'Atrato, au Rio Chagre et à la baie de Mandinga, au Rio San Juan et au lac de Nicaragua, à l'isthme de Huasacualco ou de Tehuantepec. La célérité des opérations et l'appréciation des avantages qu'offrent les divers sites dont on se propose de faire la comparaison, gagneroient à un mode de nivellement plus uniforme; et *l'association de première reconnoissance*, après avoir fixé le lieu

qui doit être préféré et la grandeur de l'ouvrage, selon le tonnage des vaisseaux ou des
bateaux à employer, feroit un appel au public
pour agrandir son fond et pour se constituer
en une *association d'exécution*, soit, comme on
doit l'espérer, pour un *canal de navigation*
océanique, soit pour des canaux ou *lignes de*
petite navigation. En adoptant le mode d'exécution que je viens d'exposer, on pourra satisfaire à tout ce que prescrit la prudence dans
une affaire qui intéresse le commerce des deux
mondes. La *compagnie de jonction* trouvera
des actionnaires parmi ceux des gouvernemens et des citoyens qui, insensibles à l'apât
du gain, et cédant à de plus nobles impulsions,
s'enorgueilliront de l'idée d'avoir contribué à
une œuvre digne de la civilisation moderne.
D'ailleurs, et il est prudent de le rappeler ici,
l'apât du gain même, base fondamentale de
toutes les spéculations financières, n'est point
illusoire dans l'entreprise dont j'embrasse la
défense avec chaleur. Les dividendes des
compagnies qui ont obtenu en Angleterre la
concession d'ouvrir des canaux prouvent l'utilité de ces entreprises pour les actionnaires.

Dans un canal de jonction des mers, les droits
de tonnage peuvent être d'autant plus considérables que les navires qui veulent profiter
du nouveau passage pour aller soit à Guayaquil et à Lima, soit à la pêche du cachalot, soit
à la côte nord-ouest de l'Amérique et à Canton, raccourcissent leur chemin et évitent les
hautes latitudes australes souvent dangereuses
dans la mauvaise saison. L'activité du passage
augmenteroit à mesure que le commerce se
familiariseroit davantage avec la nouvelle
route d'un Océan à l'autre. Dans le cas même
que les dividendes ne seroient pas assez considérables, et que les capitaux placés dans
cette entreprise ne porteroient pas les intérêts
qu'offrent les nombreux emprunts des gouvernemens, depuis la côte des Indiens Mosquitos jusqu'aux derniers confins de l'Europe,
il seroit de l'intérêt des grands états de l'Amérique espagnole de soutenir cette entreprise.
C'est mettre en oubli ce que l'expérience et
l'économie politique enseignent depuis des
siècles, que de restreindre l'utilité des canaux
et des grandes routes aux droits que paye le
transport des marchandises, et de ne compter

pour rien l'influence qu'exercent les canaux sur l'industrie et la prospérité nationale [1].

Lorsqu'on étudie attentivement l'histoire du commerce des peuples, on observe que la direction des communications avec l'Inde n'a pas uniquement changé selon les progrès des connoissances géographiques ou selon le perfectionnement de l'art du navigateur, mais que le déplacement de la civilisation du monde y a aussi puissamment influé. Depuis l'ère des Phéniciens jusqu'à l'ère de l'empire britannique, l'activité du commerce s'est portée progressivement de l'est à l'ouest, des côtes orientales de la Méditerranée à l'extrémité occidentale de l'Europe. Si ce déplacement continue vers l'ouest, comme tout porte à le présumer, la question sur la préférence accordée à la route de l'Inde autour de l'extrémité

---

[1] C'est sous le rapport de cette influence bienfaisante qu'il faut apprécier les travaux, peut-être trop dispendieux, du canal de Languedoc, qui a coûté 33 millions de francs, et qui ne rapporte annuellement, sur un revenu brut de $1\frac{1}{2}$ million, que 800,000 francs. C'est à peine $2\frac{1}{2}$ pour cent du capital. Tel est aussi le produit net du canal du Centre.

australe de l'Afrique ne sera plus telle qu'elle
se présente aujourd'hui. Le canal de Nicaragua offre d'autres avantages aux navires qui
sortent de l'embouchure du Mississipi qu'à
ceux qui prennent leur chargement aux bords
de la Tamise. En comparant les différentes
routes autour du cap de Bonne-Espérance,
autour du cap de Horn ou à travers une coupure de l'isthme dans l'Amérique centrale, il
faut distinguer soigneusement entre les objets
du commerce et les peuples qui y prennent
part. Le problême des routes se présente d'une
manière toute différente à un négociant anglois ou à un négociant anglo-américain; de
même ce problême important est autrement
résolu par ceux qui font le commerce direct
avec le Chili, avec l'Inde et la Chine, ou par
ceux dont les spéculations sont dirigées, soit
vers le Pérou septentrional et les côtes occidentales de Guatimala et du Mexique, soit
vers la Chine, après avoir visité la côte nord-
ouest de l'Amérique, soit vers la pêche du Cachalot dans l'Océan-Pacifique. Ce sont ces trois
derniers objets de la navigation des peuples
de l'Europe et des États-Unis que la coupure
d'un isthme américain favoriseroit le plus indu-

bitablement. Il y a [1] de Boston à Nutka, ancien
centre du commerce des fourrures de loutre
sur la côte nord-ouest de l'Amérique, à travers le canal projeté de Nicarahua, 2100 lieues
marines; le même voyage est de 5200 lieues,
si l'on fait, comme c'est le cas jusqu'ici, le
tour du cap de Horn. Ces distances sont, pour
un vaisseau qui part de Londres, ou de 3000
ou de 5000 lieues. Il résulte de ces données
un raccourcissement de route, pour les Américains des États-Unis, de 3100 lieues; pour les
Anglois, de 2000 lieues, sans mettre en ligne
de compte la chance des vents contraires et
les dangers de la navigation si différens dans
les deux voies que nous mettons en parallèle.
La comparaison est beaucoup moins favorable
pour la navigation à travers l'Amérique centrale, sous le rapport du chemin et du temps,
lorsqu'il s'agit d'un commerce direct avec

---

[1] Dans ces évaluations de distance, j'ai calculé, conjointement avec M. Beautemps-Beaupré (ingénieur
géographe en chef de la marine royale), des routes à
peu près directes. Cela suffisoit pour obtenir des nombres comparatifs. Si l'on désire des distances itinéraires,
il faudroit augmenter les routes, selon la contrariété
des vents et des courans, de ¼ ou ⅓.

l'Inde et la Chine. Les vaisseaux parcourent
ordinairement autour du cap de Bonne-Espérance, de Londres à Canton, en coupant deux
fois l'équateur, 4400; de Boston à Canton,
4500 lieues. Si le canal de Nicaragua étoit
creusé, ces longueurs de route seroient de
4800 et 4200 lieues marines [1]. Or, dans l'état
actuel du perfectionnement de la navigation,
la durée ordinaire d'un voyage des États-Unis,
ou d'Angleterre en Chine, autour de l'extrémité de l'Afrique, est de 120 à 130 jours [2]. En
basant les calculs sur l'analogie des voyages
de Boston et de Liverpool à la côte des Indiens
Mosquitos, et d'Acapulco à Manille [3], on
trouve 105 à 115 jours pour le voyage des
États-Unis ou de l'Angleterre à Canton, en
restant dans l'hémisphère boréal, sans jamais

[1] De Londres à Canton, par le cap de Horn, il y
a 5800 lieues, ou 1400 de plus qu'autour du cap de
Bonne-Espérance; de Boston à Canton, par le cap de
Horn, il y a 5900 lieues.

[2] On a eu à Boston de rares exemples de 98 jours.
Warden, Descript. des États-Unis, Tom. V, p. 596.

[3] Le Galion met 40 à 60 jours. Voyez mon *Essai
polit.*, Tom. II, p. 720, et *Tuckey, Maritime Geogr.*,
Tom. III, p. 497.

couper l'équateur, c'est-à-dire en profitant du canal de Nicaragua et de la constance des vents alisés dans la partie la plus paisible du Grand-Océan [1]. La différence de temps seroit donc à peine d'un sixième; on ne pourroit revenir par la même route, mais en allant la navigation seroit plus sûre dans toutes les saisons. Je pense qu'une nation qui a de beaux

[1] Dans ces évaluations du temps, on n'a pas compté sur l'emploi de la force de la vapeur. Les ingénieurs françois qui ont fait le devis des frais du canal de Suez, admettent, dans leur parallèle entre la navigation des côtes de France dans l'Inde à travers le canal projeté, et la route autour du cap de Bonne-Espérance, que l'on gagne, par la première voie, la moitié de la distance et $\frac{1}{5}$ ou $\frac{1}{7}$ du temps. *Descript. de l'Égypte* (*État moderne*), Tom. I, p. 111. Il seroit à désirer que l'on calculât avec précision la *durée moyenne* des traversées de Londres à Calcutta et à Canton, de Liverpool à Buenos-Ayres et à Lima (et *vice versa*), en prenant un assez grand nombre d'années et de vaisseaux pour que les influences des saisons, des vents, des courans, de la construction des bâtimens et des erreurs du pilotage pussent disparoître dans les moyennes totales. Cette durée des traversées est un des élémens les plus importans du mouvement des peuples commerçans, mouvement vital que l'on voit s'accroître de siècle en siècle avec le perfectionnement de l'art de la navigation.

établissemens à l'extrémité de l'Afrique et à
l'Ile-de-France, préféreroit assez généralement la route de l'ouest à l'est. Les principaux
et véritables objets de la coupure de l'isthme
sont la prompte communication avec les côtes
occidentales [1] de l'Amérique, le voyage de la

[1] Il faut excepter cependant les côtés du Pérou, au
sud de Lima, et celles du Chili, le long desquelles on
remonte très-difficilement du nord au sud. On iroit plus
rapidement d'Europe à Valparaiso et à Arica, par le
cap de Horn, que par le canal de Nicaragua. Le canal
ne sera avantageux pour le commerce des côtes occidentales au sud de Lima que lorsque le cabotage se
fera par des bateaux à vapeur. Dans son état actuel,
le commerce de l'Amérique du nord avec la Chine se
fait de trois manières : 1° les bâtimens des États-Unis
chargés de piastres vont directement de New-York ou
de Boston à Canton, par le cap de Bonne-Espérance,
pour y acheter du thé, du nankin, des soieries, des
porcelaines, etc.; ils reviennent par la même route;
2° les bâtimens sont expédiés autour du cap de Horn,
soit pour la pêche des phoques et des cachalots dans
l'Océan-Pacifique, soit pour visiter la côte nord-ouest
de l'Amérique : s'ils n'ont pas acquis assez de fourrures,
ils prennent du bois de sandal ou de l'ébène, dans la
Polynésie; ils portent ces productions à Canton, et
reviennent par le cap de Bonne-Espérance; 3° d'autres
bâtimens font un commerce d'interlope de plusieurs

Havane et des Etats-Unis à Manille, les expéditions faites d'Angleterre et du Massachusets
à la côte des fourrures (côte nord-ouest) ou
aux îles de l'Océan-Pacifique pour visiter plus
tard les marchés de Canton et de Macao.

Je joindrai à ces considérations commerciales quelques vues politiques sur les effets
que peut produire la jonction projetée des
mers. Tel est l'état de la civilisation moderne,
que le commerce du monde ne peut subir de
grands changemens sans que l'organisation des
sociétés ne s'en ressente. Si l'on parvient à
couper l'isthme qui réunit les deux Amériques,
l'Asie orientale, aujourd'hui isolée et inatta-
quable, entrera malgré elle dans des rapports
plus intimes avec les peuples de race européenne qui habitent les rives de l'Atlantique.

années en visitant successivement Madère, le cap de
Bonne-Espérance et l'Ile-de-France, ou la Nouvelle-
Galles méridionale, quelques ports de l'Amérique du
Sud et les îles de l'Ocean-Pacifique : ils doublent, en
allant, tantôt le cap de Bonne-Espérance, tantôt le cap
de Horn; mais comme à la fin de ce long voyage ils
touchent constamment à Canton, ils retournent aux
États-Unis par l'extrémité australe de l'Afrique. La
coupure de l'isthme influeroit puissamment sur les deux
dernières routes que nous venons de tracer.

On diroit que cette langue de terre, contre laquelle se brise le courant équinoxial, a été depuis des siècles le boulevart de l'indépendance de la Chine et du Japon. En pénétrant plus loin, l'imagination s'arrête à une lutte entre des peuples puissans causée par le désir de profiter exclusivement de la voie nouvelle ouverte au commerce des deux mondes. J'avoue que ce n'est ni ma confiance dans la modération des gouvernemens monarchiques et républicains, ni l'espoir parfois un peu ébranlé dans les progrès des lumières et dans la juste appréciation des intérêts qui me rassurent sur cette crainte. Si je m'abstiens de discuter des événemens politiques si éloignés, c'est pour ne pas entretenir le lecteur de la libre jouissance d'une chose qui n'existe encore que dans les vœux de quelques hommes intéressés au bien public.

Le lac de Nicaragua et le Rio San Juan n'appartiennent pas, comme on l'a affirmé dans quelques ouvrages très-récens, au territoire de la Nouvelle-Grenade; le lac est séparé du territoire colombien de Veragua par la province de Costa-Rica, la plus méridionale de l'ancien royaume de Guatimala. Placés dans un pays très-foiblement peuplé, surtout du côté de l'est, presque sur les confins de deux états indépendans de l'Amérique centrale et de l'Amérique méridionale, les grands ouvrages qui serviront à la jonction des mers ne pourront tirer du secours pour leur défense militaire que de Portobelo et de Carthagène, deux forteresses qui se trouvent au vent du Castillo de San Juan de Nicaragua. Il y a sans doute aussi un chemin par terre, de Guatimala à Léon, mais la distance est de plus de 135 lieues. Dans l'état actuel des choses, ce sont moins les places fortes que la misère du pays, son manque de culture et la force de la végétation qui, depuis le Darien jusqu'aux 10 et 11 degrés de latitude boréale, ont rendu infructueuses les invasions d'un ennemi qui débarque inopinément sur les côtes orientales. En traitant cette question importante, je ne saurois m'appuyer d'un témoignage plus imposant que de celui du général Don José de Espeleta qui a été vice-roi de la Nouvelle-Grenade jusqu'en 1796. Ce militaire expérimenté, dans un mémoire manuscrit que je possède, et qui est adressé à son successeur, le vice-roi Don Pedro de Mendinueta [1], s'exprime ainsi sur la défense de l'isthme de Panama : « V. Ex. n'ignore pas que le roi, notre seigneur, a fait visiter ces vastes possessions d'Amérique par le brigadier Cramer. Cet ingénieur célèbre a pesé les dangers que nous courons encore et indiqué les fortifications qu'il faut opposer à l'ennemi. L'isthme de Panama est un objet de la plus haute importance militaire que V. Ex. ne doit pas perdre de vue un seul instant. Cette importance est fondée sur sa configuration géographique et sur la proximité de la Mer du Sud. Il offre trois points de défense, vers le nord, Portobelo et le fortin de San Lorenzo de Chagre; vers le sud, la ville de Panama. Les hauteurs qui dominent Portobelo rendent impossible une bonne fortification de la ville qui est pauvre et peu peuplée. Les batteries de San Fernando, de Santiago et San Geronimo me paroissent suffisantes pour la défense du port. Le fortin de Chagre, à l'embouchure de la rivière de ce

----

[1] *Relacion del Govierno, Parte quarta, Cap.* III, fol. 118, 122, 123 (manuscrit).

nom, est, selon moi, le point principal de l'isthme, toujours dans la supposition la plus naturelle que l'attaque vienne du nord : cependant ni la prise de Portobelo ni celle du fortin de San Lorenzo de Chagre ne décident de la possession de l'isthme de Panama. La véritable défense de ce pays consiste dans la difficulté que trouvera toute expédition considérable à pénétrer dans l'intérieur. Sur les côtes méridionales, qui sont entièrement depeuplées, cette difficulté existe déjà pour deux ou trois voyageurs isolés.»

Après avoir discuté l'étendue de la surface, la population, les productions et le commerce des Provinces-unies de Venezuela, tant dans leur état actuel que dans leur accroissement plus ou moins éloigné, il me resteroit à parler des finances ou du revenu de l'état. Cet objet est d'une telle importance politique, qu'il renferme une des premières conditions de l'existence d'un gouvernement ; mais après de longues dissentions civiles, après une guerre de treize ans qui a fait rétrograder l'agriculture, entravé les relations de commerce, et tari les sources principales du revenu public, on ne pourroit décrire qu'un état de choses

entièrement transitoire et peu conforme à la
richesse naturelle du pays. Pour prendre un
point de départ plus sûr, pour juger de l'état
des choses lorsque la confiance et la tranquillité seront rétablies, il faut de nouveau remonter à l'époque qui a précédé la révolution.
De 1793 à 1796, la moyenne annuelle des recettes liquides de toutes les contributions,
sans y comprendre le produit de la ferme de
tabac, étoit de 1,426,700 piastres. En y ajoutant 586,300 piastres comme produit net de la
ferme (moyenne de la même époque), on
trouve le revenu de la *Capitania general de Caracas*, en décomptant les frais de recouvre-
ment, de 2,013,000 piastres. Ce revenu a été
en diminuant, à cause des embarras du commerce maritime, dans les dernières années
du 18ᵉ et les premières années du 19ᵉ siècle;
mais de 1807 à 1810 il s'éleva à plus de
2,500,000 piastres (dont les douanes 1,200,000
piastres, la ferme de tabac 700,000 piastres,
l'alcavala de terre et de mer 400,000 piastres).
Toutes ces recettes ont été absorbées par les
frais de l'administration; quelquefois il y a eu
un surplus *(sobrante liquido)* de 200,000 piast.,
qui a reflué dans le trésor de Madrid; mais les

exemples de ces versemens ont été extrêmement rares. Depuis que Caracas n'a plus
reçu de *situado* de la Nouvelle-Espagne, on a
été forcé de temps en temps de puiser dans les
caisses également pauvres de Santa-Fe. Le
revenu brut de toutes les provinces qui forment aujourd'hui la république de Colombia
s'est élevé, d'après mes recherches, au moment de la révolution, à un *maximum* de
6 $\frac{1}{2}$ millions de piastres [1] dont le gouvernement
de la métropole n'a jamais tiré plus d'un dou-
zième. J'ai fait voir, dans mon *Essai politique*,
que les colonies espagnoles en Amérique, à
l'époque de la plus grande activité du commerce et des mines, *ont eu un revenu brut de
trente-six millions de piastres, que l'administration intérieure de ces colonies en a absorbé près
de vingt-neuf, et que sept à huit millions de
piastres ont seuls reflué dans le trésor royal de
Madrid.* D'après ces données, qui sont fondées
sur des documens officiels, et dont l'exactitude
n'a point été révoquée en doute depuis quinze
ans, on est surpris de voir attribuer si souvent

[1] Don Jose Maria del Castillo, dans son rapport au
congrès de Bogota (5 mai 1823), n'évalue actuelle-
meent *las rentas ordinarias* qu'à 5 millions de piastres.

26*

encore, dans de graves discussions d'économie politique, les embarras financiers de la
métropole à l'émancipation des colonies. Les
impôts sur les importations et les exportations
sont, dans toute l'Amérique, la source principale du revenu public ; cette source est devenue progressivement plus abondante depuis
que la cour a privé la compagnie de Guipuzcoa
du monopole de commerce avec le Venezuela, compagnie à laquelle, selon l'expression
étrange d'une *cédule royale*, « tout le monde
pouvoit prendre part sans déroger à la no-
blesse et *sans perdre ni honneur ni réputation*. »
Si l'on se rappelle que, dans ces dernières années, la seule douane de la Havane a perçu
plus de trois millions de piastres, et si l'on considère en même temps l'étendue du territoire
et la richesse agricole du Venezuela, on ne
sauroit douter de l'accroissement progressif
que va prendre le revenu public dans cette
belle partie du monde ; mais l'accomplissement de cette espérance et de toutes celles
que nous venons d'énoncer dépend du réta-
blissement de la paix, de la sagesse et de la
stabilité des institutions.

J'ai exposé dans ce Chapitre les élémens de

statistique que j'ai eu occasion de réunir dans mes voyages et par mes rapports non inter-rompus avec les Espagnols-Américains. His-torien des colonies, j'ai présenté les faits dans toute leur simplicité, car l'étude attentive et exacte de ces faits est le seul moyen [1] d'écarter les conjectures vagues et les vaines déclama-tions. Cette marche circonspecte devient in-dispensable surtout, lorsqu'on doit craindre de céder trop facilement aux prestiges de l'es-pérance et des anciennes affections. Les so-ciétés naissantes ont quelque chose qui charme comme la jeunesse ; elles en ont la fraîcheur des sentimens, la naïve confiance, et même la crédulité : elles offrent à l'imagination un spec-tacle plus attrayant que l'humeur chagriné et la défiante austérité de ces vieux peuples qui semblent avoir tout usé, leur bonheur, leur espérance et leur foi dans la perfectibilité humaine.

La grande lutte, pendant laquelle le Vene-zuela a combattu pour son indépendance, a duré plus de douze ans. Cette époque a été fé-

[1] *Recherches statistiques sur la ville de Paris*, 1823, *Introd.*, p. 1 et v.

conde, comme la plupart des tourmentes civiles, en héroïsme, en actions généreuses, en
égaremens coupables des passions irritées. Le
sentiment du danger commmun a raffermi les
liens entre des hommes de races diverses, qui,
répandus dans les steppes de Cumana, ou isolés
sur le plateau de Cundinamarca, ont l'organisation physique et morale aussi différente
que le climat sous lequel ils vivent. Plusieurs
fois la métropole est rentrée dans la possession de quelques districts; mais, comme
les révolutions renaissent toujours avec plus
de violence lorsqu'on ne peut plus remédier
aux maux qui les produisent, ces conquêtes
n'ont été qu'éphémères. Pour faciliter la défense et la rendre plus énergique, on a con-
centré les pouvoirs et formé un vaste état
depuis les bouches de l'Orénoque jusqu'au-
delà des Andes de Riobamba et des rives de
l'Amazone. La *Capitania general* de Caracas
a été réunie à la vice-royauté de la Nouvelle-
Grenade, dont elle n'avoit été entièrement
séparée qu'en 1777. Cette réunion, qui sera
toujours indispensable pour la sûreté extérieure, cette centralisation de pouvoirs dans
un pays six fois grand comme l'Espagne, ont

été motivées par des combinaisons politiques.
La marche calme du nouveau gouvernement
a justifié la sagesse de ces motifs, et le congrès
trouvera moins d'entraves encore dans l'exécution de ses projets bienfaisans pour l'industrie nationale et la civilisation, à mesure qu'il
pourra accorder plus de libertés aux provinces, et leur faire sentir l'avantage des institutions qu'elles ont conquises au prix de
leur sang. Dans toutes les formes de gouvernemens déjà établis, dans les républiques
comme dans les monarchies tempérées, les
améliorations, pour être salutaires, doivent
être progressives. La Nouvelle-Andalousie,
Caracas, Cundinamarca, Popayan, Quito, ne
sont pas devenus des états confédérés comme
la Pensylvanie, la Virginie et le Maryland.
Sans *juntes* ou *législatures* provinciales, toutes
ces parties sont directement soumises au
congrès et au gouvernement de Colombia.
D'après l'acte constitutionnel (art. 152), les
intendans et les gouverneurs des départemens
et des provinces sont nommés par le président
de la république. Il est naturel qu'une telle
dépendance n'ait pas toujours été au profit de
la liberté des communes qui tendent à dis-

cuter elles-mêmes leurs intérêts locaux, et
qu'elle ait réveillé quelquefois des discussions
qu'on pourroit appeler géographiques. L'ancien royaume de Quito, par exemple, tient,
par les habitudes et par la langue de ses
peuples montagnards, à la fois au Pérou et à
la Nouvelle-Grenade. S'il avoit une *junte* provinciale, s'il ne dépendoit du congrès que
pour les impôts nécessaires à la défense et au
bien-être général de Colombia, le sentiment
d'une existence politique individuelle rendroit
les habitans moins intéressés au choix du lieu
où siége le gouvernement central. Le même
raisonnement s'applique à la Nouvelle-Andalousie, ou à la Guyane, qui sont régis par des
intendans nommés par le président. On peut
dire que ces provinces se trouvent jusqu'ici
dans une position peu différente de celle des
territoires des États-Unis, dont la population
est encore au-dessous de 60,000 âmes. Des
circonstances particulières qu'on ne sauroit
apprécier avec justesse dans un si grand éloignement, ont rendu sans doute nécessaire une
grande centralisation dans l'administration civile; tout changement seroit dangereux aussi
long-temps qu'il y a des ennemis extérieurs :

mais les formes, utiles à la défense, ne sont pas toujours celles qui favorisent suffisamment, après la lutte, les libertés individuelles et le développement de la prospérité publique. L'histoire prouve même que cette difficulté, lorsqu'on n'a pas su la vaincre avec prudence, est devenue plus d'une fois l'écueil contre lequel se sont brisés l'enthousiasme et les affections des peuples. Sans rompre les liens qui doivent unir les différentes parties du territoire de Colombia (Venezuela, la Nouvelle-Grenade et Quito), une vie partielle pourra se répandre peu à peu dans ce grand corps politique, non pour le morceler, mais pour en augmenter la vigueur.

La puissante union de l'Amérique septentrionale est restée isolée long-temps, sans toucher à des états qui eussent des institutions analogues. Quoique , comme nous l'avons rappelé plus haut, les progrès qu'elle fait dans la direction de l'est à l'ouest soient considérablement ralentis sur la rive droite du Mississipi, elle avancera pourtant sans discontinuer vers les *provinces internes* du Mexique : elle y trouvera un peuple européen d'une autre race, des mœurs et un culte différens. La foible po-

pulation de ces provinces, appartenant à une
autre fédération naissante, pourra-t-elle ré-
sister ou sera-t-elle enveloppée par le torrent
de l'est et transformée en un état anglo-américain, comme les habitans de la Basse-Loui-
siane? Un avenir très-prochain résoudra ce
problême. D'un autre côté, le Mexique n'est
séparé de Colombia que par le Guatimala,
pays d'une rare fertilité qui a pris très-ré-
cemment la dénomination de république de
l'Amérique centrale. Les divisions politiques
entre Oaxaca et Chiapa, Costa Rica et Va-
ragua, ne sont fondées ni sur des limites naturelles ni sur les mœurs et les langues des
indigènes, mais sur la seule habitude d'une
dépendance des chefs espagnols qui résidoient
à Mexico, à Guatimala, ou à Santa-Fe de Bogota. Il paroîtroit assez naturel que le Guatimala pût joindre un jour à l'isthme de Costa-
Rica les isthmes de Veragua et de Panama.
Quito lie la Nouvelle-Grenade au Pérou,
comme la Paz, Charcas et Potosi lient le
Pérou à Buenos-Ayres [1]. Les parties intermédiaires que nous venons de nommer forment,

----

[1] Tom. XI, p. 226.

depuis Chiapa jusqu'aux Cordillères du Haut-
Pérou, le passage d'une association politique
à une autre, semblables à ces formes transi-
toires, par lesquelles s'enchaînent dans la nature les divers groupes du règne organique.
Dans les monarchies voisines, les provinces
qui se touchent offrent, dès l'origine, ces dé-
marcations tranchées qui sont l'effet d'une
grande centralisation du pouvoir; dans les républiques confédérées, les états placés aux
extrémités de chaque système oscillent quelque temps avant d'acquérir un équilibre stable.
Il seroit presque indifférent pour les provinces
entre l'Arkansas et le Rio del Norte d'envoyer
leurs députés à Mexico ou à Washington. Si
l'Amérique espagnole montroit un jour plus
uniformément cette tendance vers le fédéra-
lisme que l'exemple des États-Unis a déjà fait
naître sur plusieurs points, il résulteroit du
contact de tant de systèmes, ou groupes
d'états, des confédérations diversement gra-
duées. Je ne fais qu'indiquer ici les rapports
qui naissent de ce singulier assemblage de colonies sur une ligne non interrompue de 1600
lieues de longueur. Aux États-Unis, nous
avons vu un vieux état atlantique se partager

en deux, ayant chacun une représentation différente. La séparation du Maine et du Massachusets, en 1820, s'est faite de la manière la plus paisible. Des scissions de ce genre auront sans doute fréquemment lieu dans les colonies espagnoles; mais il est à craindre que l'état des mœurs ne les rende plus turbulentes. Lorsqu'un peuple de race européenne incline naturellement vers l'indépendance provinciale et municipale, lorsque les indigènes cuivrés ont un goût également prononcé pour le morcellement politique et pour la liberté des petites communes, la meilleure forme du gouvernement est celle qui, sans lutter de front contre un penchant national, sait le rendre moins nuisible aux intérêts généraux et à l'unité du corps entier. Il y a plus encore; cette importance des divisions géographiques de l'Amérique espagnole, qui se fondent à la fois sur des rapports de position locale et sur les habitudes de plusieurs siècles, ont empêché la métropole de prévenir ou de retarder la séparation des colonies, en essayant d'établir des Infans d'Espagne dans le Nouveau-Monde. Pour gouverner des possessions si vastes, il auroit fallu former six à sept

centres de gouvernement, et cette multipli-
cité des centres (des vice-royautés et des
capitaineries générales) se seroit opposée à
l'établissement des nouvelles dynasties à l'époque même où l'on devoit encore en attendre
quelque effet salutaire pour la métropole.

Bacon [1] a dit, dans ses aphorismes politiques, « qu'il seroit heureux que les peuples
pussent toujours suivre l'exemple du temps,
qui est le plus grand innovateur de tous, mais
qui agit avec calme, et presque sans qu'on
puisse s'en apercevoir. » Ce bonheur n'est pas
donné aux colonies lorsqu'elles arrivent à
l'époque critique de leur émancipation : il l'a
été bien moins encore à l'Amérique espagnole,
jetée dans la lutte, non d'abord pour obtenir
son indépendance totale, mais pour se soustraire à une domination étrangère. Puisse un
calme durable succéder aux agitations des partis ! Puissent les germes de la discorde civile,
disséminés pendant trois siècles pour assurer
la domination de la métropole, être étouffés
peu à peu, et l'Europe productrice et com-

---

[1] Voyez l'article des innovations dans *Bacon, Es-
says civil and moral*, n. 25, (*Opera omnia*, 1730,
Tom. III, p. 335).

merçante se persuader davantage que perpétuer les agitations politiques du Nouveau-
Monde, c'est s'appauvrir elle-même en diminuant la consommation de ses productions, et
en se privant d'un marché qui s'élève déjà à
plus de 70 millions de piastres par an ! Les
exportations de l'Amérique espagnole, des
États-Unis, de la France et de la Grande-
Bretagne, sont actuellement[1] comme les nombres 100, 103, 140 et 375.

[1] J'ai fait voir, dans un autre ouvrage (*Essai politique*, Tom. II, p. 749), en m'arrêtant aux évaluations
les plus modérées, que déjà, en 1805, l'Amérique
espagnole avoit besoin d'une importation de marchandises étrangères de 59,000,000 de piastres; ce qui fait
une valeur presque trois fois plus grande que celle
qu'offroient les États-Unis, huit ans après que leur
indépendance avoit été reconnue par la Grande-Bretagne. Pour avoir en vue des nombres comparatifs, je
rappelle l'état des importations et exportations de deux
nations les plus commerçantes du monde, les Anglois
de l'Europe et ceux de l'Amérique. La valeur annuelle
des importations de la Grande-Bretagne, de 1821 à
1823, s'élevoit à 30,203,000 liv. st.; la valeur des ex-
potrations, à 50,636,800 liv. st. Aux États-Unis, les
exportations étoient, en 1820, de 64,974,000 dollars;
les importations, de 62,586,000 dollars. A une époque
antérieure, de 1802 à 1804, les exportations étoient,

Bien des années s'écouleront sans doute avant que 17 millions d'habitans, répandus sur une surface qui est d'un cinquième plus grande que l'Europe entière, soient parvenus à un équilibre stable en se gouvernant eux-mêmes. Le moment le plus critique est celui où des peuples long-temps asservis se trouvent tout à coup libres d'arranger leur existence au profit de leur prospérité. On répète sans cesse que les Espagnols-Américains ne sont pas assez avancés dans la culture pour jouir d'institutions libres. Je me souviens qu'à une époque peu éloignée on appliquoit ce même raisonnement à d'autres peuples que l'on disoit trop mûris dans la civilisation. L'expérience prouve sans doute que, chez les nations comme chez les individus, le talent et le savoir sont souvent

année moyenne, de 68,461,000 dollars; les importations, de 75,306,000 dollars; d'où il résulte que les importations des États-Unis et de l'Amérique espagnole, immédiatement avant les agitations politiques de ce dernier pays, ont été également considérables. Il ne faut point oublier que tout ce que l'on importe dans l'Amérique espagnole y est entièrement comsommé, et non réexporté. Les exportations et les importations de la France ont été, en 1821, de 404,764,000 et 394,442,000 francs.

inutiles au bonheur; mais, sans nier la né-
cessité d'une certaine masse de lumières et
d'instruction populaire pour la stabilité des
républiques ou des monarchies constitution-
nelles, nous pensons que cette stabilité dépend bien moins du degré de culture intellectuelle que de la force du caractère national,
de ce mélange d'énergie et de calme, d'ardeur
et de patience qui soutient et perpétue les institutions, des circonstances locales dans lesquelles un peuple est placé, enfin des rapports
politiques d'un état avec les états limitrophes.

Si les colonies modernes, à l'époque de
leur émancipation, manifestent toutes une
tendance plus ou moins prononcée pour les
formes républicaines, la cause de ce phénomène ne doit point être uniquement attribuée
à un principe d'imitation qui agit sur les
masses plus encore que sur les hommes isolés;
elle est fondée surtout dans la position où se
trouve une société tout à coup détachée d'un
monde plus anciennement civilisé, libre de
tout lien extérieur, composée d'individus qui
ne reconnoissent pas de prépondérance politique dans une même caste. Des titres accor-
dés par la mère-patrie à un très-petit nombre

de familles en Amérique n'y ont pas formé ce qu'on appelle en Europe une aristocratie nobiliaire. La liberté peut expirer dans l'anarchie comme par l'usurpation éphémère de quelque chef audacieux, mais les véritables élémens de la monarchie ne se trouvent nulle part dans le sein des colonies modernes. Au Brésil, ils ont été importés de dehors au moment où ce vaste pays jouissoit d'une paix profonde, tandis que la métropole étoit tombée sous un joug étranger.

En réfléchissant sur l'enchaînement des choses humaines, on conçoit comment l'existence des colonies modernes, ou plutôt comment la découverte d'un continent à demi dépeuplé et dans lequel seul un développement si extraordinaire du système colonial a été possible, a dû faire revivre sur une grande échelle et rendre plus fréquentes les formes du gouvernement républicain. Des écrivains célèbres ont regardé les changemens que l'ordre social a subis de nos jours dans une partie considérable de l'Europe, comme un effet tardif de la réforme religieuse opérée au commencement du 16e siècle. N'oublions pas que cette époque mémorable, dans laquelle des passions ardentes et le goût pour des dogmes absolus furent les écueils de la politique européenne, est aussi l'époque de la conquête du Mexique, du Pérou et de Cundinamarca; conquête qui, d'après les nobles expressions de l'auteur de l'*Esprit des lois*, laisse à payer à la métropole une dette immense pour s'acquitter envers la nature humaine. De vastes provinces, ouvertes aux colons par la valeur castillanne, furent unies par les liens communs du langage, des mœurs et du culte. C'est ainsi que, par une étrange simultanéité des événemens, le règne du monarque le plus puissant et le plus absolu de l'Europe, de Charles-Quint, a préparé la lutte du 19ᵉ siècle, et jeté les fondemens de ces associations politiques qui, à peine ébauchées, nous étonnent par leur étendue et la tendance uniforme de leurs principes. Si l'émancipation de l'Amérique espagnole se consolide, comme tout porte à le faire espérer jusqu'ici, un bras de mer, l'Atlantique, offrira, sur ces deux rives, des formes de gouvernement qui, pour être opposées, ne sont pas nécessairement ennemies. Les mêmes institutions ne peuvent être salutaires à tous les peuples des deux mondes; la prospérité croissante d'une république n'est point un outrage aux monarchies lorsqu'elles sont gouvernées avec sagesse et avec respect pour les lois et pour les libertés publiques.

FIN DU NEUVIÈME VOLUME.